目次

第一章　水と油、金とマニア

1

　卵色のカーテンが空気を含んで帆のように膨らみ、しぼんではまた膨らんで風と戯れている。マンションの踊り場では子どもたちが甲高い声を上げながら走り、純度の高い生を弾(はじ)けさせていた。ひどく騒がしいが悪くはない刺激だ。藪下浩平(やぶしたこうへい)はしばらく子どもたちの気配に浸り、大きく息を吸い込んでから立ち上がった。

「今日から六月だが、外はもう梅雨空だ。湿度が急に上がったな。蒸し暑くてしょうがない」

　ベッドの脇に置かれたクリスタルの花瓶には、紫色のアジサイが華やかに生けられている。藪下は小ぶりな一本を引き抜き、ベッドの枕元を覗(のぞ)き込んだ。

「昨日、駅前の花屋へ行ったら変わった品種ばっかりでな。普通のやつが売ってないんだよ。これも切り花用のアジサイでサイズは小さいが、深い紫色だ。母さんはこの色のアジサイが好きだったもんな」

青臭さを漂わせる花を、骨張った顔の母に近づけた。しかし、薄く開かれた目はわずかさえも動かず、天井の一点に向けられたままだ。藪下は母の顔の上で花をゆらゆらと揺らし、そのまま花瓶に挿し戻した。

自発呼吸はできている。胃瘻（いろう）を造設してはいるが、まだ食べ物を飲み込む力もあった。母は明らかに覚醒しているのに、何ひとつ認知はしていない。周囲で何が起きているのか、今横でだれが話しかけているのか、花瓶にある紫色の塊はなんなのか。何もわからないまま、いや、わからないことすら理解できずに毎日を生きている。

藪下は一層小さくなった母を見下ろした。今年で六十八歳になる母は、年齢以上にシワだらけだ。髪は真っ白で薄くなり、目は落ち窪（くぼ）んで見るからに病に取り憑（つ）かれている。二年ほど前は友人と旅行に出かけ、習い事にも通って活動的に過ごしていたはずだ。それなのに、今では見る影もなかった。母親の抜け殻……。ふいにそんな言葉が浮かび、藪下は首を横に振りながら壁際へ行った。棚から化粧水とコットンを取り上げる。

「肌がかなり乾燥してるから、こういうのをつけたほうがいいってヘルパーに言われたよ。今まで、洗いっぱなしでそのままにしてたからな」

藪下は化粧水をコットンに染み込ませ、深いシワの刻まれた顔をまんべんなくぬぐった。母が瞬きしたのを見てぴくりと動きを止めたが、なんのことはない、いつもの反射だ。過度な期待は禁物だと自身に言い聞かせ、藪下は深呼吸をした。とにかく、不安や疲れた顔を見せるべきではないし、愚痴も悲観ももってのほかだ。口に出さなくとも、その手の機微を母は必ず感じ取っているはずだった。そう信じたい。

藪下はコットンをゴミ箱へ放り、上掛けの外に出していた母の腕を中に戻した。そのとき、鎌倉彫の古い鏡台に映った自身と目が合い動きを止めた。同時に、壁にかけられた写真の男とも視線が交差する。使命感に突き動かされているような青臭い雰囲気をまとい、生真面目さしか伝わってこない取り澄ましたスナップ写真だ。藪下はいくつもの写真と鏡の中の自分を見くらべ、剃り残したあご鬚に触れた。

今から二十八年前、藪下が十五歳のときに死んだ父親と自分はよく似ているらしい。上背のあるがっしりとした体軀、奥二重の黒目がちな瞳、硬そうな直毛の髪と一年じゅう陽灼けしている浅黒い肌。節くれの目立つ指先にいたるまで、風貌は見事に遺伝している。しかし、母親に言わせれば目が決定的に違うのだという。それはそうだ。

人としての芯があった父とは対照的に、藪下は自分でも異常かと思うほど歪(ゆが)んでいる。言いようのない不健全さはまぎれもなく目に表れていた。

「しかし、親父(おやじ)だけはいつまでも若いままだな。俺はもう四十三だっつうのに」

自虐的な笑みを浮かべたとき、音量を絞っている呼び鈴が小さな音を発し、藪下は戸口のほうを振り返った。そして傷だらけの古びた腕時計に目を落とす。午後三時前。まだ訪問介護員が来る時間ではないし、運送屋が訪れる予定もない。

「珍しく新聞の勧誘か、それとも宗教の類(たぐい)か」

いずれにせよ、オートロックをすり抜けてきた者にわざわざ顔を出してやる義理はなかった。藪下は居留守を使うことに決めて母親に向き直ったが、直後にまた呼び鈴が鳴らされた。訪問者はなかなか諦めの悪い性格らしい。しばらく放っておいても、執拗(しつよう)にベルを鳴らして一向に帰る気配がなかった。

「無茶なノルマでも課せられてんのか？」

藪下は小さくため息をつき、開け放っていた寝室の窓を閉めて玄関へ足を向けた。ドアスコープから表を覗くと、中折れハットをかぶったメガネ面の男が佇(たたず)んでいるのが目に入る。歳(とし)のころは六十絡みといったところだろうか。麻色のスーツを着込んで、洒落(しゃれ)た格子柄のストールを首にかけている。ひと目で上等とわかる黒革のブリーフケースを肩にかけ、金無垢の腕時計にたびたび目を落としていた。

飛び込みのセールスや勧誘でないことだけはわかった。ではいったい、この紳士は何者なのか。藪下は身なりのいい男を観察していたが、結局は無言のまま踵を返した。この男からは厄介事の匂いがする。顔を合わせても自分に得はないだろう。そう見切って母の寝室へ戻ろうとしたとき、今度は立て続けに呼び鈴が連打され、藪下はうんざりして舌打ちをした。

「しつこいな」

毒づきながら鍵をまわし、扉を細く開ける。姿勢よく突っ立っている小柄な訪問者を威圧的に見下ろした。

「どちらさま？」

「ああ、よかった。やっぱりご在宅でしたか。突然お伺いして申し訳ありません」

男は恐縮してそう言い、微笑みながら内ポケットに手を入れた。瞬間、藪下は間髪を容れずに男の手首を摑んでひねり上げた。

「なんの真似だ」

「いや、待ってください。名刺です、名刺を取り出そうとしただけですよ。ちょっと落ち着いて。凶器なんて持っていませんから」

驚きの表情を浮かべた男を見まわし、藪下は臨戦態勢のままひとまず手を放した。男は金縁のメガネを押し上げ、そそくさと名刺を抜いて差し出してくる。藪下は警戒しながら受け取って目を向けた。益田(ますだ)法律事務所の弁護士、益田総一(そういち)とある。ジャケットの襟許(えりもと)へ目をやると、ストールの陰に隠れて燻(いぶ)し銀のバッジが鈍い光を放っていた。

男はぎこちない笑みを作り、仕切り直すように軽く咳払(せきばら)いをした。

「折り入ってお話ししたいことがありましてお伺いしました」

「なるほど。たぶん、先生は部屋を間違えてますよ。オートロックを解錠したのは別の家の者です。うちは弁護士の世話になるようなことはないんでね」

名刺を突き返してドアを閉めようとすると、益田という弁護士は慌ててレバー式のノブを引っ張った。

「部屋は間違えていませんよ。わたしは三〇五号室の藪下浩平さんにお話があって来たんです。掃除でエントランスのドアが開いていたので入ってきました。お忙しいところ恐縮ですが、少々、お時間をいただけませんか」

藪下は、再び男の顔に目を据えた。なぜ自分の住所氏名を知っているのか気になったが、とにかくさっさとお引き取り願いたかった。

「わかりましたよ、用件は？　手短にお願いします」

「重ね重ね申し訳ありませんが、ここではお話しできません」

「いきなりアポなしで訪ねてきた見ず知らずの人間を、家に招き入れろと」

「ええ。ぜひともお願いします」

益田はきっぱりと言い切った。なかなか動じない男だが、本当になんの用件だろうか。藪下は、弁護士を差し向けられるようなことはなかったかどうか頭を巡らした。ここ最近は揉め事を起こしたことはない。ひと昔前ならまだしも、今は法曹とはまったく無縁の暮らしをしているというのに。

するとそ益田は、また名刺を差し出しながら言った。

「わたしの身元をお疑いなら、ここへ電話していただければ確認できますので」

「悪党ってのは、どんな手を使ってでも相手の懐に入り込むものですよ。電話確認にはなんの意味もない。本当に弁護士ならいちばんおわかりでしょうに」

「さすがですね、その通りです。話が早くていらっしゃる」

予定通りのやり取りというわけか……食えない男だ。

藪下は「ちょっと待ってください」と告げて部屋へ戻り、母の様子を見てから玄関に舞い戻った。益田を招き入れてリビングへ通す。ひとまず、この男の目的を把握することにした。

「お手数をおかけしてすみません」

きちんと整頓された部屋を見まわし、弁護士は茶色のパナマ帽を脱いでいる。藪下が布張りのソファに腰を下ろすと、益田は外したストールを丁寧にたたんでから向かい側に座った。その立ち居振る舞いから、お洒落にはうるさい几帳面なタイプだろうと予測できる。そして羽振りがよさそうだ。まったく臆することのない男を窺いながら、まず藪下は釘を刺した。

「仮に今あなたが襲いかかってきても、返り討ちにするのは簡単だとだけ言ってお来ますよ。たとえプロでも結果は同じです」

「わたしもそこまで馬鹿ではありません。藪下さんを前にして、向かっていける者は少数でしょうね。先ほどは睨まれただけで足がすくみましたから」

言葉とは裏腹に、益田は朗らかに笑って合わせた目を離さなかった。場慣れしている。この男が本当に弁護士なら、かなりのやり手だろうと思われた。白髪混じりの髪が綿毛のように薄くて眉もぼさぼさだ。小柄でいかにも人のよさそうな風貌なのだが、メガネの奥の小さな目は冷え冷えとしていた。感情を封じる術に長けている。どこかで会ったかもしれないと思っているとき、益田は磨き込まれた革のブリーフケースから書類の束を取り出した。

「早速ですが、本題に入ります。藪下さんにお仕事の依頼で参りました」

「仕事の依頼？」

　予測だにしなかった言葉に、藪下はいささか面食らった。すかさず書類へ視線をやると、火災報告書という文字が飛び込んでくる。

「約半年前に、墨田区森島（もりしま）で火災が発生しました。かなり大きく報道されましたから、藪下さんもご存じかと思います」

　藪下は書類を取り上げ、びっしりと印字された紙面に目を走らせた。確かにこの火災には覚えがある。周囲十二軒を巻き込んだ大規模なもので、逃げ遅れた近隣住民六人が犠牲になっていたはずだ。正月早々から悲惨な火災で町が壊滅状態となり、嘆き悲しんでいる遺族の映像が頭にこびりついている。

　益田弁護士は、活字を目で追っている藪下に説明を始めた。

「火元は八年前に閉店した木造のペットショップでした。森島は空襲を免れた土地で、昭和初期に建てられた長屋や家屋が現存しています。東京下町の街並みが色濃く残っている地域ですね。そのせいで、あっという間に延焼してしまったようですが」

「この辺りは知ってますよ。入り組んでいるうえに道幅も狭い。消防の車も入れなかったということですかね」

「ええ、その通りです」と益田は大きく頷いた。「災害時対策のために、再開発が決まっている地域ですよ」

藪下はページをめくりながら益田の話に耳を傾けた。隅田川を挟んで浅草があり、背後にはスカイツリーを望む近代都市が迫っている一角が森島だ。しかし写真に残された火災現場は古びており、まるで四、五十年も前の風景に見えた。

「確かこの火事は、放火容疑で火元住人がしょっぴかれたと思ったが……」

「そうです。元ペットショップ店主の相原幸夫さん、六十八歳。現在は証拠不十分で釈放されています」

ページを繰りながら書類に目を通し、うつむいたまま藪下は問うた。

「保険は？」

「それなんですが」

益田は小さく息を吐き出した。

「保険会社の調査が入っていまして、未だ保険金は支払われていません」

「だったらもう、この相原って男がクロだと言ってるようなもんだ。そもそも調査で判明した発火源は店の中に撒かれたガソリンで、この男は夜中にだれよりも早く逃げ出している。失火の可能性が低いのは報告書の通りですよ」

「ええ」

「保険金狙いの自作自演。六人も死者を出して十三軒が全焼。これはいずれ立件される。おまわり連中も、もちろんそのつもりでしょうよ。死刑求刑もあり得るヤマだ」

益田は同意しているようでいて、あいかわらず感情の読み取れない面持ちをしている。藪下は報告書を重ねて弁護士に押しやり、膝の上で手を組み合わせた。

「で、俺になんの用なんです？　放火犯とは面識もないし、適当なアドバイスで金を取る犯罪研究家でもない」

「実は、わたしは相原幸夫さんの弁護を担当しています」

「それはそれは。よく引き受けましたね。ほとんど負け戦だ」

弁護士は、藪下の軽口をあっさりと聞き流して先を続けた。

「伺ったのは、この一件の調査を藪下さんにお願いしたいということです」

「は？」

藪下はひとしきり益田を見まわし、顔の前で手をひと振りした。

「いきなり何かと思えば事件調査？　そんなもんを、なんで狙い撃ちしたみたいに俺にもってくるんですか。探偵でも雇ってくださいよ」

「ぜひ、藪下さんにお願いしたいんですよ。あなたほど調査に精通している人物はいない。これは確信しています」

弁護士は口滑らかに断定している。藪下は腕組みしてソファにだらしなくもたれかかった。やはり、ドアを開けるべきではなかった。益田は相当しつこそうなうえに、首を縦に振らせる切り札をもっているようにも見える。

藪下は疲労を感じて目頭を強く押した。

「だれに聞いたか知らないが、俺が元警官だから来たならお門違いだな。とうの昔に刑事の勘とやらはなくなってる。退職警官なんてそこらに山ほどいるんだから、よそを当たってくださいよ」

「いいえ、あなたにお願いします。藪下さんは麻布(あざぶ)署捜査課の元警部で、ノンキャリアながら警視から上も間違いないといわれていた。警察官時代は、総監賞の賞詞(しょうし)、賞状、賞誉を複数回受けておられますね。それなのにおよそ一年前、四十二歳にして突然辞めてしまわれた」

「よく調べてますね」

皮肉をこめて笑ったが、益田は表情を変えなかった。

「藪下さんが担当した事件も調べさせていただきました。数々の凶悪事件を解決に導いておられる」

「それが仕事でしたから。別に個人で解決したわけでもないし」

弁護士はひと呼吸の間を置き、鞄から色刷りの派手なチラシを取り出した。藪下の前に滑らせる。

「墨田区の火災には、捜査特別報奨金制度が適用されています。有力情報には上限額で三百万が支払われる」

「へえ、警視庁も本気なんだな。今の段階で金を出すとは、どっかの政党から圧力でもかけられたのかね」

藪下は、現場地図と直通電話番号の入ったチラシを見つめた。

「目撃情報や周辺情報がほとんどないために、状況証拠だけで相原氏は放火容疑をかけられています。まさしく冤罪の始まりですよ」

「そうはいっても、この男の自作自演ですべての筋が通る。だいたい、店に撒かれたガソリンはどう説明するんです？」

「当人は身に覚えがないと言っていますよ」

「たいがいの悪党は必ずそう言いますがね」

気のない調子の藪下を窺いながら、益田は右手で金縁のメガネを押し上げた。その中指にはまっている銀の印章指輪を見ているうちに、忘れていた記憶が一気に蘇って藪下は身を乗り出した。

「ちょっと待った。俺はあんたに会ったことがあるな。あんたは確か、桐生製糖株式会社の顧問弁護士じゃなかったか？」

「ええ、さようですが」

「てことは、あそこの馬鹿息子を俺がしょっぴいたとき、署にすっ飛んできて勾留を阻止したのがあんたか。手回しよく検察と裁判所に意見書を出して」

藪下は益田の無表情な顔を見まわし、思い切り舌打ちをした。

「これは全部あの馬鹿息子の差し金だな」

「そう受け取られるのは藪下さんの自由です」

「否定しないのかよ。だいたい、弁護士が一市民に仕事を依頼するなんてあり得ない。まったく、『警察マニア』だかなんだか知らんが、親の金でのうのうと遊び暮らしてるぼんくらだ。俺は、ああいう甘ったれがいちばん嫌いなんだよ。帰ってくれ、話はもう終わりだ」

頭に血が上っている藪下に弁護士はじれったくなるほど鷹揚に微笑みかけ、鞄から新たな書類を一枚抜き出した。

「桐生淳太郎さんは非常に優秀な方ですよ。いずれは、アジア圏シェア一位の製糖会社を継ぐ方ですから」

「あいつは確かもう三十超えてたよな。なのに継ぐどころか仕事なんてやってないじゃないかよ」

「見識を広げるのはよいことだと思います。現当主もそうお考えですし」

藪下は盛大に鼻を鳴らして空笑いをした。

桐生淳太郎は、事件現場に現れては捜査を見物記録する「警察マニア」と呼ばれる迷惑な人間だ。世の中にはさまざまなマニアが存在するが、これほど鬱陶しいやつはいないと藪下は思っていた。マニア界隈で警察の動静をやり取りし、大きな事件が起きればどんな現場にも必ず現れる。何をするわけではないものの、警官の動きを逐一把握して記録する情熱はストーカー以上だった。おまけに、警視庁管内の主要警官の名前、階級や実績まで網羅している節がある。藪下は過去に淳太郎を公務執行妨害で逮捕したが、この益田弁護士がすべての後始末を担当していた。

「とにかく帰ってくれ。これから仕事があるし、やることが山のようにあるんでね。だいたい、放火事件は今も警察捜査が続いている以上、俺なんかが入る隙はない」

藪下がソファから腰を浮かせかけたとき、益田はタイミングを狙っていたかのように一枚の紙切れをテーブルに置いた。

「あなたが警察官を辞めた理由は、お母さまの介護のため。ご自身のキャリアや将来を捨ててまで、お母さまに尽くそうとなさっている」

弁護士はテレビの脇に飾られた母の写真に目をやった。自分が贈った、誕生日の花束を抱えて笑っているものだ。そして益田は寝たきりの母の気配を探るように戸口を見やり、また藪下に視線を戻した。

「おそらく、わたしの依頼は藪下さんのためになると思います」

「大きな世話だ」

藪下はテーブルの上の紙をひったくった。並んでいる細かい数字に目を這わせていると、益田は抑揚なく続けた。

「半年間の事件調査で五百万の報酬をお支払いします。もし有力な情報が得られれば報酬は上乗せされ、真犯人に行き着いた暁には倍額をお約束します」

藪下は黙って弁護士の話に耳を傾けた。事件が解決してもしなくても、半年で五百万は保証されるというわけか……。確かに悪い話ではない。わずかな心の揺れを感じ取ったらしい益田は、まるで勝利宣言でもするようにたたみかけてきた。

「先ほどもお話ししたように、事件の真相に近づく情報を得られた場合、捜査特別報奨金制度に則って最高額で三百万が支払われます。それもお忘れないように」

この男と淳太郎の目論見通りになるのは腹立たしい限りだが、とにかく金がいることだけは確かだ。退職金と医療保険、そして貯金と父親の遺族年金で今はなんとかなっているが、このままではそう遠くない未来に破綻するのは目に見えていた。

母は二年ほど前に、くも膜下出血のため遷延性意識障害に陥った。いわゆる植物状態であり、意識の回復は絶望的だと医師からは宣告されていた。しかし、藪下は周囲の意見を無視して強く延命を希望した。ごく稀だが意識が回復した例がある以上、途中で治療を打ち切るなど考えられなかった。

死を待つばかりの療養施設から引き取ったのも、母を手許に置いて回復の兆しを見逃さないためだ。とにかく母親と再び言葉を交わすまで、諦めるつもりはない。

弁護士は、テーブルの上の書類をまとめながら口を開いた。

「悪い話ではないどころか、藪下さんにとってメリットしかないのでは？　報酬額にしても、あなたの腕を活かせる仕事にしてもです。現在、藪下さんは派遣の警備員やホステスの送迎などを複数かけもちされておられますね」

藪下は飄々と個人情報を語る益田を睨みつけた。

「時間の融通が利く仕事をお選びになっているようですが、わたしの依頼のほうがより融通が利きます。そのうえ金になる」

そう言った益田は、きれいに重ねた書類の上に名刺を載せた。

「では、お電話をお待ちしています。お忙しいところお手数をおかけしました」

藪下は弁護士の後ろ姿を見送りながら、頭をがりがりとかきむしった。

2

夕暮れ間近の池袋は人でごった返していた。くたびれたサラリーマンや学生が群れをなし、呑み屋の違法な客引きが駅前に集まりつつある。加えて宗教団体の街宣車が厳かに神の慈悲を説いており、法則性のないとっ散らかった空間が出来上がっていた。排気ガスと蒸し暑さと騒音と、今の藪下にはことさら神経に障る。

執拗にチラシを押しつけてくる客引きをかわして足早に進み、さらに混雑しているサンシャイン通りに入る。この辺りは制服を着崩した派手な高校生が目につき、久しぶりに風紀の乱れという言葉を思い出した。騒がしい子どもらを横目に首都高の高架下を過ぎた辺りで、二ブロックほど先に場違いな黒のキャンピングカーが駐まっているのを見つけた。金にあかせてシボレーを改造したもので、平らな車体がまるで装甲車だ。

「やっぱりここか」

藪下はつぶやき、スマートフォンを掲げている人垣をすり抜けた。

一昨日、この付近で通り魔事件が起きている。何者かがビルの上から硫酸を撒き、中年の主婦ひとりが死亡して六人が重軽傷という悲惨な無差別事件だった。この手の凶悪事件現場には必ず淳太郎の影があると思っていたが、その予測は的中したようだ。

警視庁のつなぎを着た捜査員が、張り巡らされた黄色いテープのなかで現場検証をおこなっている。藪下は何台も連なる警察車両の脇を小走りし、目的のキャンピングカーの助手席にいきなり乗り込んだ。が、運転席は無人だ。キーがついているのを確認したとき、座席の後ろから能天気な男の声とけたたましい女の悲鳴が聞こえてきた。

「人の車に勝手に乗るのは窃盗の着手に当たりますよ。警告しましたからね、今すぐ降りてください」

藪下はシートに腕をまわして無言のまま後ろを振り返った。車内は思っていた以上の広さがある。何より驚くのは、この完成度の高さだ。藪下は半ばあっけに取られた。フローリングの床はオーク材だろうか。暗褐色の木材が矢羽根模様に敷き詰められ、同じ材質とおぼしき重厚な家具が存在を主張している。まるでイギリス辺りにある古城の書斎を移築したような完璧（かんぺき）な空間ではないか。車の内装という域を超えている。乳白色の陶製の照明が、ろうそくの炎に似た柔らかな明かりを灯（とも）していた。

藪下は無精髭（ぶしょうひげ）の残るあごを上げ、壁際に沿うように置かれた黒い革張りのソファに目を据えた。

「池袋駅の利用者数は、一日にだいたい二百五十万人だぞ。そのいちばんの繁華街で、いったい何やってんだよ」

癖のある髪を明るく染めた男が、コーナーソファで半裸の女と抱き合っている。桐生淳太郎は、呆（あき）れるほど以前と何も変わってはいないらしい。藪下を見て一瞬だけきょとんとしたが、すぐに満面の笑みに変えた。

「ああ、藪下さんでしたか。お久しぶりです。来るなら前もってそう言ってもらわないと、これは明らかにプライバシーの侵害ですよ」

「プライバシーを気にすんなら、こんなとこで行為に及ぶな」

藪下がうんざりしながら言うと、淳太郎は笑いながら柔らかそうな髪をかき上げた。色白で線が細く、垂れ気味の大きな目が印象的かつ華がある。確かもう三十三になるはずだが、言われなければ二十代でじゅうぶんに通用する見た目だった。苦労を知らない美青年は生粋の女たらしであり、警察マニアという特殊な趣味に興じる変わり者でもある。再確認するまでもなく、今でも藪下の受けつけないタイプの人間として上位に君臨していた。

慌ててTシャツを着込んだ若干ふくよかな女は、ただちに立ち去れと言わんばかりに藪下を睨みつけてくる。淳太郎はそんな膨れっ面の女をあっさりとなだめすかし、電話番号を交換してから「ごめんね」と手を振って車の外へ送り出した。素肌にストライプのシャツを羽織って運転席に乗り込んでくる。

「いったいあの女はなんなんだよ」

眉根を寄せたまま冷ややかに問うと、淳太郎は小さなイニシャルのペンダントを整えてから首をすくめてみせた。

「彼女は美大生でね。僕の車に興味津々だったんですよ。声をかけたら、キャンピングカーに乗ってみたいって言うもんだから乗せてあげたんです。嬉しそうにはしゃいじゃって、素直でかわいい子でした」

「どうかしてる」と藪下はぴしゃりと言った。「初対面の男の車に乗り込んで簡単に裸になる。しかも日暮れ前の街なかでだぞ？　世も末だ。将来の結婚相手が気の毒でならんし、産んでくれた母親もさぞかし悲しむだろ」

「嬉しいなあ、やっぱり藪下さんは全然変わらない。安心しました」

以前から人との距離感がおかしい淳太郎は、過剰に顔を近づけて色素の薄い目を合わせてきた。藪下は咄嗟に仰け反って男から離れた。

「藪下さんは女性の貞操観念に厳しい根っからの母親信仰者。その古風すぎる感覚、すごく懐かしいですよ。ちなみに、彼女には僕以外の車に乗らないようちゃんと指導しましたからね。今のご時世、どんな危険人物がいるかわからないですから」

「自分がその危険人物だろうが」

会って早々、血圧が上がるのを感じた。淳太郎はにこやかに手許のタブレットでドライブレコーダーの映像を確認し、続けてバックミラー越しに現場検証の様子を窺っている。女にうつつを抜かしていた今さっきまでの軽薄さが消え失せ、引き締まった面持ちに変わった。

「おそらく、池袋署は硫酸を撒いた通り魔を取り逃がします。初動が悪すぎる。逃走経路を駅に限定した規制線を張っていましたからね。藪下さんならそうはしないでしょう」

淳太郎は首から下がるペンダントを弄びながら言った。いったい何様のつもりだと思う反面、まったくの的外れでないのにも腹が立った。ビルの上から硫酸を撒くという手口は、一般的な通り魔とはいささか趣が違う。捕まりたくないという意志があり、犯行直後に防犯カメラだらけの駅へ向かうことはないように思われた。わざわざ硫酸を用意したというのも、遊び半分ではないだろう。

　バックミラー越しに現場を見つめていた藪下は、苛立ちを感じて視線を逸らした。答えを待っているような淳太郎を無視し、作り込まれた後部のスペースを振り返る。

　眠気を誘うような心地のよい空間には、壁に埋め込まれた五台のモニターがある。二台は車外を録画しており、おびただしい人間が行き来している映像が流れていた。残りはこの辺りの立体地図と、池袋通り魔事件をまとめたニュース記事、それにチャットのような会話文がひっきりなしに更新されている画面まである。仲間との情報交換だろうか。想像以上だ。この車は司令室と化している。

　淳太郎はキーを打つ手を止めて顔を上げた。

「必ず来てくれると思っていました。でも、僕はあなたを許したわけではありません」

「いつまで根に持ってんだよ。あのときは、意味もなく事件現場をうろついてて目障りだから逮捕したまでだ」

　すると淳太郎はすっと目を細め、整った顔に敵意をにじませた。

「そのことを言ってるんじゃないことぐらい、藪下さんはわかっているはずです」

「さあな、さっぱりわからん」

藪下は、フロントガラス越しに見える通りへ目をやった。街灯が薄暗くなりはじめた街を照らし、看板の出された店先はけばけばしいライトアップで彩られている。忙(せわ)しない音楽と人いきれが混じり合った雑踏を眺めていると、淳太郎は短いため息をついた。

「あなたは警察官という職をいとも簡単に捨てた。積み上げてきたものを一瞬で壊しました。僕にはどうしてもそれが許せません」

「別におまえさんの許しを乞う必要はないだろ」

「ええ、そうですよ。僕は部外者だし藪下さんの身内でもない。でも、ずっとあなたを見てきた身としては、到底納得できませんね」

いったい、急に何を言い出すのだろうか。藪下は、この男がわずかでも興奮している姿を初めて見た。逮捕したときでさえ、心を動かさずに取り澄ました態度を崩さなかったというのに。

淳太郎は顔を赤くし、ひとしきり咳(せき)をしてから先を続けた。

「藪下さんは警察学校時代に公安の講習を受けていますよね」

「だから？」

「成績上位者、そのなかでも選ばれた者のみの講習です。若くして警部に昇進して、この先も有望でした。ノンキャリアが警視正以上になった例はほとんどありませんが、あなたなら成し得たはずだと僕は確信しています。史上初、ノンキャリアから警視総監になれたはずの選ばれし人材だったんですよ」

「あのな。警察マニアなんてものをやってっから、そういうとんちんかんな思考になるんだよ。俺は特別有能でもなんでもないし、たまたま昇任試験に受かっただけの話だ。それに、俺の人生は俺が決める。他人にはなんの関係もない」

にべもない籔下を真っ向から見つめていた淳太郎だったが、目に見えて呼吸が不規則になり、急に胸許(むなもと)を押さえてうつむいた。そして一層激しく咳き込みはじめる。風邪でもひいているのかと思っていたが、咳の症状は見る間にひどくなってしまいにはハンドルに覆いかぶさってしまった。今にも呼吸不全を起こしそうなほどの苦しみ方ではないか。籔下は肝を潰して淳太郎の肩に手をやった。

「おい、大丈夫か？　いったいどうした？」

問いかけに答えられないほど息の詰まるような咳を繰り返し、指先や唇が見る間に白くなっていく。これはただごとではない。ズボンのポケットからスマートフォンを出して一一九を押そうとしたとき、淳太郎は籔下の腕を摑んでそれを遮った。

「だ、大丈夫です……」

ジーンズのポケットから白っぽい吸入器を取り出してダイヤルを合わせ、口に押し当てて思い切り吸い込んでいる。それを二回ほど繰り返したところで、少しずつ顔色が戻ってきたのを見て藪下は胸を撫で下ろした。

「ずいぶんひどいな。喘息か？」

「ええ……季節の変わり目に弱くて」

淳太郎はことさらゆっくりと呼吸をし、ペットボトルの水を何度にもわけて口に運んでいる。力なくハンドルに突っ伏していたが、ややあってから顔を上げた。

「すみません、お騒がせしました。もう大丈夫です」

「医者に行ったほうがいい」

そう促したが、淳太郎は首を横に振った。

「発作のたびに病院へ行かなくていいための薬です。即効性がありますからね。副作用で声がかすれるのが難点ですが、もう長年の付き合いで持病には慣れっこなんですよ」

藪下は細面の白い顔を不必要なほど見まわしたが、当人がそう言うならと革張りのシートに体を預けた。淳太郎は再び水を飲んでしばらく口を閉じていたが、やがてゆっくりとした口調で喋りはじめた。

「正直に言えば、藪下さんは他人の気がしないんですよ。蕎麦よりもうどん派で、見かけによらずお酒は弱い。ビール一本がせいぜいです。趣味は料理と家事。徹底的に出汁にこだわる凝り性の一面がありますね。情け容赦なく被疑者を挙げていく一方で、内偵中にアジサイの写真を撮ったりするおちゃめなところもある」

「いったいなんの話だ」

もう付き合っていられない。苛々して語気を強めると、淳太郎は女に向けるような無邪気な笑みを見せた。

「警察官時代の藪下さんの話です。麻布十番にある古くて汚いうどん屋。あそこは確かにおいしいですね。あなたが通い詰めていたので僕もよく行ったんですよ」

完全なるストーカーだ。嫌悪感を隠さずに淳太郎を眺めたが、そもそも警察マニアとはつきまといの別名のようなものだろう。権限があったあのとき、見せしめの逮捕ではなく本気で起訴に持ち込むべきだったと藪下は今さらながら後悔した。

淳太郎はふうっと息を吐き出し、今度は憂いを帯びた面持ちをした。

「僕は子どものころから警察官になろうと決めていました。親はもちろん、親戚一同からも反対されましたが、僕の決意は変わらなかった。夢は破れましたけど」

「その持病でおまわりは無理だな」

「そうです。生まれつき弱い体のせいで、人生の目標はあっけなくなくなりました。あとは興味のない仕事を継いで死を待つだけです」

藪下は舌打ちした。

「何不自由のない人生を約束された者は、そのありがたみがわからない。おまけにだれよりも不幸面したりな。いい歳してガキみたいなことを言ってんなよ」

藪下は容赦なく切り捨てたが、意外にも淳太郎はおもしろそうに微笑んだ。

「ちなみに藪下さんの嫌いな食べ物はなんですか？」

質問の意味を測りかねたが、藪下は「小豆（あずき）」とひと言で答えた。淳太郎はうんうんと頷き、端整な顔を向けてくる。

「その大嫌いな小豆を、三食死ぬまで食べ続けなければならないとしたらどうです？どれほどいやでもほかに選択肢はない。人が好物を食べている姿を見ながら、自分は毎日大嫌いな小豆を食べなければならないんです。僕は今、幼児でもわかるように説明していますよ」

「本当に腹立つやつだな」

藪下は再び大きく舌打ちをした。

「すべてにおいて甘いんだよ。小豆しか食うものがなければ、それを食って生き延びるしかないだろ。だいたい、用意してもらったもんは嫌でも食え。母親にそう教わらなかったのか」

「僕の母も偏食がひどいもので、無理強いされたことはありません」

そうやって甘やかされて育った末路がこの男というわけだ。世代間のギャップに加えて育ちや思考があまりにも違いすぎ、淳太郎に対してさらなる拒否反応が出そうなほどだ。

こめかみが疼いて指で押していると、淳太郎は不毛な話の終わりを買って出た。

「結局、当事者じゃなければこの苦しみはわからないわけです。藪下さんの苦しみは藪下さんにしかわからないのと同じでね。なので、お互いに理解し合うのはやめにしましょう。平行線をたどりそうなので」

「ああ、それがいい」

藪下は同意しながら茶封筒から書類を抜き出し、ダッシュボードの上に放った。弁護士の益田が置いていったものだ。

「桐生製糖株式会社の顧問弁護士が、今日アポなしでうちにやってきた。当然、おまえさんの差し金だろう」

淳太郎はペンダントに手をやりながら、書類にちらりと目を向けた。

「どういうつもりなのか教えてくれ」

「そのままの意味ですよ。あの火災は不審な点がある。でもおそらく、このままでは状況証拠だけで相原氏は起訴に持ち込まれます。その話を聞いて、すぐ藪下さんの顔が浮かんだんですよ。再調査に適任ですから」

「違うだろ？」

藪下は運転席に鋭い視線を送った。

「弁護士が持参した報告書を読んだが、火元の相原はギャンブル狂いで金がない。だからこそ、捜査陣に保険金狙いの放火を疑われてるんだ。そんな男が、益田クラスの弁護士を雇えるわけがないんだよ」

「そうでもないでしょう」

「いや、そうだ。この事件の弁護はだれが見ても困難だろうし、着手金だけでも五十万を超えるだろうな。そこに報酬が加算されれば百万どころでは済まない。そのうえ俺への調査費用。結果が出なくても五百万をぽんと出し、解決すれば倍額とくる。どう見積もっても、身ひとつで焼け出されたじいさんが払える額じゃない。となれば、この金の出どころはどこか」

淳太郎は正面を見据えてふふっと笑った。

「やっぱり藪下さんは何も変わっていませんね」

「話をはぐらかすな」

「藪下さんの推測通り、相原さんの弁護と調査をバックアップしているのは僕です」

火元の相原とこの男が縁者でないことはわかっている。だとすれば、そうまでする動機はひとつだろう。藪下は頭に血が上るのを感じながら、淳太郎に怒りの矛先を向けた。

「おまえは俺を舐めてんのか」

「いいえ」

「俺が金に苦労してんのを知って、おまえのくだらない遊びに付き合わせようって魂胆だろう。何様のつもりか知らんが、人を弄ぶのもたいがいにしろ」

淳太郎は藪下のほうを向き、燻る怒りを真っ向から受け止めた。

「藪下さん。僕はこう見えて感傷的な男ではありません。言ってしまえば、あなたのお母さんが病気だからたいへんだとは思っていない。それは藪下さん自身の問題ですからね。足長おじさんになるつもりもありません。ただ純粋に、レベルの高い事件調査がしたいだけです」

「だから金で釣ってるんだろうが」

藪下は、淳太郎の胸ぐらを掴んで力まかせに引き寄せた。そう、この冷酷さだ。すべてを自分の手中に収めて、笑いながら人間を駒にすることに慣れている。この男に駆け引きはなく、当然のように決定権しかもたなかった。火元の相原は、いわば金持ちの娯楽として買われたも同然だ。反吐が出る。

淳太郎は揺らぎのない目をして微笑み、胸許を掴ませたままで言った。

「あなたはお金が必要で、僕はあなたの機転をこの目で見てみたい。この二項の両立は難しくはないはずです。万が一あなたが期待はずれの無能でも、契約を反故にするようなことはしません」

淳太郎の色素の薄い瞳のなかに、今にも理性が吹っ飛びそうな自分が映っている。これほど藪下を激怒させた人間は久しぶりだった。

「僕は、藪下さんが感情で動くような愚か者だとは思っていない。お金にきれいも汚いもないことは、今のあなたが切実に感じていることでしょうし」

「いいだろう。その話に乗ってやる。おまえを殴り飛ばすのはことが終わったあとだ。今持ってる情報を全部俺によこせ」

淳太郎を手荒に突き放すと、彼はシャツの襟許を整えながら右手を差し出してきた。契約成立の握手というわけか。藪下は怒りにまかせて弾くように男の手を叩き、腕組みして前に向き直った。

3

南千住の駅から徒歩十五分というところだろうか。新旧入り混じった住宅街の一角に、廃墟と見まごうばかりの古びたアパートが埋もれるように建っていた。木造二階建てで、赤錆だらけの鉄骨階段がことさら陰気臭さを振りまいている。各部屋のドアは元の色がわからないほど色褪せ、窓枠にかけられているビニール傘もぼろぼろに劣化していた。見ているだけで気が滅入ってくるような建物だ。

「このアパートは、六部屋全部が事故物件らしいですよ」

白シャツと細身のジーンズ姿の淳太郎が、言葉に反して晴れやかに言った。

「殺人、自殺、孤独死、病死、心中。建ってから三十七年の間に、ありとあらゆる不幸が起きているみたいですね」

「賃貸なんてそんなもんだろ。住人が死んでも次が入居すれば、不動産屋に告知義務はなくなる。ルールというより暗黙の了解だな。三人目からは、何事もなかったかのように家賃も上げる」

「でも、最初のひとりは事故物件を承知で入居する必要がありますよね。このハードルを越えられないアパートが東京にはどれだけあるのか」

「そのハードルは低い。死人が出た直後の部屋に一定期間住んで、事故物件をチャラにしてまわる商売がある。『ステップ』って呼ばれててな。ワンステップ置いて、資産価値を戻す復元屋だ。たいがいはヤクザとつながってる」

淳太郎は横から藪下を見つめて目を輝かせた。

「現代の闇ですね。そこには美学の神髄がある」

「ないだろ」

「ネットにも上がらない真実は美しいという話です」

あくまでも意味不明な理屈をこね、淳太郎は癖のある長めの髪を後ろへ払った。どの角度から見てもバランスがよく、藪下よりも目線が上という長身だ。第二ボタンまで外された襟許からは星形の刺青が覗き、イニシャルをあしらった金のペンダントが光っていた。今日はこれから訊き込みだというのに、場違いも甚だしい。

藪下は淳太郎に目配せし、半ば腐食している鉄骨階段を上った。足を踏み出すごとに軋みと揺れが起こり、強度は大丈夫なのかと心配になるほどだ。二階の廊下はひび割れだらけで、隅に綿埃や虫の死骸が溜まっていた。掃除をする管理人もいないようで、荒れるにまかせたひどい環境だった。

奥へ歩き出したとき、ポケットの中でメールの着信音が鳴った。すぐさま確認すると、訪問介護のヘルパーからだった。昼時に必要な、ひと通りの世話が終わったらしい。胃瘻からの栄養剤投与と排泄の確認、口腔ケア、床ずれを防ぐための体位変換や掃除など、いつも母の環境をよりよく整えてくれる。担当ヘルパーは看護師の資格ももっており、実に気の利く有能な人材だった。藪下はいつものように心からの感謝を彼女へ送信し、スマートフォンを戻して二〇三号室のドアに向き直った。

「益田弁護士がすでにアポを取っています」

そう言った淳太郎は、ドアを三回ノックした。少しの間を置いて今度は二回叩き、また三回ノックする。二人の間で合図を決めているらしい。しばらく待っていると、中からかすれたか細い声が聞こえてきた。

「桐生さんですか？」

「ええ、そうです。辺りに不審な人間はいませんから大丈夫ですよ」

その言葉と同時に、ようやくドアが細く開いて住人が顔を見せた。目の周りを囲むように濃いクマが沈着し、頬がこけて頭蓋骨の形がありありとわかるほどだ。これが十三軒を焼き尽くした火災の加害者、相原幸夫か。藪下は貧相な男を無遠慮に見まわした。年齢は六十八だったはずだが、七十の後半と言われても信じてしまうような見た目だった。襟首の伸び切ったTシャツからは浮き出した鎖骨が覗き、棒切れのような腕がだらりと下がっている。

「あの、こちらの方は……」

怯えた目を藪下に向け、隣に説明を求める視線を送っている。藪下は軽くお辞儀をし、淳太郎が手まわしよく作成した名刺を手渡した。肩書きは「特別専門調査技能員」とあり、高度な専門資格取得者であるかのような印象を植えつける詐欺まがいの字面だった。

「今回の一件を調査させていただきます藪下です」

相原はわけのわからない名刺と藪下に目を往復させ、小さく頷いてから「どうぞ」と部屋に招き入れた。昼間だというのに雨戸が閉め切られ、カビ臭い空気がどんよりと滞留している。狭い三和土で靴を脱いで上がると、部屋では電気スタンドがひとつだけ明かりを灯していた。六畳足らずの居間には最低限の家具しかなく、たたまれた布団が壁際に押しつけられている。

「狭くてすみません。窓も開けられなくて」

丸い卓袱台を囲むように三人は座り、相原は灰色の無精髭に手をやった。

「それで、どんな感じでしょうか」

相原は、落ち着きなく身じろぎしている。生気というものが感じられず、すべての仕種に悲愴感がまとわりついていた。一方で、淳太郎は相も変わらず穏やかな笑顔を崩さなかった。会話を録音しますと断りを入れ、ICレコーダーを卓袱台に置く。そしてひとしきり男を見まわしたあと、にこやかに口を開いた。

「これから本格的な調査に入るので、今日は少しお話を聞かせてください。それに相原さん。この家は引っ越されたほうがいいんじゃないですか？　最低限、オートロックは必要でしょう。益田からお話はあったと思いますが、部屋もこちらで用意しますし」

「いえ、めっそうもない」

相原は顔を撥ね上げ、淳太郎に向けて手をぶんぶんと横に振った。

「すべてお世話になりっぱなしで、このうえ部屋だなんて」

「こちらからお願いしたんですからかまいませんよ。そのあたりはお気になさらず」

「確かにオートロックがあれば、少しは安心でしょうね。で、でも、あの、そういうことが町にバレたら、もっとたいへんなことになると思うんですよ……」

相原は充血した目で二人の訪問者を交互に見やった。

「大勢の人生を奪ったくせに、いちばんいい暮らしをしている。そんなふうに思われて、ますます恨まれそうで怖いんです。この住まいはまだ見つかっていませんが、いつ特定されるかわからない。アパートを移っても同じです」

「ということは、見つかったときの演出のためにわざわざ小汚い事故物件を選んだわけですか」

　藪下があけすけに指摘すると、相原は居心地悪そうにもじもじとした。

「加害者が悲惨な暮らしをしていれば、溜飲(りゅういん)を下げる人もいるかもしれない。そうなれば『決』にも反映されますから」

「決?」

　藪下の疑問に、相原は小刻みに頷いた。

「自分はあの場所で生まれてずっとそこに住んでいました。だからこそ町内の恐ろしさは身に沁(し)みてわかっています。とにかく昔から治外法権みたいな場所でね。なんでも住人の多数決で決めるんですよ。どんなことでもです」

「たとえば」

「細かいことから大事まで、本当にいろいろありました」

　そう言って言葉を区切り、相原は眉間に深いシワを刻んだ。

「野菜を買う店、肉を買う店、魚、雑貨、服、メガネ、煙草(タバコ)、本、酒。ありとあらゆるものを買う店は決められています。どこのだれがいつ何を買いにきたかを店主が帳面につけてるもんだから、よそで買ったらたちまちバレる。そうするとまた多数決です。規則違反の制裁を決めるんですよ」

「つまり、町内で物を買って徹底的に地元経済をまわすという考えですよね。あの一角だけ、古い商店が今でもやっていける理由はそこだとも言えますよ」

淳太郎が口を挟んだが、相原は首を横に振った。

「持ちつ持たれつとか、そういう義理人情の話ではないんです。うちのペットショップの廃業も多数決で決まりましたからね」

「さすがにそれを呑む必要はないでしょうに」

藪下が呆(あき)れ気味に言うと、相原は苦笑いをした。

「まあ、店に関しては潮時だったんですけどね。小鳥の声がうるさいと以前から言われていたし、歳で動物の世話も大変になった。むしろ、今まで近所が我慢してくれたことに感謝したぐらいです。でも、あり得ない取り決めも多かった」

相原は、飛び出した喉仏をごくりと動かした。

「若い者が結婚するとなれば住人の審査があるし、子どもを作る時期も多数決で決めました。あるときなんて、堕胎するしないで決を採ったこともあるんです。ある家の娘が知らない男の子どもを身ごもったということで」

「異常ですね」

「やっぱりそう思うでしょう？」

藪下の断言に相原は声を高めた。

「あそこにいると、何が正しくて何が悪いのかがわからなくなる。生前、うちの親もよくこぼしていましたよ。でも、共同体に守られることを選んだんです。数に従ってさえいれば安心が得られるし、家族以上に親身にもなってくれる。あの町の住人は、みんなそうやって生きてきたんです」

「閉鎖的な集団心理なんでしょうが、そのあたり、警察にもお話しになりましたか？」

「しましたよ！　それなのに！」

相原はいきなり声を荒らげ、卓袱台を拳で叩いた。

「あろうことか警察は、自分が喋ったことを町内の連中に漏らしたんです！　弁護士さんからそれを聞かされたとき、本当に肝が冷えましたよ。あの場所には二度と戻れなくなりました。警察のせいで、生まれた土地を捨てるしかなくなったんです」

「警察をかばうわけではないですが、情報漏洩ではなく証言の裏を取ったにすぎないでしょうね。それに申し訳ないですが、ちょっと信じがたいのが正直なところです。日本で、しかも東京でそんな中世並みのルールがまかり通っているとは」

　藪下は話を大きくしているのだろうと思ったが、相原は怖いぐらいに真剣だった。

「いいですか？　弱い者は群れを作らなければ生きてはいけない。バブル期に地上げ屋が横行したときも、町の規則と結束で乗り切ったようなもんなんだ。よそを見てくださいよ。金と脅しに負けて軒並み更地に変えられたから」

　この男は、まだ町の呪縛から解放されていないらしい。相原は血走った目を大きくみひらき、前のめりになって捲し立てた。

「なのに火事で十三軒が燃えて六人も死んでしまった。近所の連中は、自分が放火したと決めつけている。でも自分はやってないんですよ！　火の不始末もない！　家の中にガソリンなんか置いてなかったのに、なんでそれが原因なんですか！　これは陰謀だ！　だれかが自分をハメようとしているんです！」

　相原はみずからの言葉で激情を駆り立て、突出気味の目にいっぱいの涙を溜めている。藪下は淳太郎と顔を見合わせ、腕組みをして考え込んだ。この男が放火の容疑をかけられた理由として、出火原因がある。ガソリンが店に撒かれていたとなれば、故意以外にはあり得ない。しかも店は施錠されていたことがわかっていた。放火の動機に当たるのがパチンコ狂いによる借金だろう。消費者金融から二百万を超える額を借り入れており、貯金も底をついていたらしい。言い逃れができないほどの状況証拠がそろっている。

藪下は益田弁護士がまとめた資料に目を落とした。

「相原さんは、自宅に備えつけられた火災報知器にテープを貼って作動しないようにしていましたね。報知器の設置は保険に入るための条件だったはずですが、なぜそんなことをしたんです?」

「精密すぎるんですよ。すぐ煙に反応して、魚を焼いただけでもやかましく警報を鳴らすから。そうすると町の連中も騒ぎ出すし、いちいち説明するのも厄介でしょう」

言いたいこともわかるが、今となっては疑われる材料にしかならない。藪下は間を置かずに次の質問をした。

「相原さんは年金暮らしで現在ほかに収入はありませんね。貯金もないとすると、借金はどう返済するつもりだったんですか」

「それは……」

相原の勢いが急激になくなり、指先を落ち着きなく動かした。

「年金のなかから、少しずつ返済していました。これからもそうするつもりだったし、別に無謀ではないと思いますけど」

「そうですね。まだ首がまわらないほどの域には達していない。でも、病気でもしたら一発でアウトでしょう。あなたは医療保険を解約して返済にまわしているわけだし」

藪下は、いたたまれないような顔をしている相原を見つめた。

「相原さんのお宅の場合、火災保険の評価額は最大で二千万です。建物の八割を焼失すれば、この金額が補償される」

「結局、あなたも警察と同じことを言うんだな」

相原は力なく吐き出した。

「自分は、保険屋を騙して金をせしめようとするほど馬鹿じゃない。そもそも連中は、掛け金だけぶんどって金を出し渋るのが仕事なんだ。素人の浅知恵なんか通用しませんよ」

「なんだ、よくわかってるじゃないですか」

藪下はにやりとした。あの住宅密集地で火災を起こせば、隣近所を巻き込んだ大惨事になるのは考えなくてもわかることだ。そのリスクを踏まえてまで放火し、この男が詐欺を働いたとは思えなかった。ましてや、住まいにガソリンを撒いて火をつけるという幼稚な思考の持ち主ではない。

「では、だれがあなたをハメたと思いますか」

藪下の率直な問いに、相原はしばらく考え込んだ。

「それをずっと考えているんですが、よくわからないんですよ。火を放たれるほど恨まれていた覚えがないし、人とトラブルになったこともないんです」

「家族は？」

相原はため息をつきながらかぶりを振った。

「三十年前に離婚して以来、女房とは一度も会っていませんよ。ひとり息子は六年前にバイク事故で死んでいます。親戚付き合いもないし……。だからこそ、自分の知らないところで何か決を採られたんじゃないかと思ってるんです。自分の何かが、町の怒りに触れたとか」

「いくらなんでも、放火するしないを多数決では決めないでしょう」

「だから言ったじゃないですか。あそこは治外法権なんだって。九十になった年寄りはみんな急死する。父親から聞いたことがありました。昔、年寄りは九十でお迎えがくるように決まったそうですよ。たとえ元気でもです。それから何十年にもわたって、あの町で九十歳より長く生きた者はいない」

淳太郎はわずかに顔をしかめ、藪下に意味ありげな視線を送ってきた。が、五十や六十ならまだしも、九十を超える生存者がいない町があっても別に珍しいことではない。

「その話も警察には？」

「しましたよ」

相原はかぶせ気味に答えた。

「刑事は呆れ返っていました。手当たり次第に下手なうそをつくなと。必ず再逮捕に持ち込んでやるから覚悟しろと言われましたよ。でも話は全部本当なんです。藪下さん、桐生さん、し、信じてください」

相原はにじんだ涙をごしごしとこすり、薄暗い部屋でうなだれた。

火災が発生したのは正月明けの一月五日、夜中の一時前後と思われる。煙に気づいて相原が窓から逃げ出したときには、辺り一帯火の海で手の施しようがなかった。

藪下は、絶望の淵に沈む相原を注意深く窺った。この男に筋の通る動機がある以上、警察の捜査は立件に向けてさらなる状況証拠を集めているはずだ。相原に代わる被疑者でも現れない限り、全力で追い込んでくるのは見えている。

さて、このどん底からどう這い上がっていこうか。藪下は相原の全身を見まわした。今の段階でほとんど勝ち目はなさそうだが、たったひとつの着眼点からすべてが覆ることもある。第一印象として、この案件には何かが隠されていそうな気がした。

藪下は書類を封筒にしまい、一層しょぼくれて見える相原に告げた。

「ともかく、周囲を探ってみます」

「……はい。どうかよろしくお願いいたします。あの、いつまでこんな状況が続くんでしょうか」

「真犯人が挙がらなければ、いずれあなたは別件逮捕で自白に追い込まれる。ある意味、いつまでもこの状況は続かないですよ」

情け容赦のない藪下を唖然として見つめていた相原だったが、半ば諦めたように「よろしくお願いします」と再び頭を下げた。

外は湿った風が草木をざわめかせ、頼りない陽射しが隅田川に反射している。藪下は階段を降りながら空を仰ぎ、雨の匂いを嗅ぎ取った。

「ひと雨きそうだな」

淳太郎は少し先に駐めているキャンピングカーへ足を向け、大あくびをしている藪下を振り返った。

「どうです？」

「火つけには見えない。相原が演技派の大うそつきだとしたら、たいしたもんだな」

淳太郎はひとつ頷き、トートバッグから吸入器を出して口許に当てた。大きく吸い込んですぐにペットボトルの水を含む。

「相原さんが怯えるのは無理もないですよ。SNS関連を活用して、彼の居所を特定しようとする動きがあります。町の若手だと思いますが、ネットはあなどれません」

「それはそうだが、俺らは相原のSPじゃない。だいたいおまえさんの後ろ盾がある時点で、あのじいさんは恵まれてるんだよ。あとは当人が自衛するしかないだろ」

「情がないですね。さすがです」

淳太郎は含み笑いを漏らし、車にリモコンキーを向けた。

4

森島四丁目は古い商店と住宅の密集地で、写真で見る以上に時代から取り残されていた。軒の低い木造家屋が隙間なく並び、錆だらけのブリキ看板や色褪せた幟が感傷を刺激する。目に入るものすべてがくすんでいるのになぜか洗練され、これはこれで好印象だった。しかし、そんな情緒をぶち壊しているのが、あちこちに掲げられた真紅の垂れ幕だろう。毒々しい色味が町に馴染まず、近づきがたい雰囲気を醸し出している。

「『ストップ！　森島再開発！』か」

藪下は、道の反対側に掲げられた垂れ幕を見つめた。古きよき町並みを破壊する東京都とゼネコンという文字が躍り、画一的な高層化を許さないと書き殴られている。文字からにじみ出す怒りが生々しく、気圧(けお)されるほどの迫力があった。

「確か京成線沿いの再開発はもう終わってたよな」

藪下の言葉と同時に淳太郎はタブレットを取り出し、墨田区の事業計画を瞬く間に表示した。最寄り駅周辺のビル化はすでに完了し、通りの拡張工事も終わっている。

「押上(おしあげ)線の連続立体交差工事と三丁目の防災地区整備も済んでいますね。四丁目だけが未(いま)だに手つかずの状態です」

「ということは、四丁目が更地になれば都市開発はすんなりいくわけか」

淳太郎は藪下をちらりと見やり、慣れた調子でタブレットを操作した。

「すんなりかどうかはわかりませんが、住人が反対する理由はほぼなくなりますからね。開発反対派は、町並みを残すことを強く希望しているので」

「町が大規模焼失した今となっては、どう見ても再開発に乗ったほうが得だ。で、地権者の同意率は？」

「ええと」と淳太郎は画面をスクロールした。「四丁目は0パーセントです」

　藪下は低く笑った。

「相原のじいさんが言った通り、四丁目町内会はかなり統率が取れてるよ。こういう場合、だいたいは賛成と反対が半々に分かれるもんだが」

「交渉がまとまらずに業を煮やした開発事業者が、だれかを雇って町に放火した。まあ、あり得ないシナリオではないですね。でも、そのあたりはすでに所轄が裏を取っているはずです。かなり綿密に」

「だろうな」

　藪下は同意した。

「よっぽどの馬鹿でもない限り、業者もこんなあからさまなことはやらんだろう。そもそも火元は相原の家の中だ。あのじいさんが本当にシロなら、ガソリン持参で夜中にわざわざ忍び込んだやつがいる」

「火をつける目的で家に侵入するという犯罪スタイルは、今まで一度も聞いたことがありません」

「ああ。自作自演で自宅に放火したヤマなら過去にいくらでもあったが」

　藪下は少し考えてからスマートフォンを出し、登録してある番号を押した。耳に当ててしばらく待っていると、「お疲れさまっす」というくだけた声が聞こえてくる。

「仕事中に悪いな。ちょっと聞きたいことがあるんだが、答えられる範囲でいいから教えてくれるか」

「はい、なんでしょう」

電話越しの男は場所を移動したようで、周りの話し声は聞こえなくなった。

「年明けに起きた墨田区の放火事件。あれについてどの程度知ってる？」

「ああ、十三軒が全焼した大規模放火ですね。今、向島署が追い込んでる最中ですよ。火元の家の男を、別件で引っ張るネタを洗っているはずです」

やはりそうなるらしい。

「土地開発関係で、おかしな輩が上がってるってことは？」

「ないでしょうね。火元の男が開発業者と結託した自作自演の線は、相当調べられたはずです。金銭を受け取った形跡もないと聞いていますし、これは間違いなく火元の男がホンボシでしょう」

「了解。悪いな」

礼を述べて電話を切ろうとしたが、それを追いかけるように声が聞こえた。

「藪下課長、お母さんの具合はどうっすか？」

「あいかわらずだよ。それに俺はもう課長じゃないが」

「ええ。でも、僕のなかで藪下さんはまだ上司ですからね」

「何言ってんだよ」

　藪下は笑いながら電話を終了し、スマートフォンをポケットに戻した。その仕種を逐一目で追っていた淳太郎は、胸許のペンダントに触れながら説明を求めるようなめんどくさい面持ちをしている。無視してもしつこく視線を絡ませてくる男をもてあまし、藪下はしようがなく振り返った。

「元部下だよ。えらく顔が広い男で、所轄の方々に知り合いがいる情報通だ」

「なるほど。ということは、電話の相手は三井翔太巡査部長ですね」

　淳太郎はあっさりと的中させ、藪下は目を丸くした。

「藪下さんの直属の部下だった刑事で、取り調べの腕はピカイチ。少年のような小柄な見た目にそぐわない巧みな話術で、どんな凶悪犯でも必ず完落ちさせます。藪下さんはいち早くその素質を見抜き、彼が巡査のときから取り調べを任せていた。もちろん、当時は司法巡査で調書の作成ができませんから、藪下さんが細工していましたよね。昨年、彼は渋谷署へ異動しています。おそらく近いうちに本庁二課へ配属されますが、公安も欲しがっている人材ですよ。ちなみに、僕と同い歳の三十三歳。当たってますか？」

藪下は、流れるように話す淳太郎の顔をじろじろと見まわした。この男が怖いのはこういうところだ。部外者なのに内部のことを警官よりも熟知している。逮捕勾留された被疑者や釈放された者から情報を得ているというのもあるが、仲間内のネタが淳太郎のところへすべて集まってくるようネットワークが構築されているらしい。警察マニア界隈では王と呼ばれ、財力や見た目も含めて他の追随を許さない。

藪下は盛大にため息を吐き出した。

「おまえさんに任せておけば、どんな難事件でも解決できるんだろうよ」

とたんに淳太郎は満面の笑みを浮かべ、藪下に一歩近づき間近に顔を寄せてきた。

「僕は事件解決自体にはなんの興味もありませんよ。警官が事件を紐解く(ひもと)ドラマに浸りたいだけです。この二つは似て非なるものですからね」

「そうかい。とりあえず離れてくれ」

藪下は、ますます近づいてくる淳太郎を押しのけるようにして交差点を渡り、火災現場である四丁目に足を向けた。通りを一本入ってさらに奥へ歩を進めると、少し先にがらんとした空き地が見えてきた。たわんだ電線が幾筋も曇天を横切り、そこで羽休めをしているカラスの群れが地上の様子を窺っている。恐怖を感じるほどおびただしい数で、藪下は頭の上を警戒した。

「この場所にだけ鳥が集まっていますね」

淳太郎が、空を仰ぎながらさも嫌そうな顔をしている。

「火事場にはカラスだのスズメだのネコだの、その手の動物がどこからともなく集まってくるもんだ。焼死体も含めてごちそうが山ほどあるのがわかってる」

「いかにも藪下さんらしい言いまわしですが、デリカシーがなさすぎますね」

窘(たしな)めるような淳太郎の視線を受け流し、藪下は焼け焦げた空き地を前に立ち止まった。火に舐められた木材がぼこぼこと波打ち、油が染み込んだぬかるみは虹色に厭(いや)らしく光っている。何を焼いたらこんな臭いになるのかと思うほど、複雑で胸の悪くなるような臭気が地面から立ち昇っていた。

火災からほぼ半年が経(た)つというのに一帯はどす黒く煤(すす)け、燃え残った家財道具やトタンなどが一ヵ所に集められている。大量の箱型の残骸はエアコンの室外機だろうか。かろうじて火事を免れた家も外壁が焦げ、応急処置のように安っぽいベニヤが打ちつけられている。森島四丁目は範囲が狭いこともあって、あの火災で無傷だった家は数えるほどしかないように見えた。

藪下は、燃え残った木造家屋群へ目をやった。下見板張りの壁にはところどころトタンが当てられ、玄関の引き戸も窓もすべてが小ぶりだ。せせこましい昭和の風情が残っている。長屋ではないが、隣同士が近くて似たような外観の家屋が整然と並んでいた。

「これは町がひとつ焼失してもおかしくはなかったな。むしろ、この密集地でよく燃えなかったもんだ」

「そうですね。住人がバケツリレーをしたようです。一報を受けて火災当日にここへきましたが、とにかく手のつけようがありませんでしたよ。あの火の勢いのなか、十三軒で済んだことに驚きましたから」

「報告書では、火元の相原の家がなかなか消火できなかったとあったが」

「はい。おそらく、撒かれたガソリンの量と可燃物の多さだと思います。とにかく現場を見ればわかりますよ」

淳太郎は、目的地はあっちです、と言って細い区道へ手を向けた。火元である相原の家は、路地を曲がった先にあるようだ。

焼け跡の電気関連の工事はすべて済んでおり、電柱や街灯だけが場違いなほど真新しい。開発反対の貼り紙がある家を右に折れたとき、少し先でだれかがうずくまっているのが目に入った。真っ昼間から酔っ払いか？　藪下は歩調を緩めて薄暗い区道に目を凝らした。小さくしゃがみ込んで、苔むしたブロック塀の脇でうなだれている。よくよく見れば女で、黒ずんだ焼け跡のなかで浮き上がるような真っ白いワンピースを着ていた。

具合でも悪いのだろうか。声をかけようと一歩踏み出した瞬間、女は勢いよく立ち上がってわずかに振り返った。そのまま何事もなかったかのように早足で立ち去っていく。

「なんだあれは。ここらの住人か」

藪下がだれにともなく言うと、淳太郎は首を横に振った。

「違うでしょうね。年齢は二十歳そこそこですが、学生の雰囲気ではない。でも、勤め人でもない感じです。夢を追うフリーターといったところでしょう。過去に恋人がいた経験はなし。いわゆる処女です」

「いったいなんの話だよ」

爽やかに笑っている淳太郎をねめつけると、男は先を続けた。

「僕のプロファイルは高確率で当たっているはずですよ。ちなみにさっきの彼女は東京出身ではなく、地方から上京してひとり暮らしをしています。住居は千葉寄りの、ぎりぎり都内という場所でしょう」

「めちゃくちゃな断定だな。なんの根拠があるんだ」

「特徴のある垢抜けなさです」

淳太郎は、講義でもするような口ぶりで断言した。

「田舎から出てきて、せいいっぱいがんばっておしゃれをしている女の子。おそらく漫画や映画が好きで、その世界観に憧れをもっているはずですよ。白いワンピースは無垢の象徴。素朴で泣き虫の主人公にしか許されないアイテムです」

「意味がわからん」

「藪下さんにはまったく縁のない世界の話ですからね」

さらりと毒づいた淳太郎を、藪下は二度見した。

「彼女は見よう見まねで今っぽい着こなしにまで昇華していますが、身につけているものはすべて安物です。トータルで五千円前後」

端整な横顔に薄い笑みを浮かべ、女が去っていった道をさも愛(いと)おしそうに眺めた。

「栗色(くりいろ)の髪を緩く巻いたボブというのも、ひと昔前に流行(はや)った量産型女子の特徴ですよ。メイクはよく見えませんでしたが、間違いなくピーチ系のはずです。ぜひもう一度会いたいですね。掃き溜めから顔を出したハムスターみたいな子でした」

本当に意味不明だ。見た目がいいから見過ごされているが、本来なら変態として認識されるべき男だった。藪下は、まったく恥ずかしげのない淳太郎を見つめた。

「上京して間もない女の子には、一定の法則が存在します。都会についていこうと無理をしていますからね。髪や肌の色、体格、服装のジャンル、歩き方などを細かく区分したデータに当てはめれば、だいたいの人物像が導き出せます。これは何にでも応用できる僕独自の解析メソッドなんですが、それによれば、さっきの女の子はきっと関東から上、北の出身とみて間違いないはずです」

「そのプロファイルが当たったらたいしたもんだが、単なる通りすがりの女でそこまで妄想できるのは病気の域だぞ」

「そう、好奇心という名の病ですよ。女性はバクテリアみたいなものです。構造は極めて単純ですが代謝系は多様。実はこれ、物事の根源ですからね」

　藪下は呆れながらも、頭に入っている淳太郎のデータを書き換えた。この男は単なるちゃらんぽらんな女好きではなく、分析そのものを娯楽化している節がある。これは対象が女かどうかにかかわらずで、統計から解を導き出すという思考が、この短い期間でも随所に表れていた。物事の洞察に重きを置く藪下とは違い、淳太郎の思考の裏には数値が見える。勘や言葉そのものを信用しない人間と見ていいだろう。

「ちなみにおまえさんは、家を継ぐ気があるのか？」

「なんですか、急に」と淳太郎は訝しげな顔をした。「今の経営陣は優秀で、僕の入る隙はないですよ。特に義理の兄が突出していてね。桐生製糖株式会社は安泰です。

あと五、六年は」

「ずいぶん上から目線だな。経営を熟知してるような口ぶりだ」

淳太郎は肩をすくめてみせた。

「僕は六歳でアメリカへ留学させられました。最終的にスタンフォード大でＭＢＡを取得していますので、いずれ社長という飾りの義務は果たすつもりでいますよ。そのためだけの無意味な資格ですから」

どこまでが本心なのかはわからないが、不気味なほどの先見性を予感させる男だ。日々遊び暮らしていると思っていたが、おそらく別の一面がある。

「何を思って警察マニアなんかをやってるんだか」

藪下はそうつぶやき、すかした顔をしている淳太郎から目を離した。

煤だらけで真っ黒になったブロック塀が、未だ焼け落ちた家を守るように巡らされている。藪下は、背の低い塀から敷地内を覗き込んだ。焦げた建材が折り重なるように山となり、さまざまな大きさの釘やコの字形をした金具などが地面に散乱している。わずかに残った柱が燻された屋根を支え、いつ倒れてもおかしくはない微妙なバランスで立っていた。家電や家具も炭と化しているのに、なぜか毛布だけがわずかに色を残しているのが珍妙だ。すべてがくすんだ空間ではひときわ鮮やかに見え、ひどく哀愁を誘っていた。

「これを見るだけでも近所の怒りがわかるな」

藪下は途切れた塀の切れ目から敷地に足を踏み入れた。地面はことのほかぬかるんでおり、焼け跡からは無数の雑草が芽吹いている。

「火事場が放置されてるのはここだけだ。ほかはきれいな更地になってんのに」

「家主が不在で手が出せないということもあるでしょうが、まあ、これはどう見てもその意味合いではないですね」

淳太郎は肩にかけたトートバッグからタブレットを取り出し、軽快に操作してから顔を上げた。

「相原宅の見取り図によれば、今僕たちが立っているこの辺りが店だったようです。スペースは六畳もありませんが、ガソリンが撒かれていた火元もここですよ」

藪下は腕組みしながら頷いた。長方形をした敷地の奥よりも、手前のほうの燃え方が激しいのは一目瞭然だ。地面には、油の浮いた水たまりができていた。

「相原さんによれば、店には以前販売していた商品の在庫が残されていたようです。水槽とか鳥かごとか砂利とか、わりと大きなものですね」

淳太郎は、焦げたゴミの小山を指差した。よくよく見れば骨組みだけになった鳥かごや水槽に敷く底砂、小さな家の形をした巣箱らしきものなどが焼け落ちて無残な姿を晒している。かろうじてカセットテープだとわかるものが、菓子の空き缶から飛び出して飴のように溶けていた。すぐそばには変形したカセットレコーダーが転がっている。

「八年も前に店を閉めてんのに、これだけ在庫を残しておく意味がわからんな」

「それに関して相原さんは、二束三文で処分するのが惜しかったと言っています。そうこうしているうちに売り逃して、どんどん古びてしまったと」

「で、倉庫と化した店に何者かが侵入して火を放ったわけだ。どう考えても話に無理がある」

淳太郎は再びタブレットを操作して、動画が再生されている画面を藪下に向けてきた。そこには、火の海になった森島四丁目が生々しく映し出されている。悲鳴と怒号、それに消防車のサイレンが混じり合い、まるで映画のワンシーンかと思うほどすさまじい迫力だ。藪下は五分足らずの動画を見据え、終わると同時にまた再生した。

「僕が到着したのは夜中の一時二十分ごろです。浅草に住む者からの一報ですよ。出火が一時前後ですから、まさに燃え広がっている最中ですね」

「とんでもなく密なネットワークを築いてるな」

藪下は画面から目を離さずに言った。淳太郎はさほど現場に近づいてはおらず、少し離れた場所から撮影している。黒煙と火柱を上げる現場にはあまり興味を示さず、集まった野次馬をくまなく撮影するという抜け目のなさを発揮していた。

「このカメラワークは犯人探しのつもりか？　火災発生の時点では、まだ放火か失火かはわからんはずだろ」

「ええ。でも僕は火事を見物しにきたわけではなく、警察の動きを見ているのでね」

したり顔をした淳太郎は、動画の端のほうを指差した。黒っぽいジャンパーを羽織り、スマートフォンを掲げて周囲を撮影している禿げ頭の男が映し出されていた。

「この人は、向島署の火災犯捜査第二係の刑事ですよ」

「よく特定できたな」

「初歩ですよ。警視庁管内だったら、刑事の顔と名前と所属をすべて把握している猛者もいるんですから。データベース化もしていますし」

問い質したいことは山ほどあったが、藪下は視線を送っただけで画面に目を戻した。消防と警察が規制線を張り、警笛を鳴らしながら付近の住人を避難させている。路地に車が入れずに、大通りからの放水が一斉に始まっていた。

藪下は立て続けに二回ほど動画を再生し、野次馬のひとりひとりの顔を確認した。

放火犯の多くは、自分が火を放った現場を見物するものだ。騒ぎを見て異常に興奮し、その感覚が忘れられずにまた放火に及ぶ。しかしこれは放火事件捜査の初歩であり、すでに捜査本部が徹底的に洗い出しているのは間違いない。ゆえに今の時点で相原一本に絞っているのは、周囲からは何も挙がらなかったことを意味していた。

「よし。町の連中から話を聞く。多数決で放火を決めたかもしれんからな」

籔下はタブレットを淳太郎に戻し、ひどくぬかるんでいる敷地をもう一度見まわしてから引き揚げた。

5

火災を逃れた家は明治通り側に偏っており、当日の風向きがはっきりとわかるほどだった。くすんだ焼け野原に隣接しているせいか、平屋の木造家屋がことさら古びてみすぼらしく見える。森島四丁目は商店街というものがなく、住宅のなかに点々と店が散らばっている独特の環境だ。これは相原が語っていたように、住人による決で商店を閉めていった結果だと思われる。

「昭和の遺物みたいな民家なのに、アンテナがいくつも立ってるのがアンバランスだな」

藪下は率直な感想を口にした。臙脂(えんじ)色(いろ)の板金屋根の上に、見えるだけでも四つのアンテナが高々と設置されている。どの家も同じありさまで、一種異様な雰囲気を醸し出していた。

淳太郎は、屋根に向けてスマートフォンのシャッターを切った。

「みんな古いですね。ＶＨＦのアンテナなんかは、アナログ放送が終了した時点で不要なんですが」

「これも町ぐるみで決めた結果か」

藪下は錆びついた看板の掲げられた電気屋に足を向けた。「電気」と書かれていなければ商店なのかどうかもわからないほど暗い店構えだ。ガラスのはめ込まれた引き戸から中を覗くと、埃をかぶったような電球や蛍光灯、電池の類が棚に並んでいるのが見えた。値札のシールが陽に灼(や)けて黄色くなっており、製造年月日が不安になる品ぞろえだった。

滑りの悪い引き戸を揺すりながら開けると、来客を知らせる派手なセンサーチャイムが大音量で鳴り響いた。

「ごめんください」

声をかけてしばらくしたとき、藍染めののれんで仕切られた住居のほうから低い女の声が聞こえた。けたたましい足音とともにのれんがはぐられ、はちきれんばかりに太った女が顔を出す。六十は過ぎているだろうか。藪下は、素早く全身に目を走らせた。顔の色ツヤがよく、老いを吹き飛ばすような勢いと目力がある。仮にも商売人だというのに愛想も挨拶(あいさつ)もなく、見慣れない客を不躾(ぶしつけ)なほど見まわしているだけだ。しかし、なんであれ素直な感情を示すことができるのは幸せだと藪下は思った。心を通わす余地がある。母にはそれすらない。

「突然ですみません。ちょっとお話をお伺いさせてください。わたしはこういう者です」

早速名刺を差し出すと、女は過剰なほどおそるおそる受け取って手許に目を落とした。白髪混じりの髪をひとつに結い上げ、完璧に整った富士びたいを晒している。じれったくなるほど長い時間をかけて見分してから、顔を上げて藪下と淳太郎を順繰りに見た。

「特別専門調査技能員って役所の方?」

「いえ、火災について調べている者です」

「ああ、じゃあ消防署の人」

「違います。公人ではなく個人ですよ」

そう言ったとたん、今度はあからさまに警戒心をにじませた。チェック柄のエプロンを引っ張って伸ばし、二重あごをぐっと引いて対立の構えを取っている。藪下はできる限りの低姿勢を維持した。

「怪しい者ではありません。少しお時間をいただけませんかね」

「わたしは何もわからないので、自治会長さんのとこへ行ってください。何度も言ってるでしょう？　火事があってもなくても、土地開発に反対の気持ちは変わらないって」

どうやら開発業者と勘違いしているらしい。するとずっと黙っていた淳太郎が藪下の背後から顔を出し、鳥肌が立つほど甘ったるい笑みを浮かべた。

「奥さん、開発業者は間違っても僕みたいな男は雇わないはずですよ。彼らはスーツ姿の堅苦しい集団で、いつも上辺(うわべ)だけの笑顔を振りまいていませんか？」

女は突然のことにきょとんとしたが、淳太郎の整った容姿に今初めて気づいたとでもいうような面持ちをした。いささかびっくりしたように見入っている。

「開発業者は下手(したて)に出ているわりに高圧的で、特権意識が透けて見えている。だいたい似通ったタイプなのが興味深いですよね」

「まあ、そうですね。庶民を馬鹿にしてるのはすごく感じてたけど」

「うん、うん。それを見抜いた奥さんはさすがです。あなたの顔を見た瞬間に、わかる人だと思いましたから。それにしても肌がきれいですね。化粧はされてないんでしょう?」

よくもまあ、ぺらぺらと口がまわるものだ。淳太郎は一歩前に出るなり女と握手を交わし、優しげに視線を絡ませた。

「僕たちは、女性を怖がらせるようなことはしませんのでご安心を。怪しい者ではないことは、もう奥さんもおわかりかと思います。違ったらおっしゃってください」

藪下は、第二ボタンまではだけている淳太郎を半ば感心しながら見つめた。軽薄でありながら、この手の台詞がインチキ臭くならないのは一種の才能だ。真正面からプライドをくすぐるやり方も軽妙だった。同じことを藪下がやっても、胡散臭さが際立ってすぐ叩き出されるに違いない。

太りすぎの女はそわそわと後れ毛を耳にかけ、完全に毒気を抜かれたようで素に戻っている。したり顔で目配せを送ってきた淳太郎に代わり、藪下は咳払いをしてから話を再開した。

「用件に戻りますが、わたしたちは相原幸夫さんからの依頼で今回の火災を調べ直しているんですよ」

「え？　相原さんの依頼？　まさか、無実を証明するために調べてるんですか？」

女は予測もしなかったようで驚きの声を上げた。

「警察だってあの人が犯人だって言ってるようなものなのに」

何を今さらと言わんばかりだが、藪下は淡々と状況を説明した。

「我々の調査で彼の無実を証明できるかもしれないし、犯行を裏付ける結果になるかもしれない。誤解しないでいただきたいのは、相原さんの依頼だとはいっても、彼に有利な証言だけを集めるつもりはないということです。あなたが見聞きしたこと、感じたことをありのまま受け入れるつもりですよ。脚色は一切しません」

「でも……」

彼女の敵愾心（てきがいしん）は消えたようだが、今度は不安が顔を覗かせている。店先を何度も見て表を気にしていたが、やがてふうっと息を吐き出して胸のあたりをさすった。

「うちは相原さんの家から離れてるし、あまり付き合いもないですよ。もちろん顔見知りでしたけど、世間話以外はしたことがないし」

「そうですか。ちなみに、おたくは四丁目界隈の電気をすべて握っていますよね」

「握ってるって、やな言い方ね」

女はむっとして腕組みをした。

「町の人たちは町の商店で物を買う。何もおかしなことじゃないでしょ」

「ええ、理想的だと思いますよ。ということは、町じゅうのテレビアンテナを設置したのもおたくで？」

「そうです。うちは工事費を一円も取らないし、一括で仕入れれば品物も安くなる。なんでもそうですよ。電球とか蛍光灯とか電池とか、町のみんなが同じ時期に替えれば、切れるのもだいたい同じ時期になるでしょう？　電球の取り替えなんかも無償でやってあげるしね」

藪下は古びた木の陳列棚に目をやった。遺物のような在庫が並んでいるのではなく、ほとんどすべてがLEDだ。見れば外づけのハードディスクなども置いてあり、今の時流から外れて過去を生きているのではないようだった。

「もちろん、相原さんも町の商店を利用していたんですよね」

「そうだと思いますよ。定期的に蛍光灯を買いにきていたし、電気の配線なんかもうちで全部やったから」

「ちなみに、町の商店以外でこっそり買い物をした場合はどうなるんです？　帳簿につけて買い換えの周期を把握しているみたいですが、密告制度みたいなものもあるんですかね」

ずけずけと言う藪下に女は目を丸くしたが、予測に反して噴き出して笑った。それをきっかけに今までの緊張した雰囲気が一変し、彼女の声色も明るくなった。

「それは相原さんが言ったの？　若い者なんかはインターネットの通販を使ってるし、今の時代、町内だけで全部が済むわけないじゃない。そんなこと言い出したら、みんな着るものは角の佐野洋品店で買わなきゃいけなくなる。おしゃれもできなくなるわね」

「なるほど、もっともです」

女はおもしろそうに笑い、肉づきのいい肩を震わせた。

「ただ、わたしらはこの町を守ろうと思ってる。ご先祖さんは、ずっとここに住んで町を作ってきた。森島は隅々まで血が通ってるんですよ。だけど、こういう気持ちを役所はなんにもわかってないからね。住人を高層マンションに移して商店はビルのテナントに入れるんだって。細々と町でやってきた商店が外に出されたら、大手に潰されてやっていけるはずがない。結局、わたしらのことはどうでもいいんだよ」

彼女は土地開発の理不尽さを切々と語り、町の焼失を心から嘆いている。ただの意地で開発を拒否しているのではなく、この場所を愛しているのだとわかった。

淳太郎は会話をすべて録音し、要点をせっせとメモしている。藪下は、丸顔の女と目を合わせて唐突に問うた。

「あなたは、相原さんが自宅に火をつけたと思っていますか」

女ははっと息を吸い込んで胸に手をやり、唇を真一文字に結んだ。

「相原さんはパチンコ好きで方々に借金があります。もちろんご存じでしょうが、火元は彼の家の中ですよ。店の中にガソリンが撒かれていた。状況から見て、あの火事は過失ではありません」

「だ、だから言い逃れできないって、自治会長さんも老人会もみんな言ってますよ。お金に困ってやったんだろうって」

「あなたもそう思いますか？」

藪下は念を押すように繰り返した。女は眉間にシワを寄せて黙り込み、じっと商品の電球を見つめている。しばらく放っておくと彼女は重圧を感じて身じろぎをし、苦しげな面持ちで首を左右に振った。

「わたしは、相原さんがそこまでする人だとは思えなくて。あの、今からする話をほかの人に言わないでもらえますか」

藪下は頷きながら話の先を促した。

「うちの人には甘いって言われたけど、わたしは想像できないんですよ。相原さんが大晦日（おおみそか）に電球とか蛍光灯を買いにきて、そのとき少し喋ったんです。うちの孫が誕生日にネコが欲しいって言い出したから、世話とかお金がたいへんじゃないかって聞いたの。相原さんは動物屋だったからね」

彼女はあごに埋もれた喉元をごくりと動かした。

「飼うんだったらペット保険に入ったほうがいいよって教えてくれたし、そのあとわざわざ飼い方の本をもってきてくれたの。古いけど店を探したらあったからあげるって。あの大火事が起きたのはそれから五日後だし、保険金目当てで家に放火するような人がそんなことするのかなって思ったんです」

「確かにそうとも言えますね。ただ、あそこまで燃え広がることを相原さんが想定していなかった可能性もあります」

「それはない」

彼女はかぶせ気味に即答した。

「四丁目は路地が多くて道幅が狭いから、火事だけには本当に気をつけていたの。何十年も町内で夜回りを続けて火の用心が体に染みついてるし、うちの人は漏電がないか定期的に配線をチェックしてる。一軒から火が出たらみんな終わり。これは、町の人ならだれでも頭にあることですよ」

「警察にもそう証言しましたか」

「ええ。でも、ほとんど聞き流してたと思う。家の中にガソリンが撒かれてた証拠があるわけだし、わたしの個人的な感想はどうでもいいみたいな感じで」

藪下は彼女の話を検証した。この状況下で、相原犯行説を疑問視する者が町にいるとは意外だった。彼女の話は筋が通っていてなかなか見所がある。後先を考えずに放火するような人間が、他愛のない世間話を気に留め、そのうえ在庫の本を探し出してわざわざ届けることはしそうにない。明らかに人の役に立ちたいという思いからの行動だった。そんな人間が、顔馴染みを巻き込む利己的な悪事を企てるだろうか。

藪下は考えを巡らせ、少々踏み込んだ質問をした。

「率直にお聞きします。相原さんが、町の住人から恨まれているようなことはなかったですか」

その言葉と同時に戸が開くやかましい音に続き、センサーチャイムの電子音も大音量で響き渡った。顔をしかめながら振り返ると、浅黒い肌をした男が我が物顔でずかずかと入ってきた。還暦過ぎといったところで、にやにやと笑うさまが実に不快だ。

「奥さん、なんか困ってるんじゃないかね」

酒焼けしただみ声の男は、痰を切るように咳払いをしながら藪下に目を据えた。

「見慣れん客が入ってったのが見えたから、なんだろうと思ってたんだ。なかなか出てこねえし、厄介ごとが起きてんじゃねえかって気い揉んでな」

「おたくは?」

藪下が抑揚なく問うと、ごま塩のような短髪を撫で上げた男が通りのほうへあごをしゃくった。

「二軒隣で自転車屋をやってるもんだ」

確かこの通りに大川(おおかわ)サイクルという錆だらけの看板がかけられていた。歳のわりに引き締まった筋肉質の男は、笑い顔のなかに迸(ほとばし)る敵意を織り交ぜている。思わずため息が漏れたが、淳太郎は人好きする笑みを崩さずに名刺を取り出し、菓子でも配るような手つきで渡した。

「僕たちは怪しい者ではありませんよ」

「怪しいもんは必ずそう言うんだ。ええと、なんだこりゃ。特別専門調査技能員?そうは見えんが役所の人間か?」

自転車屋の大川は名刺を顔から離して目を細め、細かい字が見えないとぼやいてシャツのポケットにしまっている。すると電気屋の主婦が、慌てたように紹介を始めた。

「あの、この人たちは相原さんに雇われた探偵さんみたいなものですよ。火事の調査をしてるんだって」

「あ？　相原が雇っただって？」

大川は語尾を上げてあからさまに威嚇した。女はさっきまでの落ち着きがなくなり、きょときょとと目を泳がせている。顔馴染みに緊張しているらしく、藪下を見てわずかに首を横に振った。自分が話したことを絶対に言わないでほしいというところか。

藪下は目で了解の意を伝えて無精髭を生やした大川に向き直った。

「ちょうどよかった。今からおたくにもまわろうと思っていたんです」

「そんなことより、相原があんたらを雇ったってなんだよ」

「その通りの意味ですが」

男は斜に構えて藪下をねめつけ、まるで決定事項のように言った。

「じゃあ、相原の居所を教えてもらおうか。雇い主なんだから知ってるだろ？」

「もちろん知っていますが、教えることはできませんね」

浅黒い顔にみるみる赤みが差して、大川の怒りが加速していくのがわかる。喧嘩っ早い性分で、またそれを誇りに思っているようにも見えた。電気屋の主婦はおろおろとして蒼ざめていく。すると大川は急に怒りの矛先を淳太郎に替え、伸び上がるようにして威圧した。

「こっちには知る権利がある。わかっか？　十三軒も焼けて六人が死んでるんだ。逃げ隠れして済まそうなんて道理が通らねえんだよ」

「お気持ちはわかります。怒りをぶつける先がないですもんね」

そう答えた淳太郎は、何を思ったのか馴れ馴れしく大川の肩に腕をまわした。

「でも雇い主がいなくなると、僕たちは報酬がもらえなくなるわけですよ。それは非常に困るので、今日のところは見逃してもらえませんか。ただでとは言いません。このあと呑みにいきます？」

火に油を注ぐとはこのことだ。藪下はどっと疲れが押し寄せた。淳太郎は場違いなほどフレンドリーに男を誘い、内緒話でもするように耳許に顔を寄せている。女や知り合いのみならず、だれに対しても距離感がおかしすぎるだろう。大川は体を震わせて淳太郎の腕を振りほどき、今にも摑みかからんばかりに歯を食い縛っていた。

「おまえらは俺を舐め腐ってんのか！　おまわりも消防も役所も、相原の住処を隠しやがって！　こっちは被害者なんだぞ！　未だに謝罪も何もねえのに、なんで容疑者のあいつは守られるんだ！」

「あなたに教えたら次の事件へ発展するからでしょう」

藪下は顔をこすり上げ、怒りで息を荒らげている大川を見下ろした。

「いくら怪しげに見えても、相原さんの罪は立件されていない。だから釈放されたんです。それはおわかりですよね」

「わかってっから、こうやって町が動いてる。立件できなきゃ罪じゃないなんて言い出したら、相原は逃げ得だろうが」

「いや、立件できなければ罪ではない。日本は法治国家ですからね。いくら伝統ある森島四丁目でも、多数決で私刑は執行できないんですよ」

とたんに大川は金歯を剝き出してうなり、藪下ににじり寄った。

「……なるほど。相原はあることないことあんたらに喋ったらしい。こうやって雲隠れして顔を出さないのはやましいことがある証拠だろ。無関係なら堂々としたらいいんだ」

「本来はそうあるべきですが、できないほど町に恐怖心をもっているんでしょう。過去に何があったか知っているだけに」

藪下は一切の感情を見せずに先を続けた。

「今回の火災は開発業者と相原さんが結託して放火した線と、保険金詐欺目的で放火した線がある。町のみなさんはこの二つを推しているようですが、まったく別の見方もあるんですよ」

「別の見方だって？」

「そうです。町の再開発を中止させるために、業者が暗躍したように見せかける線。そのためには、町内に裏切り者がいたほうが説得力が増す。その裏切り者役が相原さんですよ。多数決で生贄（いけにえ）を出して、言い逃れできないようにわざわざ家に忍び込んでガソリンを撒いた。つまり、町を守るために犠牲を払ったんだな」

「おまえは何言ってんだ！　こっちは死人も出てんだぞ！　町なかで火なんかつけるか！」

「そう、そこが肝です。相原さんが生贄に選ばれた理由は、隣近所が八十代後半の年寄りばかりだから。四捨五入すれば全員が九十歳だし、火災で死んでも誤差の範疇（はんちゅう）だと町内会で結論が出ましたか？　町で生きられる上限は九十みたいですからね。現に焼死した六人はこれに該当します」

「貴様！　ふざけんな！」

大川は目を血走らせて躍りかかってきたが、藪下は腕を掴んで難なく肩関節を固めた。この怒りは本物で、わずかな怯えも伝わってこない。電気屋の主婦が涙ぐみながら止めに入ったが、淳太郎が腰に手をまわして後ろに下がらせた。大川の怒りは頂点に達し、わめき散らして首をぶんぶんと振った。

「おまえらよそ者が町の住人を殺人者呼ばわりするつもりか！　相原の与太話を真に

受けやがって、俺らを侮辱するつもりなのか！　舐めやがって！　何様のつもりだ！」

「あんたたちがやってることを真似しただけだよ」

藪下は大暴れする男を突き放して冷ややかに言った。

「うまく思い込ませればいくらでも話は作れる。噂話程度ならまだしも、あんたたちはターゲットを追い込んで制裁を加える気満々だ。なんだかんだと理由をつけてるが、要するに『善良』な人間も血に飢えてんだな。もし犯人がほかにいたらどうする？　騒ぎに乗じてこれ幸いと逃げ果せるだろう」

「馬鹿か。もしもなんて言い出したらきりがねえし、相原以外に下手人はいない。金欲しさに動いてる野郎が偉そうなことぬかすな！」

「そう、純粋に金のためだけにこんなことをやっている。悪いが、あんたらの町にも人にも情はない」

大川のこめかみには血管が浮き出し、目も急激に血走りはじめている。こんなところで倒れられでもしたらかなわない。藪下は、今日はもう店じまいだと判断した。大川がいては町の聞き込みなど続けられないだろうし、行く先々についてまわりそうな勢いだ。しかし、この男が相原をハメようと何かを画策したとは思えなかった。話にならないほど偏屈で短気だが、ある意味まっすぐだ。大川から見えるのは、町に対する純粋な愛情だけだった。

「ちなみに、森島四丁目の自治会長はあなたですかね」

藪下の問いに、大川は睨みつけることでそうだと返してきた。まだまだやる気は衰えておらず、手が出る一歩手前でなんとか踏み止まっている。

「……ふざけやがって。だいたい相原の野郎、被害者の連中に賠償もしねえでトンズラしたくせに、おまえらに払う金はあんのかよ。気に入らねえな、全部が気に入らねえ」

この男が町のまとめ役なのだから、みな一丸となって相原に向かうのは当然だ。止められる人間がいない。

藪下は牽制した。

「ともかく、相原さんに何かあったら、おたくらがしょっぴかれることを忘れないほうがいい。特に若い連中を前科者にしたくなければ、今すぐ捜索中止令でも出すべきだ。なんせガキはアホだから」

「脅すつもりか」

「そうですよ」

あくまでも引くつもりのない大川と目を合わせ、藪下は淳太郎に引き揚げ時を伝えた。

相原の犯行を半信半疑で捉えている者は、電気屋の主婦だけではないはずだ。町の主流派に従うことで平穏な暮らしを確保しているのだろうし、過激なのは一部だけで歯止めが利かないところまではきていないと感じる。それにしても、現場を訪れれば何か見えるものがあると思っていたが、そう簡単にはいかないようだ。警察が想定している筋以外のものが、ここにはひとつも存在しない。

藪下は外へ出て埃っぽい空気を吸い込み、首の関節を鳴らして伸びをした。風はますます湿り気を帯びており、今にも雨粒を落としそうな空模様だ。藪下は再び深呼吸をして町の匂いを嗅ぎ、生ぬるい風を全身に浴びた。

この殺伐とした感覚が懐かしい。当時はそのなかにどっぷりと浸かり、常に五感を研ぎ澄ましていた。今の自分の立ち位置は、思っていたよりも悪くはなかった。

第二章　ハンターと白いワンピース

1

　淳太郎の相棒でもある整備されたキャンピングカーは、居心地がよすぎるのが逆に難点ではないだろうか。

　藪下は革張りソファにもたれ、先ほどから大あくびを連発していた。家庭用のエアコンを完備しているせいか、鬱陶しい湿度もなく室温は快適だ。ドイツ製だという洒落たシステムキッチンが輝きを放ち、もちろんバストイレつきで、運転席上部のロフトには見るからにふかふかのベッドが備えられている。値の張りそうなアンティーク家具といい照明といい、もはや車ではなく由緒あるホテルの一室だ。所有者の趣味と執拗さが垣間見える。

はす向かいに腰かけている淳太郎は組んだ脚の上でノートパソコンを操り、壁のモニターにも鋭い視線を向けていた。織り柄の入ったストライプシャツの袖をまくり上げている姿が憎らしいほどさまになり、真剣なまなざしは経済を動かす金融系ディーラーさながらだ。が、やっていることは警察マニア。ろくでもない仲間とつるんで、日夜刑事の尻を追いまわしているというのが建設的でない。

「昨日の夜十時過ぎに、目黒区の保健所で爆発騒ぎがありました。知り合いが急行しましたが、職員がひとり重傷を負って救急車で運ばれたそうです。まだ詳しい報道はされていませんが、爆発物は小包爆弾ですよ」

淳太郎が仲間から得たとおぼしき情報を読み上げた。

「二ヵ月前にも、都の福祉保健局に小包爆弾が送られています。去年の五月にも都庁に送りつけられていますよ。この二つは不発で未遂に終わりましたが」

「公務員を憎む爆弾魔は健在か」

「ええ。箱を開けると爆発する仕組みで、ペットボトルに入った可燃剤が周囲に飛び散って引火する。前の二件は同一犯と断定されています」

淳太郎はパソコンのキーを叩き、モニターを食い入るように見つめた。

「ちょうど今入った情報。小金井(こがねい)で立てこもり事件が発生しています。銀行強盗のようで、まだ通報から十分も経っていませんね」

「なんでそれをおまえさんが把握してるんだよ」

「制服警官が現場に詰めているのを見つけたんでしょう。ちなみに、情報提供者は医療機器メーカーの営業主査ですよ。現在、小金井の病院をまわっている最中です」

警察マニアとは、屈折した社会不適合者だけの集まりではないらしい。普通に会社勤めをしながら都内に散らばっているとすれば、たいそうな情報が集まるだろう。この男のことだ、間違いなく都内をカバーする人員を確保しているはずだった。

「しかし、いつの時代も悪党は休みなしだな。四六時中、騒ぎを起こしやがって」

「そうはいっても、警察は検挙率を上げるために認知件数を操作しているじゃないですか。すべての犯罪者を相手にしていたらパンクします。藪下さんもご存じの通り」

淳太郎はもう一台のパソコンを起動し、忙しなくアプリケーションを起ち上げた。

弁護士の益田が言った、淳太郎は優秀だという意味が次第にわかりつつあった。単なる頭の良し悪しではなく、全方位に対して目のつけどころというものを心得ている。そして柔らかな物腰とは裏腹に、利のためなら手段を選ばない無慈悲さもあった。当人はもちろん承知しているだろうが、間違いなく人を使う側の人間だ。

淳太郎がさらにタブレットを出して充電しはじめたのを見て、藪下は素朴な質問をした。

「この車の電力は問題ないのか」

見ている限り、節電の概念が淳太郎にはない。コンピュータ機器はもちろん、コーヒーメーカーだの空気清浄機だのアロマだの、自宅かと思うほど電力消費に躊躇（ちゅうちょ）がなかった。

淳太郎はパソコンのキーを叩きながら答えた。

「サブバッテリーを四個積んでいます。走行充電と屋根にソーラーパネルもありますし、電気をフルで使っても五日はもちますよ」

「この内装では積載量も心配なんだが」

「すべてクリアしていますよ。まあ、唯一の問題は真夏の気温です」

淳太郎は顔を上げて垂れ気味の目を合わせてきた。

「クーラーがいちばん電力を消費するんです。二十四度設定で稼働すると、たったの四時間でサブバッテリー一個を使いきってしまう。東京の夏をやりすごすのはさすがに厳しいですね。なので、夏場は別の車を使っていますよ。女性に不快な思いはさせたくないですから」

「そうかい。四十度の車内に放り込んでやりたいよ」

藪下が悪態をついたのと同時に、テーブルの上にある淳太郎のスマートフォンが短い着信音を鳴らした。画面には「真知子」と表示されており、いったいこの男はどれだけの女とつながっているのかとなおも呆れ返った。今日だけでも、違う女からの着信が十件は届いている。

淳太郎はスマートフォンに指を滑らせ、文字を打ち込みながら口を開いた。

「森島四丁目の大川自治会長ですが、昨夜に緊急部会を開いたみたいですね」

「どっからの情報だ？」

「真知子さんですよ」

「いや、だれなんだよ。その真知子ってのは」

じれったくなって語尾にかぶせると、淳太郎はさも戸惑ったような顔をした。

「何を今さら。藪下さんも会ったじゃないですか。昨日、最初に話を聞いた電気屋の女性ですよ」

「うそだろ、あの太った主婦か？　六十過ぎぐらいの」

藪下は心底驚いてソファから背中を離した。

「ちょっと待て。いつアドレスを交換したんだよ。ずっと喋り通しだったし、途中からは大川のじいさんが乱入してきてそれどころじゃなかったろ」

「ちょうどそのときです。藪下さんが、大川自治会長をぶん殴っているときに交換したんですよ。やることがなくて暇だったもので」

「ぶん殴ってないし、暇ってなんなんだよ」

藪下は、そのときのことをすかさず思い浮かべた。大川が摑みかかってきたとき、確かに淳太郎は女を守るように奥へ遠ざけた。まさかその一瞬で？　しかもあの騒ぎのなか、女の同意を得て交換したのか……。

藪下は電気屋の真知子に返信している淳太郎をじろじろと見まわし、そして苦笑いを嚙み殺した。この男を不採用とした警視庁は見る目がないとしか言いようがないし、自分も軽薄な表面しか見ていないと思い知らされる。採用していれば、間違いなく組織の戦力になっていたはずだ。人に警戒心を抱かせることなく、いつの間にか懐に入り込む才能をもっている。元部下の三井以上かもしれなかった。

「緊急部会では、相原さんを捜すのは一時中断ということで決が採られたそうですよ。特に若者たちですね。ネットでの追い込みは、やっているうちに麻痺してエスカレートしますから」

淳太郎はスマートフォンから顔を上げた。

「藪下さん。昨日はみずからが悪者になるやり方に感動しました」

「なんの話だ」

「敵対心を煽って釘を刺すやり方ですよ。人は善意よりも悪意のほうが心に残りますから、自治会長は藪下さんを思い出すたびに憤慨しているはずです。そして、腹立ちまぎれに即行動した。藪下さんの指摘通り、町の若者が前科者になったら胸くそ悪いですからね。大川自治会長の気の短さ、肥大化した地元愛を的確に利用した誘導だと思います」

藪下はペットボトルの水を呷った。

「経営学ってのは、いちいち小難しい理屈を取ってつける分野なのか？　俺はそこまで思慮深くないし、計算高くもない」

「計算でも無意識でも、それが藪下さんの能力であることには変わりないですからね。結果として相原さんの安全はひとまず確保されたわけですし」

生意気なやつだ。そして油断ならない。見た目で舐めてかかれば、どん底にまで突き落としてくるタイプの人間だろう。藪下は朗らかな淳太郎と目を合わせ、資料をまとめてファイルに突っ込んだ。

「ともかく聞き込み続行だ。町の連中は喋りたくてうずうずしてるだろうし」

「真知子さんによれば、大川自治会長はほかに犯人がいるかもしれないという藪下さんの言葉をかなり気にしているようです。このまま相原さんだけに固執して、ホンボシを逃したら一生の恥だと」

「あのじいさんも偏屈に見えて案外素直だな」

　藪下は書類を抱えて車を降りた。とたんに息苦しいほどの湿度が覆いかぶさり、どっと汗が噴き出してくる。くしゃくしゃのハンカチで首と顔をぬぐい、藪下はカラスだらけの電線越しの空を見上げた。今日も鈍色で重苦しいが、雨を落とすまいと必死に耐えているように見える。今週中にも梅雨入りだろう。そろそろ母の寝室に除湿機を入れたほうがいいかもしれないと藪下は頭に書き留めた。今日は明るい色の花を買って帰ろうかと思いついたとき、淳太郎がスマートフォン片手に車から降りてきた。

「現在、大川自治会長は不在だそうです」

「なかなか使える情報屋を見つけたもんだ」

「彼女はそんなんじゃないですよ。ちなみに、真知子さんは来月の三日が誕生日なんです。六十二になるそうで、夢は伊豆の新井旅館に長期滞在すること。尾崎紅葉ファンという耽美な趣味をおもちですよ」

　まったく必要のない情報だし、いったいメールでなんのやり取りをしているのだ。しかし、今の時点で内通者の存在は都合がよい。何か不都合があったとき、こちら側の偽情報を流すパイプにもなる。

二人はコインパーキングから出て明治通りを進み、小学校の校庭を囲むフェンスを右に折れた。蛇行する区道を縫うように歩き、淳太郎のナビに従って舗装されていない脇道に入る。この辺りはちょうど森島四丁目の裏手に位置し、火災時には大量の火の粉が降り注いで小火を出した場所だ。地域のゴミ捨て場がやけに真新しいのは、焼けて造り直したからかもしれない。

淳太郎は周囲に気を配りながら歩き、タブレットを操作してこもった声を出した。

「向島署の捜査本部は、この地域一帯の防犯カメラをすでに調べています。特に小学校ですね。四丁目を突っ切って通りへ抜けようとすると、必ず学校の横を通ることになります。捜査本部は相原さんを第一被疑者と見ていますが、もし真犯人がいた場合は裏手を抜けたと当たりをつけたんでしょう」

「連中は真犯人云々は初めから眼中にない。相原の犯行を固めるためだけの捜査だ。裁判で有利に働くように」

「ええ。周囲の防犯ビデオから、不審者は上がらなかった。僕が見た限りでは、火事場の野次馬のなかにも怪しげな人影はありません」

藪下もそこは確認していた。地域の老人たちが目立ち、なすすべもなく燃え落ちる家々を眺めていただけ。ほかは動画を撮ってネットに上げようとする不届き者がほとんどだったように思う。

淳太郎が地図を確認して藪下を左の道へ促し、またすぐ右の路地へ入る。この辺りから焦げ跡がどす黒く残っており、曇天には今日もカラスがわめきながら舞っていた。昨日とは逆方向から四丁目に足を踏み入れたとき、藪下はふいに足を止めて前方へ目をすがめた。

焼け残った家の隙間が奇跡的につながり、この場所からは相原の敷地が一直線に見通せる。そんな火元のブロック塀の脇で、白い円形のものが動いていた。あれは日傘か？　藪下はじっと目を凝らした。煤だらけの火事場で、真っ白いレースの日傘をくるくるとまわしている姿がどこか幻想的だ。昨日も見かけた女ではないか。

隣では淳太郎が額に手を当てて伸び上がり、さも愉快そうな声を出した。

「あれは穢(けが)れなき処女のハムスターじゃないですか」

藪下は軽薄極まりない男を睨みつけた。

「毎日ここで何やってんだ、あの女は」

「散歩コースなんでしょう。森島四丁目は曳舟(ひきふね)駅への抜け道にもなってますから」

「心にもないことを言うな。おまえさんも、現場に舞い戻った放火魔の可能性を考えてるだろ」

藪下はぬかるみに足を取られてののしり、雑草に靴の泥をなすりつけてから歩きはじめた。早くもこっちの気配に気づいたらしい女はすっと立ち上がり、日傘を傾けてそそくさと立ち去ろうとしている。藪下は反射的に足場の悪い路地を蹴って走り出し、泥水を派手に撥ね上げながら後を追った。なのに距離は一向に縮まらず、女は難なく大通りへ出ようとしているではないか。不気味なほど足が速い。藪下は最短距離を見極めてコースを変え、民家の狭い隙間に体をねじ込んだ。下ろしたばかりの白シャツが壁にこすれて煤で汚れ、革靴はもはや泥だらけだ。しかしかまわずに進んで隙間を抜け、ようやく女の肩に手をかけた。

「ちょ、ちょっと待て……」

この程度で息が上がるとは、体がなまり切って情けないにもほどがある。藪下は何度も深呼吸をして息を整え、こめかみを流れる汗をぬぐってから振り返った女を見下ろした。

磁器のように肌が白い。前髪が目の上でまっすぐに切りそろえられ、栗色の明るいボブが肩の上で揺れている。淳太郎が語っていた通りピンク色を基調とした化粧をしており、極端に表情が乏しかった。若干上を向いた鼻先といい、小さくて厚みのある唇といい、幼い子どもが好む人形のような造作だ。しかし、今時の若い女とは決定的に違う。

あろうことか藪下は、真っ向から見つめ返してくる目尻の切れ上がった大きな瞳に気圧されていた。長い睫毛で縁取られた茶色の目は強く、こんな状況でも一切の動揺が感じられない。今まで、これほど強靭な目をした女には会ったことがなかった。

「昨日もここにいたと思うが、いったいきみは何をやってるんだ」

藪下は肩に置いた手を離して、女からわずかに距離を取った。信じられないことに、二十歳そこそこと思われる華奢な女に防御反応が揺さぶられている。女は頭ひとつぶん以上も上背のある藪下を見上げ、指先で前髪を整えながら恐怖心も警戒心も一切の感情を見せなかった。

「黙ってちゃわからないだろ。ただの通りすがりじゃないようだし、毎日ここへ来て何をしてるんだ。ここらへんに住んでるのか？」

女は言葉が通じていないかのように動かない。日本人にしか見えないが、まさか外国人なのか。それとも耳が不自由なのだろうか。藪下は素早く耳許を確認した。補聴器などはつけていない。

「言葉は通じてるよな？」

藪下は目線の高さが同じになるよう少しだけ屈んだが、女は瞬きもせずに合わせた目を逸らさない。まるで狙いを定めているようでぞっとし、思わず厳しい詰問口調が口を突いて出た。

「黙秘を決めこむな。聞こえてんならとりあえず返事ぐらいしろよ」

反応のない女に語気を強めたとき、後ろから声が聞こえて藪下ははっと我に返った。

「二人とも速いなあ」

淳太郎が場違いなほど涼しげな面持ちでやってくる。癖のある長めの髪が風に揺れ、首許のペンダントが黄金色の輝きを放っていた。

「僕は走るのが苦手なんですよ。子どものころからずっと体育は見学組だったものでで」

そう言いながら淳太郎は流れるように女の手を取った。顔を覗き込んでいつもの無邪気な笑みを浮かべる。

「やっぱりピーチ系のグロスがよく似合うね。昨日、そうじゃないかと思ってたんだ。僕は桐生淳太郎。きみは？」

「上園一花です」

「聞こえてたのかよ」

藪下は思い切り舌打ちをした。女は目を二人の男の間で往復させ、何かを考えるように小首を傾げている。いつまでも手を握っている淳太郎を引き剝がし、藪下は一花の前に仁王立ちした。

「あらためて聞く。二日連続で、きみはここで何をやってるんだ」

「火災現場を見に来ました」

「見に来た？　なんで」

「見たかったからです」

一花は白いレースの日傘を閉じて、理由などこれでじゅうぶんだろうと言わんばかりに心ない答えを返してよこす。完全におちょくられている。初対面でここまで神経に障る女にはそう滅多に出くわさない。藪下は笑顔を引きつらせて威圧的に尋問を続けていたが、見かねた淳太郎が横から割って入った。

「まあ、まあ。一花ちゃんには一花ちゃんなりの理由があるんですよ。別に火事の現場を見に来たっていいじゃないですか」

「いい悪いの問題じゃない。二日連続で現場を見にくるのは好奇心の範囲を超えてんだよ。理由を聞くのは仕事だ」

「厳しいなあ、あいかわらず。じゃあ、こうしましょう。これからみんなでランチに行きませんか」

　何がこうしましょうだ。藪下は淳太郎を無視して一花に向き直った。

「いいか？　ここへ通う理由を言いたくないならそれもいいが、不審者として俺の頭にはインプットされるからな」

「はい」

「それだけじゃない。市民の義務として警察へ不審者情報を提供する。するときみは無関係だとしても任意同行を求められ、根掘り葉掘りおまわりの尋問を受ける。当然、私生活も暴かれる。最低でも丸一日はだいなしにされ、今みたいに反抗的な態度だと、その後何回も出頭させられることになる。稀に、未解決事件の罪を着せて在庫処分しようとするおまわりも現れる。知ってると思うが、冤罪で何年も裁判に費やす者もいるぞ。だが、今ここで素直になりさえすれば最悪の未来は変えられる」

　隣で淳太郎が噴き出し、「ひどい追い込みだなあ」と笑い転げている。件の一花はなおも無表情のまま耳を傾けていたが、説明をする気になったようでようやく口を開いた。

「あなた方も賞金稼ぎなんですか？」

　予測だにしない言葉に二人の男たちは口をつぐんだ。あなた方も……だって？　藪下は、白いワンピースを着た一花を無遠慮に見まわした。そこらへんを歩いている若い女とそう変わらない。確かに言い知れぬ雰囲気はあるものの、このチャラチャラした女が事件に懸けられた三百万の報奨金を狙っているというのか。

藪下の眉間のシワが一層深くなった。

「なるほど。きみは報奨金目当てで現場を見に来ていると」

「はい」

一花はきっぱりと答える。藪下は腕組みをした。

「あのな。色気づいた女が遊び半分で首を突っ込んでいいヤマじゃない。だいたい、適当に現場を見物して金がもらえたら世話ないんだよ。事件性がある以上、危険な悪党に出くわす可能性もゼロじゃない……。いや、ちょっと待てよ」

藪下ははたと我に返った。

「まさかとは思うが、若い女の間で事件追跡が流行ってるんじゃないだろうな。なんとか映えとかわけのわからんこと言って」

「藪下さん、どれだけ盛っても火災現場はインスタに映えないでしょう」

淳太郎が間の手を入れたとき、捲し立てる藪下をじっと見ていた一花が唐突に言った。

「よかったら、情報交換しませんか」

「なあ、ちょっとは人の話を聞けよ」

藪下は、あまりの話の通じなさに頭をかきむしった。舐められているのか、それとも何かの駆け引きか。いずれにせよ、あらゆる方面において多大な労力を要する人間には違いない。血圧の上昇を感じたとき、淳太郎が藪下の腕をぽんと叩いて仲裁役を買って出た。

「ともかく僕たちには話し合いが必要ですね。お互いに誤解があるようなので」

「誤解もへったくれもない。だが、住人が聞き耳を立ててるなかで、これ以上の話はしないほうがいいな」

「そういうことです」

藪下は止まらない汗をぬぐって人影の映る窓へ目をやった。騒ぎを聞きつけ、さっきから表の様子を窺っている者がひとりや二人ではない。金に目がくらんだとはいえ、ややこしいことを寄せ集めたような依頼だと藪下は思った。聞き込みをすればだいたいのことはわかると踏んでいたが、真実どころかたったの二日であらゆる障害があふれ出している。

シャツにこびりついた煤を払いながら来た道を戻り、三人は車に乗り込んだ。

2

真鍮（しんちゅう）のような色みをした小型冷蔵庫を開け、淳太郎はガラスの器に何かを載せて一花の前に置いた。

「疲れたときには甘いものだよね。このチョコはおいしいよ」

一花は会釈もそこそこに、ゴシックモダンな車内に目を走らせている。さすがに、この空間を目の当たりにすれば落ち着き払ってはいられないらしい。ジャカードの重厚なカーテンが閉め切られているために真昼間でも薄暗く、間接照明の揺れる明かりが車内だということすら忘れさせる。淳太郎は別珍（べっちん）張りの椅子を持って一花の前に腰かけ、藪下ははす向かいのソファで脚を組んでいた。

「あらためて自己紹介したほうがいいよね。僕は桐生淳太郎。趣味と自由を謳歌（おうか）する三十三歳。こちらは藪下浩平さん、四十三歳ね。僕たちは正規の依頼を受けて火災の調査をしているんだよ」

「警察関係の方ですよね」

「いや、違う。でも藪下さんは捜査課の刑事だった人でね。それを感じ取ったなら、一花ちゃんは勘がいいほうだと思うよ」

「圧力が普通の人の五十倍はあったので、別に勘は必要なかったです」

淳太郎がおもしろいなあと笑っている姿を横目に、一花は工芸品のような花形のチョコレートに口をつけた。とたんにじっとチョコレートを見つめ、しばらく動きを止めている。おいしくて驚いたというところだろうが、いかんせん表情が乏しくて感情の起伏を読み取るのに苦労する女だ。内向的だがおとなしいのではなく、常に強固な自己主張が見え隠れしている。

一花はついばむようにチョコレートを口に運んで紅茶を飲み、形のいい小さな唇を尖(とが)らせてふうっとひと息ついた。対話するためにここへ戻ったはずだが、この女はただただ目の前の菓子を堪能(たんのう)しているだけだ。マイペースにもほどがあった。

「で、きみが何者なのかそろそろ教えてくれるか」

ソファの背もたれに肘を置いた藪下は、半ば苛々しながら口火を切った。小娘なんぞに割く時間は惜しいし、警官を辞めてからというもの、社会性のない面倒な人間とはかかわらないようにしている。

ゆっくりと紅茶を味わった一花はティーカップを受け皿に戻し、体ごと藪下に向き直って顔を覗き込んできた。またもや身じろぎしたくなるほど強いまなざしだ。藪下を目で威嚇していたかと思えば今度は急にそっぽを向き、かごバッグの中から花柄のポーチを取り出した。無言のまま運転免許証を差し出してくる。

いちいち疲れる女だ。藪下は首をまわして派手に関節を鳴らし、受け取った免許証に目を落とした。スマートフォンのアプリで調べると、本籍は北海道紋別郡、西興部村。名前は偽りなく上園一花で、年齢は二十四だ。すると向かい側から手許を覗き込んできた淳太郎が、いきなり素っ頓狂な声を上げた。

「あれ、おかしいなあ。二十四歳なの？　女性の年齢をハズしたのは初めてですよ。一花ちゃんは二十一ぐらいだと思ったんだけど」

「たいして変わらんだろ」

「変わるんですよ。誤差はプラマイ一まで。予測といえども、かけ離れた数値を口にするのは愚かです。なんの分野でもね。それに、解析メソッドに当てはまらない女性は希少サンプルですから」

もはやすべてにため息しか出てこない。藪下は、脳死で臓器提供する旨が明記された免許証を見ながら問うた。

「実家は北海道ってことだよな。こっちの家は免許証にある江戸川区なのか」

「一之江のアパートでひとり暮らしです」

　彼女は抑揚なく答えた。これも淳太郎の読み通り、千葉寄りの東京ということになる。この場所まで電車でおよそ三十分というところか。

「いつ田舎からこっちに？」

「二年前」

「目的は？」

　まるで職務質問のような問答だが、一花はさほど抵抗も示さず「生活改善のため」と素直に答えた。学校へ通っているでもなく、就職しているわけでもないという。東京に憧れがあったというわりに、今やっていることといえば報奨金狙いの火災現場捜索だ。しかもめいっぱい着飾って化粧をしていながら、都会の華やかさとは無縁の場所に足しげく通う意味がわからない。すべてにおいてちぐはぐであり、何を聞かされても実体が摑めない人間だった。経験上、この手の人間に深入りしても愉快なことはない。

　藪下は仕切り直すように真正面から一花を見つめ、出し抜けに問うた。

「ヤクはやってないよな」

「ヤク……偶蹄目の動物ですか」

「結構。それを即答したおまえさんはヤク中じゃない」

薬物使用者なら必ず動揺が見えるものだ。免許証を返して藪下はソファにもたれかかった。どうしたものかと考えたが、報奨金欲しさに調査をするというのなら、それを止める権利が藪下にはない。しかし今追っている案件には何か裏がありそうだと感じており、周囲を女にうろちょろされるのは邪魔だった。危険がないとは言い切れないからだ。見ず知らずの人間がどうなろうが知ったことではないと思う反面、人の安全を目配りする警官の名残が藪下の心を騒がせる。そう思い至ったときに、藪下はようやく自覚した。この一件には確かに波乱の予兆があるのだ。

一花は受け取った免許証をしまおうとしたが、手を滑らせてポーチごと床に落とした。拍子に飛び出した中身がぶちまけられ、それを見た藪下と淳太郎は思わず身を乗り出した。床に散乱しているのはおびただしい数の許可証や免状で、ほとんどすべてに一花の顔写真が貼られているではないか。

「おい、おい。まさかカード偽造集団の一味じゃないだろうな」

藪下は足許にあるいくつかを拾い上げた。が、またすぐに押し黙る羽目になった。証明書の内容は第一種第二種銃猟狩猟免状、罠猟(わなりょう)狩猟免状、猟銃・空気銃所持許可証だ。そのうえ関東や東北、北陸にわたる各県の狩猟者登録証も交じっている。

藪下はすべての許可証を隅々まで検分し、証明写真につけられている押し出しスタンプに指を滑らせた。間違いなく公安委員会が発行したもので、各県知事の印もある。これは偽造ではない。

藪下は、この状況でも表情筋を数ミリも動かさない一花の小作りな顔を見まわした。前髪に手をやるのが癖らしく、たびたび触れては流れを整えている。これほど華奢な女が散弾を放っている場面などは想像できないが、資格の種類を見ても正真正銘のハンターだろうと思われた。単なる趣味の域でこれだけの数を所持することはあり得ない。

一花の向かい側では淳太郎が急(せ)くようにノートパソコンを開き、猛烈な勢いでキーを打ち込んでから顔を上げた。壁に埋め込まれたモニターのひとつに地図が表示される。

「北海道の紋別郡というと網走(あばしり)の上ですね。一花ちゃんの生まれは西興部村で、オホーツク総合振興局管内の西北部にある村です」

藪下は、カーソルが指し示している場所を見上げた。村は内陸に位置しているが、この紋別郡というのは流氷が接岸する地域だったはずだ。何度かニュースで耳にしたことがある。冬場は最高気温が氷点下から上がらず、最低気温にいたってはマイナス十度以下がザラという場所ではなかったか。そんな過酷な大地で生まれ、信じられないことに、この歳で狩猟の技を身につけた女……。今どきの見た目とまるで調和しない超然とした雰囲気があるのはこのせいらしい。

生まれ故郷の地図を睨むように見据えている一花を眺め、藪下はいくつもの許可証類を重ねてテーブルの上に置いた。

「東京で生活改善をしたいってことは、狩猟から足を洗いたいと思ってんのか」

「そうです」

「で、上京して今どきの女に変身したわけだな。着飾って化粧して髪を染めて、うまく都会にまぎれた。生活は改善されたか？」

一花は藪下に視線を戻した。あいかわらず表情はないが、目尻の切れ上がった大きな目からはわずかに憤っている様子が見て取れる。藪下に対してか、それとも故郷に対してなのかは窺い知れない。しかし、現状に納得がいかないことだけはよくわかった。

藪下はじゅうぶんすぎるほど一花を観察し、唐突に話を変えた。

「わかった。じゃあ、お望みの情報交換といこうか。先攻と後攻、どっちにする？好きなほうを選んでいいぞ」

「先攻でお願いします」

即答した一花ににやりと笑いかけ、藪下は「どうぞ」と手を向けた。彼女はピンク色の唇を引き結び、膝の上で手を握り締めた。

「火事のあったペットショップは、八年前に閉店したと聞きました。それなのに小動物用のケージとか鳥の巣らしきものとか、商品が大量に燃え残っています。狭い敷地を圧迫するほど在庫を残していたのには、何らかの理由があると思いました」

「そうだな。家主いわく、売り時を逃したってことだ。できる限り高値で在庫をさばこうと機会を窺っていたが、そうやってるうちに時代遅れで売れなくなってしまった。その後も処分するのを惜しがって、在庫の山を抱えたまま火事になったと」

一花は全身の神経を研ぎ澄まし、藪下の言葉をひとつひとつ吟味している。そしてぱっと顔を上げた。

「明らかに商品の仕入れが多いです。六畳もないような店の広さに対して、あれだけのものを置けば肝心な動物を置く余裕がなくなる。何がやりたいのかわかりません」

「まあ、飼育道具を売ることがメインだったのかもしれんからな。そのあたりは俺も聞いてないからよくわからんが、それほど食いつくとこか？」

「はい」

一花ははっきりと返答した。

「鳥の巣らしきものが焼け残っていたんですが、一般的に売られているツボ巣ではなかった。飼育道具を売っていながら、ツボ巣を置かないのはちょっとおかしいです」

「ツボ巣?」

そう問うたのと同時に、淳太郎がパソコンのキーを叩いて検索をかけた。すぐ壁のモニターにツボ巣というものが映し出される。

「ああ、これは見たことがありますよ。糸とか針金で藁を丸く成形しているものですね。幼稚園のとき、クラスに文鳥がいたんですが、こういう形の巣がついていたのを覚えていますよ」

淳太郎が懐かしそうに語った。確かにこのタコツボのようなタイプはだれもが一度は目にしたことがあるもので、単価も六百円前後と手ごろな商品だ。当然だが、これが焼け跡になかったということが、それほど着目すべき点だとは思えない。

藪下は、白い顔に若干赤みが差してきた一花を促した。

「焼け跡にあったのは、こういう一般的な巣じゃないときみは気がついた。それで?」

「燃えた商品の奥に、木の枝が散乱している場所を見つけました。もしかしてこれが売り物だった巣なのかもしれませんが、よくわからないので気になっています。木の枝があった場所は燃え方がほかよりも激しいので、おそらくそこが火元のはずです」

「正確な火元は公表されていないが、店内なのは間違いない。それの何がおかしいんだ？　やけに腑に落ちないと言いたげだが」

「何がと言われると答えられないですが、火が出た場所にものすごく割り切れなさを感じています。店のいちばん奥だし、なんでそこなのかなと思って」

藪下はなんとも答えようがなかった。しいて言うなら、現場を隅々までよく観察したものだということぐらいなのだが、当人はいたって真面目に報奨金を狙える情報だと考えているらしい。

「ほかには？」

藪下は、この女の本心を見極めたかった。一花が放火に絡んでいるとしたらどうだろうか。突拍子もない言動で自分たちを振りまわし、本筋から目を逸らすことが目的だとしたら……。実際、放火犯は若年層が少なくはない。放火は、保険金目当てや犯罪の証拠隠滅までさまざまな悪意が集結している犯罪だ。そのなかでも特にたちの悪いのが愉快犯だろう。娯楽的要素が強く、わざわざ被害者や警察に接触して火災の興奮を追体験する。現場に戻る行動もそれで、罪悪感が微塵も存在しない連中だった。

一花は飲み残したカップの底に沈んでいる茶葉を見つめ、ぽつぽつと言葉を繰り出した。

「たくさんの溶けたカセットテープがありました。カセットなんて実家でしか見たことがなかったので、なんとなく印象に残っています。店にあるのも場違いですし」

物事のほとんどを直観で処理するタイプのようだ。そして彼女はゆっくりと瞬きして話の終わりを告げ、前髪を触りながら藪下をじっと見た。

「終わりです。次は後攻の番です」

「きみほど有益な情報はもってないぞ」

藪下は皮肉を述べてから膝の上で手を組んだ。

「火元の相原は放火していないと言っている。店にガソリンが撒かれた経緯も知らんし、人から恨まれるようなことにも心当たりはないとのことだ」

「自覚はなくても恨みを買うことはあります」

「そりゃあな。だが、犯人の立場に立ってみろ。殺したいほど憎ければ、こんな面倒なことをしないとは思わないか？　こっそり家に侵入して火を放ってから逃げるなんてのは、手間をかけただけで利が薄い。現に相原は助かってるんだし」

一花は口をつぐみ、しばらく考えてから口を開いた。

「殺すことが目的ではない可能性もあります。放火犯に仕立てて、苦しみを味わわせることが目的とか」

「現実の犯罪は、それほど風情のあるもんじゃない。単純なんだよ。きみは猟をやってるからわかってるだろうが、狙った獲物はどうするんだ？」

「確実にとどめを刺します」

藪下は含み笑いを漏らした。なかなか迷いのない回答だった。

「憎ければ殺してから放火すればいいものを、そうしなかったのは謎だ。だから警察も町の連中も、火元の相原がホンボシだと思っている。自作自演だな。ちなみにきみはどっち派だ」

彼女はすぐに「わかりません」と首を横に振った。

「そこは俺も同じだ。ともかく、こっちはこの調査を始めてまだ二日目なんだ。交換できるほどの情報はないんだよ」

「でもあなたは、たったの二日で何かがおかしいと気づいています」

正面切ってそう言い放った一花は、あの射抜くような目で藪下を見据えた。なかなか鋭い勘はもっているようだ。そして彼女は免許証類をポーチにしまい、スカートの裾をさばきながら立ち上がった。

「チョコレートと紅茶をごちそうさまでした」

「どういたしまして。それより一花ちゃん、アドレスを交換しようか」

彼女の言葉を黙々とパソコンに入力していた淳太郎が、立ち去ろうとしている一花の手を当然のように握った。こうまで自信満々で自然だと、相手も疑問には思わなくなるのだろうか。藪下はむっつりとしてその光景を眺め、一花に再び釘を刺すことにした。

「きみはこの件から手を引け。もし凶悪な輩が絡んでいた場合、周囲を嗅ぎまわる人間はだれであれ目障りだ。そんな目立つ格好でちょろちょろすんのはもってのほかなんだよ」

「一花ちゃん。口は悪いけど藪下さんは本来優しい人だし、きみを心配して言ってるからね。僕も事件にはかかわらないほうがいいと思うよ」

無用なフォローを入れる淳太郎をねめつけ、藪下はさらなる駄目押しをした。

「賞金稼ぎなんて冴えないことをやってないで、もっと年相応の今を楽しめ。おしゃれだの恋愛だの甘いものだの、若い娘がやる馬鹿みたいなことなんてほかにいくらでもあるだろ」

確実に怒らせるようなことを言ったつもりだったが、一花はひと言も発せず、そればかりかほんのわずかだけ口許に笑みを浮かべた。なるほど。藪下は、淳太郎に手を引かれて車を降りる一花を目で追った。小賢しいことに、この女は駆け引きをするつもりらしい。間違いなく情報を出し惜しみしていた。

しばらくしてから淳太郎が戻り、吸入器で薬を吸い込んでからペットボトルの水を飲んだ。いささか興奮気味に目を輝かせている。

「生まれて初めてですよ、東京で女の子のハンターに会ったのは」

「あのレベルになると、地方でもそう滅多にいないだろうな。猟友会は高齢化と後継者不足でジリ貧だ。二十代の女があれだけの資格をもつのは、そういう家に生まれたってことだろう」

「だから彼女は、ハンターから足を洗いたいと思ってるんですかね」

淳太郎は一花の使ったティーカップを手早く洗った。そして勢いよくソファに座る。

「ただ、あれだけおとなしいと、これから世の中を渡っていけるのか心配になりますよ」

「内向的だがおとなしくはない」

藪下は鼻を鳴らした。

「あの女は俺との情報交換で先攻を選んだろ？　ああいう場合、普通は後攻を取って相手の出方を見るもんだ。しかも俺が退職警官だとわかったうえで、わざわざうわ手を打ったからな」

「確かにそうですが、女の子特有の気まぐれじゃないですか」

「違う。先手を取ったのは、確実に主導権を握るため。相手がだれであろうと、自分の道を譲るつもりはないと宣言したのと同じだ。こんなくそ生意気な女がおとなしいわけないだろ」

薮下は苦笑いをした。

「あの女は、間違いなくほかにも情報をもってる。鳥の巣だのなんだの、ああいう特殊な視点からなんかに気づいたんだな。それが重要かどうかは別にして、この俺からほかの情報を引き出すエサにするつもりだ。ああいう女は、そのうち大やけどする。経験値が思考に追いついていない」

イニシャルのペンダントを弄びながら聞き入っていた淳太郎は、「あらためて僕からも手を引くように言いますよ」とスマートフォンを掲げて見せた。今回も難なくアドレスを手に入れたようだが、今までとはいささか意味合いが違う。一花のほうが自分たちとの連絡手段を確保したということだ。面倒ごとの匂いしかしない。

薮下は立ち上がり、淳太郎に目配せして再び現場へ向かった。

3

森島四丁目が駅への抜け道になっているのは事実のようで、焼け落ちた町なかを黙々と進む人間が目についた。時間帯のせいか老人と主婦がほとんどだ。歩行補助用のシルバーカーを押す者や、電動のシニアカートを揺らしながらぬかるみを突っ切っている猛者もいる。

藪下はリボンを着けたトイプードルを散歩させている老人に道を譲り、この程度にまで回復した母を想像し思いを巡らせた。意識が覚醒しさえすれば、リハビリを重ねて外出できるまでになるのも夢ではない。そのためにも、電気刺激療法に賭けるしかないと思っていた。体に電極を埋め込んで脳や脊髄（せきずい）を刺激するものだが、この方法で覚醒した者は約四割にものぼる。若年者や外傷由来の者に偏っている事実もあるが、まったく望みがないわけではなかった。しかし、手術できる医療機関が限られるうえに保険適用外のために、二ヵ月の入院で最低でも五百万はかかる計算だった。問題は、二ヵ月で結果が出る保証はなく治療の継続が確実に予見できることだ。

藪下は水たまりを避けながら、じめじめと陰気な路地を進んだ。とにかく金が要る。最終的に自分は、借金を重ねながら法に触れる手段を選ぶのではないかと危機感を覚えるほどだが、それを打ち消しているのは警官だった意地のみだ。ここを踏み越えるわけにはいかなかった。

カラスが監視している雑草だらけの黒ずんだ路地裏は、何度通っても気持ちが沈んでしまう。焼け落ちた相原の家はことさら陰惨で、火に舐められて痩せた柱が今にも折れてしまいそうだった。藪下はブロック塀が途切れた場所に立ち、雑然とした敷地に目を走らせた。プラスチックが溶けて骨組みだけになったケージ群の陰に、焦げて炭化したような細い木の枝がごちゃごちゃと固まっているのが見える。一花が語っていた通り、店のいちばん奥まった場所にあった。

「あの女には、あれが奇妙に見えるらしい」

藪下は、隣で写真を撮っている淳太郎に言った。

「閉店してから八年。もう店はガラクタ置き場になってたんだろうな。ゴミだか在庫だかわからんありさまだ」

「そうですね。ただ、相原宅に侵入した何者かが、わざわざ商品やゴミをまたいで奥までいったとしたらおかしな行動だと思います。一花ちゃんが指摘するまで気づきませんでしたが」

「奥へいったとは限らんだろ。ガソリンを撒いて放火しようと思ったら、火のついたマッチを遠くへ放り投げるのはある意味常識だ。だれでも無意識にそうするよ」

そうは言っても、そもそも火をつけるために家に侵入すること自体がおかしいのには変わりない。

藪下は火災現場をしばらく見まわしていたが、おもむろにズボンの裾を膝の下までまくり上げた。瓦礫（がれき）のなかのルートを見極め、錆びた釘が散乱している敷地に足を踏み入れる。地面を踏み締めるたび、ガラスをこすり合わせるような、じゃりじゃりという不快な音が耳について鳥肌が立った。足場に気をつけながら穴の開いたトタンをまたぎ、鳥かごの針金が絡まっている場所で立ち止まる。

そのとき、背後から能天気な声が聞こえた。

「藪下さーん、奥にある焦げた柱が倒れたら終わりですよ。屋根の一部はまだ残っていますから、少しの衝撃で家全体の骨組みが倒壊します。藪下さんなら死にはしないでしょうが、間違いなく骨は何本か折れますね。気をつけてください」

藪下は、まったく心のこもらない言葉をかける淳太郎を振り返った。こちらに向けているスマートフォンは、動画を撮影している緑色のライトが灯っている。藪下は苛立ちながらその場に屈み、重ねられたまま溶けてくっついているカセットテープを引き剝がそうと試みた。ヘドロが燻されたようなひどい臭いに加え、刺激臭も立ち昇ってきて目に染みるほどだ。藪下は新鮮な空気を求めて喘ぎながら、力まかせにテープをひねってみた。しかし、プラスチックの部分が完全に癒着し、飛び出した鉄筋やケージも巻き込んでひとつの大きな塊になっている。これを剝がすのは無理そうだった。しようがない。藪下は意を決して、灰と細かい金属が堆積した泥に手を突っ込んだ。べたついたぬるい感触が手から伝わり、全身が一気に粟立った。歯を喰いしばって泥のなかを引っ搔きまわしていると、硬いものに行き着いて即座に引き抜いた。高温で熱せられたカセットテープが、飴細工のようにぐにゃりと曲がっている。そのまま立ち上がって適当に泥を落とし、藪下は振り返りざまにそれを淳太郎へ投げた。

「落とすなよ」

淳太郎は反射的に左手でカセットテープをキャッチしたが、その拍子に飛び散った泥と煤で洒落たストライプのシャツはだいなしになった。色白で端整な顔にも点々と黒い泥がこびりつき、口許を引きつらせている。

「参考資料だ。管理は任せたぞ」

「……了解」

淳太郎はぐっとあごを引き、泥で汚れた顔に不敵な笑みを浮かべた。初めて本気の敵意を見たかもしれない。藪下は俄然気分がよくなり、雑草を引っこ抜いてこびりついた手の泥をなすりつけた。

現場を抜けて区道へ出ると、淳太郎が憮然としてハンカチで手や顔をぬぐっていた。こんな汚れ仕事とは無縁の生き方をしているだろうに、藪下と組んだことが運の尽きだ。淳太郎は顔を上げて抗議の言葉を出しかけたが、同時に胸ポケットでスマートフォンが短い着信音を鳴らした。すぐに確認してメッセージを読み上げる。

「真知子さんからです。大川自治会長が戻ってきました」

「もうちょっと早めの情報が欲しいとこだな」

大通りに面した区道の先から、白髪混じりの短髪の男が脇目も振らずに歩いてくるのが見える。噂の自治会長、大川だ。浅黒い顔のなかでみひらいた目がぎらぎらと光り、その勢いのまま殴りかかってきてもおかしくはない形相だった。

首からタオルを下げた大川は藪下の目の前で止まり、薄汚れた二人を見まわした。

「ここで何やってる」

「火災現場の調査ですよ」

「勝手にそんなことをするのは許さんからな」

大川はタオルで顔の汗をぬぐいながら威嚇した。とにかく難癖をつけにきたらしい。

藪下は感情を制御して淡々と相対した。

「許すも許さないも、ここは相原さんの土地ですよ。所有者の了承は得ているし、警察の現場検証も終わっている。何度も言いますが、町の掟は一般社会に通用しませんよ」

「偉そうなことをぬかすな。おまえらは若い娘と言い争ってただろ？　あれは一般社会で通用すんのかよ」

すでにその情報も伝わっているとは、隅々までよく統制された町だ。

「別に争ってはいませんがね。大川自治会長、自分たちは今後もここへ来るし、周囲の聞き込みもします。それを妨害しないでほしいんですよ」

「なら、相原をここへ連れてこい。話はそれからだ」

「いずれそれも検討してみます」

藪下は、手を出したくてうずうずしている男に目礼して踵を返した。相原が町との和解を望むのなら、もちろん話し合いは必要だ。しかし、今は無理だろう。それよりも、相原が再逮捕に持ち込まれる前に、捜査対象を見直す糸口を見つけるほうが先だった。

四丁目を抜けるときに後ろを振り返ると、まだ大川自治会長が腕組みして仁王立ちになっているのが見えた。まるで関所だが、住人へのアピールなのもわかっている。小学校を迂回してコインパーキングに近づき、淳太郎は駐めてあるシボレーにリモコンキーを向けた。解錠とともに後部のドアを開けて、有無を言わさない口調で言った。

「藪下さん、シャワーを浴びて消毒してください」

「いい。手だけ洗う」

「駄目です。電線に止まっているカラスの数を見たでしょう？　ここらへんにはネズミもいるんですよ。火災のあった日、通りに大量のネズミが逃げ出してきたのを僕は見てるんですから」

今になって、とてつもなく嫌な情報をもち出すやつだ。

「雑菌をもったまま自宅に帰ったら、それがお母さんに移るかもしれない。そもそも何がいるかわからない火災現場で、素手で地面を掘るなんてもってのほかなんですよ。どういう衛生観念をしているんですか」

確かにそうとも言える。藪下は怒れる淳太郎の指示に素直に従い、着替えを借りて助手席に収まった。一週間ぶんの着替えや日用品が積み込まれているのは、突発的な事件に備えるためだという。淳太郎もシャワーを浴びてこざっぱりとし、二人は昼食を摂ってから相原のアパートを訪れた。

六畳もない部屋は今日も隙間なく閉ざされており、頼りない電気スタンドの明かりがぼんやりとにじんでいる。相原は昨日にも増して痩せこけて見え、突き出た目を落ち着きなく動かしていた。淳太郎は早速ＩＣレコーダーを用意する。

「あの、益田弁護士さんから聞きました。大川さんと話をつけてくださったとか。ありがとうございます」

相原は二人が座るよりも早く頭を下げた。どれほどひどい扱いを受けても、町に戻りたい気持ちは捨て切れないようだ。藪下は頷いた。

「話をつけたというより、同じ土俵に立ってみたんですよ。ほとんどわかり合えませんでしたが」

「でも弁護士さんは、藪下さんが法的根拠を示したことに意味があるとおっしゃっていました。だから町は、わたしを捜すことを止めたんでしょうし」

「今のところは、です。おそらくそう長くはもたないでしょうね」

思ったままを口にした。形ばかりの安堵にすがっていたい相原は、欲しい言葉をくれない藪下を恨めしげに見つめた。この男もこそこそと逃げ隠れするだけでなく、問題と向き合わなければならない時期にきていると思う。無罪を主張するのなら、町とも警察とも戦う固い意志が必要だった。

「今日はちょっとお聞きしたいことがあってきたんです。店の在庫の件で」

藪下が本題に入ると、「在庫の？」と相原は訝しげな声を出した。

「店の在庫は惜しくて処分できなかったと聞きましたが、見た感じだと鳥かごとかケージなんかが多いですよね。大きいしかなりの場所を取っていたでしょうに、閉店してからずっとそのままの状態だったんですか」

「まあ、そうです。片付けるのも億劫（おっくう）になってしまって……」

相原は歯切れ悪く答えた。

「ちなみに、ある人物が在庫のなかにツボ巣がないことを指摘したんですよ。なんでも、鳥の飼育には必需品だし一般的なものらしいですね」

「ああ、ツボ巣ね」

充血した目がわずかに輝き、相原の声に初めて活力が表れた。

「わたしはあんな危険なものを売りたくなかったもんでね」

「鳥の巣が危険なんですか？」

「その通り。ほとんどのツボ巣は藁を糸留めしているから、鳥がその糸に脚を取られて怪我（けが）することがある。小鳥の脚は爪楊枝（つまようじ）みたいに細いですからね。糸に引っかかったら取れないんですよ。たいがいは暴れて骨折する。そのまま身動きが取れなくなって死んでしまうんです。鳥にとっては危険極まりないものですよ」

「なるほど、初耳です」

相原は誇らしげに口角を上げた。

「ツボ巣なんてものは、人の都合しか考えられていない。小さい鳥かごに入れるために作られたものです。わたしはね、藁とか椰子(やし)の繊維をほぐして巣を自作しましたよ。評判を聞いて、わざわざ横須賀(よこすか)から買いに来たお客さんもいたぐらいだ。鳥がわたしの巣でしか卵を産まないと言ってね」

相原は見たこともないほど饒舌(じょうぜつ)だった。店を経営していたのだから当然だが、動物に関しては並々ならぬ持論があるらしい。ということは、火災現場で炭化していた木の枝のようなものは、この男が作った自慢の鳥の巣なのだろう。一花の目のつけどころはなかなかおもしろかったが、やはり事件との関連性はないようだ。

それから相原はペットの話に火がつき、独自に編み出した飼育方法を次々に披露しはじめた。文鳥のヒナに与える挿し餌や回数、適した温度など、身振りを交えて事細かに説明する。よほど会話に飢えていると見える。淳太郎は終始笑顔で耳を傾け、止まらない相原の話を遮ることはしなかった。店では小動物全般を扱っていたらしいが、とりわけ鳥への情熱は群を抜いている。

「一九七〇年代は、インコや文鳥を飼うのが流行ってね。うちも大繁盛しましたよ。たくさんのヒナの面倒をみたり巣を作ったり、毎日忙しくて目がまわりそうだった。懐かしいなあ。当時は全国に愛鳥サークルがいくつもあってね」

血色のよくなった相原は憑かれたように思い出話を捲し立てていたが、急に言葉を止めて我に返り、薄暗い部屋に目を走らせた。口に手を当て、声を詰まらせる。

「すみません、長々とくだらない話をして……。地道に働いて生きてきたのに、人生の終盤にきてこんな仕打ちはない。情けないですよ。い、いったいわたしが何したっていうんだ。だれが火をつけるほど恨んでるっていうんだよ」

「当人には取るに足らないことでも、だれかにとって許せないことなんてのはザラにある。もちろん、相原さんにもわたしにもですよ。そのあたりをよく考えてみてください」

「そ、そんなの、相手が異常者だったら避けようがないじゃないですか！　世の中には何もしてない人間を狙って、通り魔をするようなろくでなしだっている！」

相原は声をうわずらせて反論したが、藪下は首を横に振った。

「相原さんがおっしゃるような異常者は、夜更けに店の鍵を開けて侵入した挙げ句に、持参したガソリンを撒いて火をつけたりはしない。完全に計画的犯行ですからね。間違いなく理由があるんですよ、そうしなければならなかった理由が」

藪下はことさら念を押したが、相原はわからないと繰り返すばかりで話が進展しそうにはなかった。

強烈な恨みを買った人間が、その相手は見当もつかないという事態を藪下は知らない。だいたいの場合、わずかでも心当たりがあるか、捜査の過程でそれらしき人間が浮かび上がってくるものだ。やはりどう考えても、相原の自作自演がいちばんすっきりと落ちつく筋ではあった。

「火元になっているのは店のいちばん奥、住居へ通じる出入り口付近です。火災当日、相原さんが物音や気配を感じたということは？」

藪下の問いに、相原は無言のままかぶりを振った。

報告書を見ると店のガラスに割られた形跡はなく、火を放った人間がいるとすれば鍵を開けて侵入したことになる。店のドアはアルミサッシのクレセント錠で、解錠はそれほど難しいことではないのだが。

「最後にもう一点。店にあった大量のカセットテープ。あれはなんですか」

相原はうつむきながら目許をごしごしとこすり、かすれた声で言った。

「わたしらの時代はカセットテープですよ。ＣＤなんてものは持ってない。昔録音したものとか音楽をレコーダーで聴く。それ以外に使い道なんかないでしょう」

「わかりました。今日はどうもありがとうございました」

藪下が立ち上がると、淳太郎は相原の肩をぽんぽんと叩いて無言のまま慰めた。しかし相原は顔を上げず、肩を震わせながら膝の上に涙を落とした。


錦糸町（きんしちょう）の繁華街から外れた場所に、焼け出された相原の隣人が住む小さなアパートがあった。身を寄せる家族や親類もなかったため、町内自治会が入居の世話をしてくれたらしい。八十七になる老婆は頬に痛々しいやけど痕が残り、手の甲には未だガーゼが当てられている。あの火災で亡くなった足の不自由な夫は、居間にある小さな仏壇に遺影として収まっていた。昔は雪山登山をしていたようで、大きなザックを背負ってピッケルを握っている姿が勇ましい。

藪下と淳太郎の前にお茶を置いた老婆は、頭に巻いた紫色のスカーフに一筋の白髪を押し込んだ。

「若い者に線香をあげてもらえて嬉しいよ。ありがとうね。じいちゃんは若者と喋んのが大好きだったんだ。年寄りは辛気臭くてダメだとか言ってな」

老婆が笑うと、頬にあるやけど痕が引きつって目尻が一層下がった。突然の訪問にも快く応対し、町の住人のような棘がない。火災で夫を亡くした喪失感は当然あるだろうが、ことのほか穏やかに見えた。

「しかし、あんた方もたいへんだよねえ。幸夫くんに雇われて、火事の原因を探してるなんてな。警察がやってるようなことをしてんの？」

「そうですね、似たようなことをしています。町の人たちから話を聞いたり」

「それは難儀だねえ。町の連中は素直じゃないから、かなりの手間がかかると思うよ」

老婆は唐草模様の湯呑みに口をつけた。

「あの火事で六人も死んで、町んなかもぽっかりと穴が開いちゃった。ここらがもう潮時だよ。あたしは役所の言うことを聞いたほうがいいと思ってる。開発の話だよ」

「失礼を承知でお聞きしますが、相原さんを恨んではおられないんですか」

籔下は唐突に切り出し、深いシワの刻まれた顔を見つめた。この老婆には、町に蔓延している憎しみの感情が見えない。相原の名を出しても特別な反応はせず、淡々と受け流している印象だった。

「幸夫くんを憎んでじいちゃんが戻ってくんならいいけど、そうじゃないからね。それに、あれは幸夫くんのせいじゃない。あんまりにもかわいそうだな」

　藪下は思わず隣に目を向けた。淳太郎も意外そうな顔をして小首を傾げている。

「ええと、あなたは相原氏が放火したとは思っていないんですかね」

「思ってないよ。そんなだいそれたことできるわけないもん。おまわりさんが保険金目当てで火つけしたって言ってたけど、とても信じらんないねえ。あたしが十九で町に嫁いだ年に、隣で幸夫くんが生まれたんだよ。目がぱっちりしてかわいい子だった。でも気が小さいから、隣町の悪ガキによくやり込められてたね」

　老婆は背中を丸めて話を続けた。

「火事のとき、あたしを助けてくれたのが幸夫くんだ。あんなものすごい火は生まれて初めて見たよ。生き物みたいに渦を巻いて空に高く舞い上がってた。あたしは腰が抜けて息が苦しくって、仏さまに祈るしかできなかったよ」

　彼女は眉間に深いシワを刻み、手に当てられたガーゼをじっと見つめた。

「足が悪いじいちゃんをおぶって立ち上がることもできない。そしたら幸夫くんがうちに飛び込んできて、あたしを引きずって外に出したんだ。でも、じいちゃんは燃えた屋根の下敷きになった。幸夫くんは泣きながらあたしに謝ったよ。間に合わなくてごめんって」

　老婆は箱からティッシュを引き抜き、目頭に押し当てた。

「金欲しさで火つけした人間が、そんなことするかね。幸夫くんは、火元が自分の家だともわかってなかったのに」

藪下は老婆の嗄(しゃが)れ声に聞き入った。電気屋の真知子も語っていたが、相原は極悪非道とは縁遠い優しさのある人間だ。怖がりで臆病でもある。当人と話した限りでも、二面性のある人格とは思えなかった。

「そのお話は、警察にもされましたか?」

「したさ。でも、幸夫くんがやった証拠があるって言ってたよ。町の連中も怒り狂ってる。ずっと守ってきた町が一夜にしてめちゃくちゃになったもんで大荒れだ。あれほど開発反対ってがんばったのに、しまいにはこのざまだよ」

ため息をついた老婆は、再び湯呑みを持ち上げた。

隣近所の六名の老人が火災で死亡し、生き残ったのは隣人の彼女だけ。しかも相原の助けがなければこの老婆も確実に死んでいたことになる。

手のなかで湯呑みをくるくるとまわしている老婆に、藪下は率直な問いをぶつけた。

「相原さんを殺したいほど恨んでいる人間に心当たりはないですか」

彼女は藪下と淳太郎を交互に見やり、記憶を手繰るようにしばらく押し黙った。

「そんな人がいるのかどうかわかんないよ。幸夫くんは気が弱くておとなしいのにさ。

噂でも聞いたことない」

「では、商売絡みではどうでしょう」

藪下の問いに、老婆は何度も頷いた。

「当時は確かに、鳴き声とか臭いとか、そういうことが自治会で問題になったことはある。でも、そんなのはお互いさまでな。商売をやる以上、ある程度はしょうがないことなんだよ。板金屋に音を立てんななんて言えないだろ？　みんなわかってる。昔は今よりも人に対してずっと寛大だったね」

町なかでいざこざが起きれば、この老婆が知らないはずはない。何人かに話を聞いた限りでは、相原が強烈に恨まれていた気配など微塵もなかった。捜査本部は大掛かりな周囲の聞き込みを実施し、すでに怨恨の線は薄いと結論を出しているはずだ。土地開発絡みの線も消えれば、残りは相原の自作自演のみとなる。ここまで絞り込まれてしまうと、切り崩しは相当難しいと言わざるを得ない。

藪下の横で淳太郎は老婆の勧めた菓子を食べ、世間話をしながらあっという間に距離を詰めている。気分がよくなっている彼女に相原のルーツについて質問した。

「相原さんは、親の代から動物を売って生計を立てていたんですか」

「いや、違う。提灯（ちょうちん）張りに使う糊（のり）を作ってたよ。小麦粉でな。幸夫くんはそれを手伝ってたんだ」

これは初耳だ。老婆は顔の傷にたびたび触れながら先を続けた。

「今でこそ四丁目は住宅街みたいになってるけど、昔は軒先商売が盛んだったよ。うちは軒先でまんじゅうをふかして売ってたし、向かいは米を入れる古い麻袋を繕って売ってた。今で言うリサイクルだな。細々としてみんな貧しかったけど、活気があって本当にいい時代だったよ」

「なるほど。提灯糊を作っていた相原さんは、いつペット屋に転身したんです?」

「そうだね……」

老婆は考えながら口を開いた。

「確か、幸夫くんが急に金魚を仕入れてきたのが始まりだな。夏場だけだったけど、金魚をリヤカーに積んでよその町を流して歩いたんだ。金魚屋だよ」

「そこから本格的に動物屋になったと」

「長いこと金魚屋と提灯糊をかけ持ちしてたけど、父親が死んでから本腰入れて動物屋になったと思う。四十年ぐらい前だ。軒先にずらっと鳥かご並べてたよ。リスなんかもいたね。近所の子どもらがよく見にきてた」

二十代から動物の商売を続けていたようだ。その過程でなんらかの恨みは発生していないだろうか。藪下は慎重に話を進めた。

「自治会の多数決で、相原さんはペット屋をやめることになったと聞きました。そのあたり、かなり揉めたんですか？」

「そうでもないよ。幸夫くんも売り物の動物を世話すんのがたいへんだったろうし、動物自体がそう売れるもんではないからさ」

「確かにそうですね」

「幸夫くんも、やめる機会を探してたみたいなとこはあるだろうな。役所から何かを注意されたっていうのも聞いた。でもまあ、動物が好きだったから、やめたあともちょいちょい個人的に飼ってたと思うよ。鳥の鳴き声がやかましいほどしょっちゅう聞こえてた。特に春から夏にかけてだな。冬場は静かだったけど」

相原の話からも、鳥好きであることは明らかだ。藪下は老婆の言葉をひとまず頭に書き留め、さらなる情報はないかと目を光らせた。

4

翌日の月曜日。藪下は母の往診で訪れた医師から話を聞いていた。今のところ容態は安定しており、前回からの変化も見られないということだ。安堵すべきことだが、藪下のわずかな期待は今日も一瞬でしぼんでしまった。医師の口から出る「意識回復の兆し」というひと言を、ずっと待ち続けているのだから当然だ。

医師と看護師を送り出して十分と経たずに、入れ替わりで訪問介護士がやってきた。

「あ、藪下さん、まだいたんだ。今日はゆっくりなんですね」

竹内香織（たけうちかおり）は黒縁のメガネを押し上げ、細面に弾けるような笑みを作った。二十四時間訪問介護サービスのロゴが入った白いポロシャツを着込み、大きなスポーツバッグを背負っている。藪下は手を上げて応えた。

「どうも。今から出かけますよ。今日もよろしくお願いします」

「やだなあ、かしこまっちゃって」

香織は藪下の腕をぽんと叩いて笑い声を上げた。彼女が家にくると、こびりついたさまざまな負の粒子が吹き飛ばされていくような気がする。とにかく明るく、そして気配りが行き届いて仕事に誇りをもっている。安心して母を預けられる人物だった。

「今日はやっと晴れたから、とにかく洗濯ですね。あれ、藪下さんもやってくれたんだ。わたしの仕事なんだからしなくてもいいんだって」

「自分の洗濯ついでですよ。今日は六時までには戻れると思うんで」

「了解しました。お母さんのことは任せてください」

香織は大げさに胸を張ってそう言い、早速洗濯機のある洗面所に足を向ける。

もともと看護師だった彼女は体調を崩して職を辞し、訪問介護の道へ入ったという。従来の介護とは違い、一日に何度でも家へ出入りする定期巡回型だ。藪下の場合、仕事に出てもたびたび家へ顔を出すため、介護士がつきっきりではないこの形態との併用が合っている。費用も比較的安価で、夜間や緊急時も対応してくれるこのサービスがなければ、仕事と介護の両立は到底不可能だ。

「じゃあ、何かあったら電話してください」

風呂場のほうへ声をかけるなり、「はあい」と歌うような返事が聞こえてくる。母の寝室に顔を出してから玄関で靴を履いていると、ばたばたと騒々しい足音がして藪下は振り返った。

「そういえば藪下さん、最近すごく活き活きした顔になってるけど、何かいいことあったでしょ」

香織はメガネを中指で上げ、藪下を無遠慮に見まわした。わざわざそんなことを言うために駆けてくる介護士には会ったことがない。個人に深入りしないのが仕事の鉄則だろうが、この女はいつもおかまいなしだった。

彼女はひとつにまとめた柔らかそうな髪を後ろへ払い、訳知り顔で何度も頷いた。

「うん、いいね、すごくいい。これからもそれでいきましょう」

「別にいいことなんてひとつもないんだが」

「そう見えるってことはそうなんですよ。わたし、がんばってる人には絶対に幸せになってほしいから」

「それはこっちの台詞ですよ」

藪下は荷物を持って家の外に出た。久しく見なかった太陽のまぶしさに目を細める。

児童養護施設で育った香織は三十代半ばでひとり身だ。容易ではない人生を歩いているはずだが、そういう人間がもつ特有の翳(かげ)りを見たことがない。彼女のような人間こそ、だれよりも安らぎを得る権利がある。

マンションが建ち並ぶ住宅街を抜け、世田谷(せたがや)の外れにある喜多見(きたみ)駅に足を向けた。

ここが藪下の活動起点だ。混んでいる小田急線に乗り込み代々木上原で地下鉄に乗り換え、さらに表参道でも乗り換えてようやく火災現場のある曳舟駅に着く。都内だというのに一時間以上もかかる便の悪さだ。

東口への階段を駆け下りたとき、ちょうど前を横切った老婆とぶつかりそうになって藪下は飛びすさった。

「すみません、大丈夫でしたか」

よろめいた老婆は買い物袋を落とし、咄嗟に黒いキャリーバッグを立てて体を支えている。ひどく腰が曲がり、リュウマチなのかこの陽気に手袋を着けている姿が痛々しく映った。藪下は地面に落ちた袋を拾うために屈んだが、キャリーバッグの黒い取っ手が欠けているのを見て慌てた。

「もしかして、今ので壊れましたかね」

見事な白髪の老婆は袋を受け取り、プラスチックの取っ手に目をやってから顔の前で手を振った。「前からですから」とひどく嗄れた声を出して藪下に丁寧に会釈する。顔がむくみ、まぶたも腫れて泣いたあとのような見た目だった。術後の母を彷彿とさせるし、早く病院へいったほうがいい症状だ。

藪下は、せかせかと小股で歩く老婆の後ろ姿を見送った。年老いた女をすべて母に重ねるのは悪い癖である。

おびただしい数の自転車が放置されている脇に、ハザードが点滅した黒のシボレーが駐まっているのが見えた。いつものことながら洗車したてのように黒光りし、違法ぎりぎりまで改造してあるキャンピングカーが下町で異彩を放っている。藪下は小走りして助手席に乗り込み、後ろのゴシックスペースを振り返った。

「明日から迎えに来てくれなくていいぞ。現場まで歩いて行くか……」

藪下は話の途中で言葉を切った。黒いコーナーソファの端に、痩せた女がちょこんと座っているのが見えたからだ。子どもだか大人だかわからないような、どこか調和の取れていない雰囲気を醸し出している。仕事前だというのにまた女を引き入れているのかとため息をついたとき、急に金切り声が耳をつんざいて藪下は跳び上がるほど驚いた。

「だれですか、あなた！　まさか車上狙い？　警察呼びますよ！　早く降りなさい！」

「いや、車の持ち主と知り合いなんだよ。きみこそだれなんだ」

「こっちの質問に答えなさい！」

いやに攻撃的な女はテーブルにあったスマートフォンを引っ摑み、本当に通報しようと画面に荒々しく指を滑らせているではないか。藪下が舌打ちしながら慌てて車を降りようとしたとき、今度は後部のドアが開いて淳太郎が乗り込んできた。

「ああ、藪下さん。予定よりも早いですね。あれ？　どうしたんですか、二人とも」

淳太郎は両手に持ったコーヒーをテーブルに置き、女に笑いかけている。

「うっかりコーヒーを切らしちゃったから、そこまで買いにいってたんですよ」

「いや、だれなんだよ」

藪下が女を見ながら問うと、淳太郎は「由美さんですよ」と答える。まったく説明になっていない。由美という女は藪下をあからさまに警戒し、少しでも距離を取ろうとソファの端に貼りついている。ボリュームのないセミロングの髪が顔に沿うように貼りつき、吊り上がった一重の目は嫌悪感に満ちていた。どこを見ても桁外れに陰気臭く、服装も含めて地味を極めたような女だった。

淳太郎は由美の隣に腰かけてコーヒーを飲み、写真や書類のようなものを受け取っている。女は腰に手をまわした淳太郎に気を許して微笑みかけているが、藪下と目が合ったとたんに容赦なく笑みを消し去った。そのまま十五分ぐらい話し込み、淳太郎にエスコートされながらようやっと車を出ていく。立ち去り際、一瞬だけこちらに恨めしげな目を向けてきたのは思い違いではないだろう。なんだか知らないが気色の悪い女だった。

淳太郎はにこやかに運転席に乗り込み、シートベルトを締めてからサイドブレーキを下ろした。

「お待たせしました。電気屋の真知子さんによれば、今日、大川自治会長は在宅とのことです」

今はそんなことはどうだっていい。説明を求めるように見据えている藪下に気づいた淳太郎は、ギアを入れながら口を開いた。

「もしかしてさっき何か失礼がありました？　由美さんは極度の人見知りなので、大目に見てあげてくださいね」

「おまえさんは、女だったらだれでもいいのか」

藪下はかぶせ気味に問うた。ここ数日間で出会った女は年齢もタイプもまちまちだが、淳太郎はだれに対しても一貫して馴れ馴れしい。微かに香水の移り香を漂わせている淳太郎は、黄色信号を見てゆっくりとブレーキを踏んだ。

「だれでもいいわけではないですが、除外する女性にはまだ会ったことがありませんね。前にも言ったじゃないですか。女性はバクテリアと一緒だって」

「構造は極めて単純だが代謝系は多様ってやつだろ。褒め言葉にもなってない」

「そんなことはありませんよ。ちなみにさっきの由美さんは三十四歳で、五年前に歌舞伎町で偶然出会ったんです。朝方、抜け殻みたいになって縁石に座っていた。ホストに貢いでパンクして、もう首がまわらない状態でした。闇金からもかなりの借り入れをしていましたからね。本気の追い込みをかけられる一歩手前です」

淳太郎は、横断歩道を渡る子ども連れの主婦を目で追った。

「由美さんは専業主婦でしたが、ホストと借金の件が夫にバレて現在は別居中です。判例では離婚するのに必要な別居期間は五年。もうそろそろ人妻ではなくなりますね」

「そんな女に手を出して、ただで済むと思うのか」

藪下がうんざりしていると、淳太郎は青信号を確認してゆるやかに車を出した。

「由美さんの借金を肩代わりしたのは僕ですよ。その代わり、必要なときに仕事をしてもらっている。今、相原さんの隣に住んでいるのが彼女です」

「なんだって？」

藪下はハンドルを握る淳太郎を見据えた。

「相原さんに近づく人物、気配はすべて彼女が把握しています。昨日の夜間、アパートから少し離れた場所に黒のマークXが駐まっていた。これは向島署の捜査車両ですね。屋根に無線用のユーロアンテナが立っていて、夜でもわかるほど隅々までピカピカですよ。毎日の洗車も警官の職務ですから」

淳太郎は、後ろのテーブルにある書類に一瞬だけ目を向けた。

「今のところ、警察以外で相原さんに接触した人間は僕たちだけ。あのアパートは壁が薄いですからね。部屋の中で何かあった場合も、彼女がいち早く把握できるわけです」

「待て。おまえさんがやってんのは、金で女を縛ってんのと一緒だぞ」

「それ、何かいけないことですか？　報酬と引き換えの労働は、正当な社会のシステムでしょうに」

淳太郎はちらりと藪下を見やり、ウインカーを出してステアリングを切った。

「その道を選んだのも当人です。僕が借金の後始末をしなければ、彼女は今ごろどうなっていたでしょうね。そのあたり、藪下さんがいちばんわかっているはずですよ」

「おまえはクズだな」

そう断言した藪下に、淳太郎はふっと笑いかけた。

「そうかもしれません。でも、素質を見る目はもっているつもりだし、だれにでもこんなことをしているわけではない。藪下さんが昔、権限のない三井巡査部長に聴取を一任したのと同じことですよ。彼女には彼女にしかない才がある」

淳太郎はそう言い切って、いつものコインパーキングにバックで車を入れた。

金と権力を手に入れている者は絶対的強者だ。そんなことは常識だが、淳太郎のやり方には一定の配慮が見えるからなおさら腹が立つ。だれであれ選択権を与えるのだ。おそらく、金を肩代わりした代償として女に仕事を強要しているわけではないだろう。さっきの由美の表情を見ても、淳太郎の役に立ちたい一心なのは明らかだった。恋愛感情とも少し違う、なんらかの連帯感が仄見(ほのみ)える。

藪下は憮然として車を降り、リモコンキーで車を施錠した淳太郎を振り返った。

「夜中に相原の家の前にいた捜査車両。その意味は再逮捕の日が近いってことだ。報奨金を出したおかげで、なんらかの有力情報が入ったのかもしれん。それで、マル被にトンズラされないようにマークをつけた」

「なるほど。一昨日まではいませんでしたからね。昼間はよく巡回していましたが」

「次しょっぴかれたら、おまえさんとこの弁護士でも崩せないぐらいの証拠を警察は積み上げてくる。今の状況なら俺でもそうするよ。検察は死刑求刑するだろうし、相原は死ぬまでブタ箱からは出られんな」

いつものコインパーキングから、二人は通りを渡って森島四丁目に入った。久しぶりの快晴なのにこの場所には清々(すがすが)しい空気がまるで届かず、今日も電線ではカラスどもが監視の目を光らせている。どの方向からも陽が当たらない路地は、いつでもぬかるんでいて苔だらけだ。昨日念入りに泥を落とした靴が、瞬く間に見られたものではなくなった。

やけっぱちで泥道を突っ切っているとき、焼け残った家々の隙間から、相原の敷地が視界に入った。何人かがブロック塀の脇に固まり、苛立ったような男の声がここまで聞こえてくる。藪下はその声を聞いたとたんに、ひときわ大きなため息をついた。

「なんでこうも面倒だらけなんだよ。いったいなんなんだ、このヤマは……」

毒づいている藪下の後ろから、淳太郎がひょいと顔を出した。

「あれほど言ったのに、一花ちゃんはやる気満々ですね。手を引いたほうがいいよって何回もメールしたんだけどなあ。困った子です」

白いレースの日傘をくるくるとまわし、こわもての四人に囲まれても脱力したような態度を崩さない。すると淳太郎はぴくりと反応し、藪下に耳打ちをした。

「彼女の周りにいる連中は向島署の捜査課の刑事です。手前にいる太った男は本庁の一課ですね。青柳警部補、藪下さんもご存じなのでは？」

「ああ、存じ上げている」

藪下は皮肉めいた笑みを浮かべた。さすがは警察マニアで、主要な捜査員は頭に入っているようだ。こんなところで知り合いと顔を合わせたくはなかったが、こうなってしまった以上はしようがない。

そのまま相原宅へ歩を進めると、気配に気づいた捜査員が一斉に振り返った。そして彼らは藪下を通り越して淳太郎に視線を絡ませ、露骨に辟易（へきえき）した表情を作る。まあ、気持ちはわからないでもない。自分も現役時代は、警官をつけまわす淳太郎を見るたび神経に障ったものだ。しかし肥満体型の青柳警部補だけは、藪下から一時も目を離さなかった。

「放火事件を調査してるんだって？」

青柳は開口一番そう言った。

「ええと、なんだっけ」

筆で描いたような太い眉毛を動かしながら手帳を出し、寸詰まりの親指を舐めてページをめくる。

「ああ、そうだそうだ。特別専門調査技能員。なかなかいい肩書きを思いついたじゃないか。士業を名乗らないあたりが抜け目ない。罪に問われるからな。しかも、超難関の国家資格みたいだ」

狙い澄ましたようにそれか。当然ながら、町の連中伝いにあることないこと耳に入っているのだろうと思う。ベルトの上にでっぷりと腹の脂肪を載せた青柳は、斜に構えて藪下をじろじろと検分した。

「マル被の無実を方々で吹聴してるらしいな。警察は証拠をでっち上げてるとか、どこかの要人をかばって市民に罪を着せるつもりだとか」

「ばかばかしい」

呆れ返っている藪下に、青柳はなおも執拗に絡み続けた。

「しかも、害虫みたいな警察マニアと組んで調査とは、いったい何を考えてるんだ」

「おまわり自体が害虫みたいなもんだし、たいして変わらんでしょう。それよりも、彼女が何かしましたかね。知り合いなんだが」

一花は日傘を閉じて藪下をじっと見つめ、この状況でもにこやかな淳太郎にも目をくれている。青柳はその様子を窺い、気に入らないとばかりに言い捨てた。

「住居侵入。この女は事件現場に入って物色していた。いわゆる火事場ドロだな」

「そうなのか？」

藪下は一花を見下ろし、余計なことは喋るなよとじゅうぶんすぎるほど威圧した。

小花柄のワンピースを着ている彼女は、青柳を見もしないで口を開いた。

「鳥がいたので」

「だそうですよ。じゃあ、そういうことなんで」

「待て待て」と青柳は一花の腕を掴んだ。「そんな理屈が通るわけないだろ」

「通るも通らないも、彼女がそうだと言っている。当然、照会と持ち物検査は済んでるんだろ？　何も出ないのに、あんたはこれ以上どうしたいんだよ」

「そんなのは我々が決めることだ。おまえが口出しできることじゃない」

昔からいけ好かないやつだったが、以前よりも輪をかけたくそ野郎になっている。一花がどうこうではなく、落ちぶれた藪下に出くわしたツキを逃したくはないと見える。ねちねちと貶めて憂さを晴らしたいのだろうが、時間の無駄以外の何ものでもなかった。

藪下は投げやりに言った。

「じゃあ、さっさと女を任同なり現逮なりしろ。小鳥を追ってた危険人物を確保したっつう日報を出せばいい。なかなか笑えるから」

「いったいどっから目線で言ってるんだ。なんの権限もない一市民が、いつまでも警官気取りでいるな。まったく、どうしようもない。親子して使命をまっとうできない半端者だ。まさしく遺伝だろう」

こんな安い挑発には乗りたくなかったが、ことのほか効いている自分に腹が立ってくる。平静を保とうと大きく息を吸い込んだとき、「うわっ！」という声とともにいきなり青柳が藪下の足許にひっくり返った。泥水を撥ね上げて無様に転んでいる。よろめいた淳太郎もぬかるみに片膝をついたが、さほど慌てるでもなく警部補の顔を覗き込んだ。

「すみません。大丈夫でしたか？　ちょっと滑っちゃって、僕の足が当たったせいで転びましたよね。本当にすみませんでした。クリーニング代を出させてください。一花ちゃんもごめんね」

青柳に腕を摑まれていた一花も、まきぞえをくらって水たまりに尻餅をついている。一瞬の出来事で何が起きたのかわからないが、なかなか興味深い絵面ではあった。三人の捜査員が慌てて上司を起こそうとするも、まんべんなくついた贅肉が素早い行動を阻んでいる。藪下が現役時代にも見た覚えのある側頭部の円形脱毛症が、まだ治り切っておらずに薄く透けていた。横柄でありながら小心で、常に気を張って生きているのが青柳という男だ。周りはすべて敵であり、仲間であっても出し抜くことに躊躇がなかったことを思い出した。もう五十を過ぎたはずだが、みずから孤立するような生き方をまっとうするつもりらしい。

淳太郎が申し訳なさそうに立ち上がったとき、一花が一本調子な言い方をした。

「腕を放してください」

そう言いながら、泥のついた手で青柳のワイシャツにべたべたと触っている。額に薄い前髪が貼りついた警部補の顔がみるみるうちに赤黒く染まり、「ふざけるな！」と怒声を張り上げたかと思うと淳太郎に摑みかかった。しかし所轄の刑事たちに止められ、警部補は即座に引き離された。

「……おまえら、何をしてるのかわかってんのか」

取り返しがつかないほど泥だらけになった青柳は、喰いしばった歯の隙間から一文字一文字を絞り出している。煮えたぎる怒りをもてあまし、こめかみの血管が浮き出して脈打っていた。藪下はあまりの煩わしさに空を仰ぎ、頭を切り替えてから青柳に向き直った。

「申し訳ないですね。この男はおっちょこちょいで、よく転ぶんですよ」

「そんなわけないだろ。おまえらは警察を舐めてんだな」

青柳が完全に頭に血が上っているのを見て、藪下はさっさと口を封じることにした。

「警官が四人もいるこの状況で、公務執行妨害に当たるようなことをするわけないでしょうよ。それとも今は、故意ではない不注意も逮捕の対象なのか」

「あれのどこが不注意なんだ！　おまえらを逮捕する！」

興奮で顔を赤黒くしながら現在の時刻を読み上げようとしたが、藪下はそれを遮るように口を挟んだ。

「なあ、あんたも同じような不注意をやっただろ。彼女の腕を摑んで転ばせた。見てみろ。若い娘が泥だらけでひどいもんだ」

青柳は一花を見てから藪下を睨みつけ、ぜいぜいと肩で息をしながら「不可抗力だ」と言い放った。怒りを燻らせたまま踵を返し、職権の行使を打ち切って去っていく。激情を抑えてみずから折れたことは評価するが、これで自分たちの立ち位置が決まったも同然だった。青柳は面子（メンツ）を何よりも重んじる男で、恥をかかされた恨みは忘れない。

「ああ、青柳警部補。待ってくださいよ。クリーニング代をお渡しします」

淳太郎が泥まみれの背中に向けて声をかけたが、青柳は「いらん！」と力むように発して大股で立ち去った。藪下は、刑事たちの背中を目で追っている淳太郎に問うた。

「おまえさんは後先を考えないタイプなのか？」

しきりにペンダントに触っていた淳太郎は、晴れやかな面持ちで振り返った。

「なんのことですか」

泥まみれでぼうっと立ち尽くしている一花を促し、早く着替えないとと車へ歩き出している。藪下は立ち止まって二人の後ろ姿を見つめ、この男の印象をまた上書きした。

5

一花と淳太郎が代わる代わるシャワーを浴び、ソファに腰かけて紅茶を飲んでいる。なぜこの車に女ものの着替えがあったのかは疑問だが、もういちいち聞かないことにした。不愉快な答えを返されるだけだ。

「一花ちゃん、そういう格好も似合うね。ショートパンツにシンプルなTシャツみたいな着こなし、健康的ですごくいいよ。すっぴんもかわいいし」

そつなく褒めながら、淳太郎は当然のごとく一花の白い太腿に手を置いている。藪下は即座に手を払い退け、彼女の脚の上にクッションを放った。

「おまえさんは男でも女でも人との距離が近すぎる。ここは日本だぞ。それに、きみもちょっとは抵抗しろよ。なんでされるがままなんだ」

「考え事をしていました」

一花が淡々と答えると、淳太郎はいささか傷ついたような顔をした。

「スキンシップほど簡単なコミュニケーションはないですよ。おかしな下心はありませんし。むしろ藪下さんが人との距離を取りすぎだと思います。もっとにこやかにすれば、誤解されることも減るでしょうに」

「やかましい。自分の行動が正しいかどうか、親か弁護士にでも聞いてみろ」

藪下は断言し、テーブルの向かい側から一花を見据えた。

「きみはまんまと俺らをハメたな」

一花はカップを受け皿に置き、臆することなく藪下を見つめ返してくる。こんな動じないさまが小憎らしいことこのうえなかった。藪下は先を続けた。

「あそこで、わざとおまわりを刺激したんだろ？　挙動不審な行動を取って職質に持ち込んだ。俺らと警官を引き合わせるために」

「なぜわたしがそんなことをするんですか」

「やりづらくするためだ。警官と揉めてるきみを見れば、俺は助け舟を出さざるを得ない。なんでかっつうと保身のためだよ。おまえさんがしょっぴかれて俺のことをべらべらと喋れば、とばっちりをくらう羽目になるからな。まあ、青柳と出くわした時点ですでにとばっちりだが」

一花はまっすぐの前髪を整えながら考え、しばらくしてから顔を上げた。

「つまり、わたしにとって邪魔な同業者を潰すために、あなた方をハメて刑事を差し向けた。これでいいですか？」

「違うだろ」

藪下は眉間にシワを寄せて腕組みをした。

「目的は俺らを潰すことじゃないはずだ。おまえさんが欲しいのは情報と機動力だからな。要は仲間に入れろってことだろうが」

「そうなんですか？」

「すっとぼけんのもたいがいにしろ。俺はそれほど気が長くないぞ」

藪下は怒りを加速させた。

「このままきみを自由にさせておけば、懲りずに現場へ出入りするだろうし警察にますます目をつけられる。そうなれば連中に毛嫌いされてる淳太郎にも火の粉が飛んで、おのずと俺の行動が制限されることにもつながるんだよ。だから引き入れるしかなくなる。そこまで考えたんだろ。きみの行動を監視するにはそれしかないからな」

こんな小娘にかかわったのが運の尽きだ。腹立ちもひとしおだが、そもそも自分は淳太郎にそそのかされたからこそこの場所にいる。まったく、人に弱みを握られるとはこういうことだ。望まない方向へどこまでも引きずられていく。

藪下は苛立ちまぎれにペットボトルの水をがぶ飲みし、さっきから表情を微塵も変えない一花に忠告した。

「こんなことをやってると、そのうち間違いなく大怪我をする。自分がうまく立ちまわったつもりになって、返り討ちにされた者を知らんだろう。俺は何人も見ている。現実は連中がどういう目に遭ったのか、どれほどの後悔のなかで死んでいったのか。現実は映画のヒロインみたいにはいかない。おまえさんがやってんのは、ただの自殺行為だ」

「覚えておきます。でも、あなたは最初からわたしを見くびっている。見た目がこんなだから。歳が若いから。田舎者だから。女だから」

その指摘は間違っていない。一花は、あごを引いて気色ばんだ。

「この事件は単独の忍び猟より、チームで動く巻き狩りが効果を発揮します。いくら町の人に話を聞いても、何百人の関係者を当たっても犯人には絶対に行き着きませんん」

「なんでそう言える」

「その程度で解決できるなら、とっくに警察が犯人を見つけているからです」

藪下は思わず笑いを漏らした。

「警察は火元の相原をホンボシに据えてるんだ。事件から約五ヵ月間、さんざん聞き込んでも不審者が上がらないからこそ、状況証拠が示す相原一本に絞った。論理的だし何もおかしいことじゃない」

「それならなぜあなた方は、まるでほかに犯人がいるような行動をしているんですか?」

「被疑者が依頼人だからだよ。雇い主を邪険にはできんだろ」

今日の一花は実に感情が豊かだ。じれったさ、悔しさ、焦り、苦しさ。手に取るようにわかる情をないまぜにして、藪下に真正面から向かってくる。言葉足らずは演出ではなく本来の性格のようだし、どう見ても人間関係に苦労する気質だった。今までの生き様が見えるようであり、東京に出て生活を一新したいという気持ちもわからないではない。しかし、その手段に賞金稼ぎを選ぶことがいかに異質であるかを、当人はわかっていないのだろうか。いかに金が必要といえども、凡人は警察の報奨金など思いつきもしない。

一花は落ち着きを取り戻そうとしているようだったが、それが叶わないほど昂ぶっている。さらには勢いあまって、切り札らしきものを口にした。

「わたしはもう、怪しい人間を突き止めています」

パソコンに向き合って会話を打ち込んでいた淳太郎が、わずかに目を上げた。出してしまった言葉に自分でも衝撃を受けたようで、一花は体を強張らせて黙りこくった。

「なるほど。どこでその怪しい人間を見つけたか教えてくれ」

藪下は、ひどく悔しそうにしている一花に追い打ちをかけた。彼女は大きく息を吸い込み、興奮で顔を赤くしながら正面に向き直った。

「わたしは、四月一日から火災現場に通っています。だいたい二ヵ月間。今日まで、一日も休んだことはありません」

「いったい何がそうまでさせてんだよ」

「四月一日に、森島の事件に報奨金が出ると警察から発表されたからです」

藪下は素直に恐れ入った。二十代の女が、警視庁からの告知を日々意識していることが信じられない。だいたい、捜査特別報奨金制度が採用されたのは二〇〇七年のことで、さほど浸透もしていないはずだった。あえて知る気がなければたどり着けない情報だ。

一花は脚に置いたクッションに手を載せた。

「それに、毎日現場へ通うのは猟の基本です。わたしは罠猟をいちばん得意としているので、その手順に沿って動いているだけです」

「またとんでもないとこから話が始まるな。なら、ひとまず手順を教えてくれるか。俺も淳太郎も猟の素人だから」

「本当に一花ちゃんは興味深いなあ」

淳太郎はパソコンに向かいながら目を輝かせている。彼女はいつもの調子を取り戻し、化粧を落とした素朴な顔を上げた。淳太郎が言うように、素顔だと実年齢よりも幼さは目立つが魅力は数段増す。化粧に邪魔されていない澄み切った瞳が、小宇宙のようでいつまでも見ていたい気持ちにさせられる不思議さがあった。

一花はそんな濁りのない目をまっすぐに合わせてきた。

「罠猟は推理ゲームです。獲物の行動と習慣を徹底的に調査して想像する。姿の見えない獲物の痕跡を集めて、通りそうな道を割り出すんです」

「警察捜査も似たようなもんだろ」

「微妙に違います。警察の捜査は細分化されているから、少しでも道がズレるとすぐ軌道修正をかける。結局、決められた道を進むんですよ。この二ヵ月の間で、なんとなくそれがわかりました。きっと、マニュアルに従えば解決できる事件がほとんどなんだと思います」

藪下は苦笑いを浮かべた。何につけ知ったようなことを語る女だが、大きくはずしていないところがおもしろい。

「罠猟は、ひたすら現場を見てまわるのが鉄則です。毎日欠かさず、雨の日も雪の日も。そこで見つけたフィールドサインを元にして獲物を追跡します」

「フィールドサイン？」

「足跡、食痕、フンなんかの生活跡です。たとえば、山にむしられた鳥の羽根が散らばっていたとします。羽根の付け根に咬んだ痕があれば、イタチやキツネなんかの哺乳類の仕業。それがまったくなければ牙を持たない猛禽類に襲われていると推測できます。ほとんどの動物は一度見つけた餌場に何回も通うので、罠を仕掛ければ必ずかかる」

一花はぼんやりした佇まいを消し去っており、目に見えて活き活きとしている。狩猟というものから足を洗い、都会で生活を改善することを望んでいたはずだが、彼女に流れている血がそれを許さない。藪下にはそう見えた。

「フィールドサインを見れば、獲物の大きさや頭数、痕跡の新しさと向かった先が割り出せます。そこから獲物の姿と習性と、次に現れる場所を予測します」

「警察も科学捜査で、きみが言うところのフィールドサインを見極めている。確かな根拠に基づいた最先端の技術だ。その答えをもって火元の相原を犯人だと指し示した。それについてはどう思う？」

「ひとつの答えだとは思いますが、まだ真実かどうかはわかりません。警察が見ている狭い範囲のなかでは有効……というだけです。かなり見落としもありますし」

藪下は椅子の背もたれを軋ませ、声を上げて笑った。単なる子どもじみた屁理屈ではなく、経験のなかから言葉を導き出しているのがわかる。藪下は、警察捜査よりも自分の素地を信じることを否定したくはなかった。自分も似たようなものだからだ。

「興味から聞くんだが、いったいどういう親がきみみたいな娘を育てたんだ。両親もハンターをやってるんだろ？」

「いいえ。両親とも親戚の牧場で働いています。一度も猟に出たことはありません」

「じゃあ、じいさんか」

一花は微かに眉根を寄せて前髪に触れた。図星らしい。

「曾祖父と曾祖母は、満州からの引き揚げ者です。本土の引き揚げ舎に入れなかったから、北海道に渡って開拓民になった。そこで猟を生業（なりわい）にして必死に生きてきたんです。曾祖父の仕事を継いだのが祖父ですよ」

「そしてその末裔（まつえい）がきみか。親父さんはなんで猟を継がなかったんだ？」

「向いてないからです。わたしには兄と弟がいますが、祖父いわくその二人も駄目らしいです。とても優しいので」

一花は語尾を小さくした。この女が発する圧力は、はったりではなく本物だった。ある意味、肝が据わった悪党の上をいく。命を削るような窮地を味わい、そして相当の場数を踏んできたようだ。普通では到底味わえないような、濃密な二十四年を歩んでいなければこうはならないことは明らかだった。

「じいさんは孫娘の素質を見抜いてハンターの技を仕込んだ。なのにきみは家を飛び出して都会に染まり、遅い反抗期を迎えていると」

静かに藪下を見据えた一花は、ソファの上でわずかに身じろぎをした。

「話を戻します。わたしのことはどうでもいいです」

藪下はどうぞ、と彼女に手を向けた。

「ここからが本題です。あの火災現場に、だいたい週に一回のペースで通ってくる人間がひとりいます」

顔を上げた淳太郎と目を合わせ、藪下は先を促した。

「敷地のなかに入って、何かを物色している節がある」

「おまわりだって入るだろうし、遊び半分で入る連中もいる。森島四丁目は駅へ抜ける近道だ。あんな路地でも人通りは結構あるんだぞ」

一花は首を横に振り、かごバッグからスマートフォンを出した。画面に指を滑らせ、画像を表示してテーブルに置く。それは、ぬかるみにつけられたスニーカーらしき足跡だった。

「不審者の足のサイズは二十五センチぐらい。いつも駅のほうから来て路地をまっすぐ抜けています。逆向きの足跡は見つかっていないので、帰りは四丁目を通っていないと思われます」

「あの路地は泥道で足跡だらけだ。そのなかからひとつをピックアップした理由は、相原の敷地にも同じ足跡があったからってことだよな」

藪下は、ハート柄のケースに入ったスマートフォンを取り上げた。泥に埋もれたような足跡を見たが、これといった特徴はない。淳太郎もじっと目を凝らし、「あとで画像データをちょうだい」と一花に笑顔を向けた。

「スニーカーらしき足跡が敷地にあっただけでは、これと同じとは断定できないはずだ。靴底の模様も埋まって見えない状態だぞ」

「靴底の模様は、わたしにとってそれほど価値のあるものではありません。この人の癖は足を引きずるように歩くこと。足を地面に下ろすとき、踵からではなくて母指(ぼし)

球(きゅう)から下ろしている。親指の付け根です」

一花は画像の足跡を指差した。

「歩幅はいつも狭くて均等。小走りしているみたいな感じです」

「だとすれば年寄りだな」

藪下が言うと、一花はいくぶん表情を柔らかくした。

「そうです。膝を曲げて小刻みに歩いている人間像が浮かびました。たぶん、前傾姿勢ですね。腰が曲がっているかもしれない」

「どっちにしろ不確定情報だ。あの辺りは年寄りだらけだし、事件と関連づけるだけの根拠がない」

「そうですが、火元になっている鳥の巣付近でもその足跡は見つかっています。瓦礫をまたいであんな奥まで入っている。屋根が崩れる危険を冒しても、現場を見る必要があった。これは目的がある者の行動です」

一花は執拗に食い下がったが、藪下は腕組みして椅子にもたれた。

「それこそ火事場ドロの本職かもしれんだろ？　要はよくわからんってことだ、今の段階では」

「じゃあ、この情報も追加します」

若干むきになっている一花はスマートフォンを操作し、別の画像を呼び出した。藪下の眼前に突き出してくる。

「今度は動物の足跡か」

ピントを合わせるために目を細めた。動物の足跡と言えば思い浮かぶ種類の、四つの指と足底球に分かれた単純な形をしている。

「これは指行性の動物です」

「なんだ、指行性って」

「足音を立てないように進化した指をもつ動物のことです。犬とか」

「じゃあ犬って言えよ」

藪下は目にかかっている鬱陶しい前髪を払った。

「おまえさんの目を通すと、犬の足跡も機密事項になるのか」

「警察もだれも目に留めないもののひとつです」

一花は先を続けた。

「火災現場の塀に沿ってついていたのを見つけました。歩幅がかなり狭いのは小型犬の特徴です。でも、足跡の大きさとぬかるみについた痕跡の深さを見ると、そこそこの重量があるのがわかります。小型犬ではありません」

「ええと、一花ちゃん。あの路地を犬の散歩コースにしている人がかなりいるよ」

さすがに戸惑った淳太郎が口を挟んだが、一花は単なる散歩じゃないと即答した。

「毎週通ってくる不審人物が、一回だけ連れていたのがこの犬です。きっと犬の情報から不審者に行き着けます」

「なんで」

「犬の足跡に見覚えがあるからですよ。後ろ左脚の跡だけ地面に深くついている。四つ足の動物が跳ねるように歩くと、こういう不均等な跡になります。怪我した右脚をかばっているか、欠損しているかの二択しかない。くくり罠を抜けて逃げた動物は、これと同じ足跡になります。わたしは今まで、一度も逃したことはありません」

一花は恐ろしいほど無感情に言い放った。

藪下は彼女の白い顔を必要以上に見つめた。この女が二ヵ月かけて調べ上げた痕跡は、直感の域を出るものではない。視点が常人とは異なるのはおおいに認めるものの、それが事件に直結するかと言われれば首を傾げざるを得なかった。彼女自身にも謎が多く、ふとしたときの仕種や表情には未だ警戒心が煽られるほどだ。特に獲物に向けられる執念は薄ら寒いものがある。

藪下は急に話を変え、現実的な質問をした。

「きみはこっちに猟銃を持ってきてるのか?」

「はい」

「となると、移動と許可証類の書き換えなんかに相当な手間と金がかかったはずだ。江戸川のアパートにガンロッカーだの装弾ロッカーだのを置いて、当然だが長期間の身辺調査も入る。確か家族への聞き取りもあったな。しかも銃検は年一回で銃の使用実績報告もある。銃砲所持者は、ねんがらねんじゅう更新と検査に追われることになるよな」

一花は小さく頷いた。

「きみの場合はそれだけじゃない。狩猟する自治体に払う税金。これがひとつやふたつじゃなかっただろ。登録証の数がすごいことになってたが」

「十一県です」

「本当に信じられん数だな」

藪下は苦笑した。

「なのにきみはカツカツの生活をしているようには見えないし、その莫大な金の出どころが謎だ。夜の仕事って雰囲気でもない。仕送りか、それともパトロンでもいるのか」

「どっちも違います」

「ならば仕事はどうなっているのか。狩猟関係は置いといても、東京でのひとり暮らしは何かと金がかかる。バイトだったらフルタイムが必至だな。こんなとこで犬の足跡を追ってる暇なんかないはずだが、きみは毎日ここへ通っているという」

この女が悪事に手を染めているとは思わないが、とにかく得体の知れなさが引っかかる。しかし、違和感の半分以上は純粋な興味と言ってもいいかもしれない。今まであらゆる人間と相対してきたが、ここまで藪下の想像を超えた者はいなかった。

一花は何かを言おうと唇を動かした。しかしすぐに口をつぐんで考え込み、前髪を触ったり透明のマニキュアが塗られた爪を見たりと忙しない。私生活を明かすことの利点と欠点を高速で思い巡らせているのだろうが、あやふやのまま終われないことは当人がいちばんわかっているはずだった。自分たちと組みたい意志があるなら、答える道しか残されていない。

一花は藪下を見て淳太郎にも視線を送り、踏ん切りをつけるような吐息を漏らした。

「その質問に答えないとどうなるんでしょう」

「どうもならんよ。なあ、そうだろ？」

淳太郎に声をかけると、いかにも裏のない笑顔を作った。

「もちろん、どうにもならないですね。いろんな意味でどうにもならない。『いろんな意味』は一花ちゃんが考えて」

非情な男だ。藪下は、ブルーのシャツを羽織っている淳太郎を見やった。一花には興味をもっているようだが、気持ちを揺さぶるもうひと押しが欲しいというところだろうか。藪下も同じようなものだった。

一花は藪下と淳太郎を何度も見くらべ、諦めたように目を伏せた。

「わたしは無職です。今はなんの仕事もしていません。しいて言うなら、期間工みたいなものでしのいでいます」

期間工……と自問した淳太郎は、即座にノートパソコンを閉じて色めき立った。

「決められた期間にどんなことをやってるの？」

「だいたい三ヵ月で一年分の生活費を稼ぐことをしています。各県の害獣駆除で」

「たったの三ヵ月？　どういう計算で年収になるんだよ」

藪下も身を乗り出した。

「百三十頭ぐらい仕留めればお金には困らない。報奨金がもらえる。それだけです」

藪下と淳太郎は口を閉じた。とても軽く言えるような数字ではない。

「ターゲットはおもにシカとイノシシですが、東北では汚染されたイノシシを中心に仕事をしました。ここが害獣増加の根源です。震災のあと、立入禁止区域で増えた獣が、山伝いに各県へ広がってしまった。でも猟友会は年寄りばかりだし、お金目当てに集まる素人と業者は話になりません。イノシシは学習能力が高いので、素人の罠にかかることは絶対にない。命がけの勝負が必要です」

一花はあいかわらず強弱なく喋った。

「わたしはいつも単独で山に入ります。短期間で終わらせるために、数を仕留めるまで山からは下りません」

「危なすぎるだろ。若い女が、何かあったらどうするつもりだ」

「だからこれは命がけの勝負だと言っています。若いも女も関係ない。大勢で入ったら獣たちに知れわたるし、何よりも報奨金が減ります」

「金のためかよ」

藪下は呆れるのと同時に完全に脱帽した。数ヵ月の孤独と緊張に耐えられる精神力だけでも、自分などは足許にも及ばない。この女は欲しい。役に立つか立たないかではなく、上園一花という人間をそばで観察したくなった。

彼女は透き通ってよく光る目を藪下に向けた。

「あなたはさっき、そのうち大怪我するとわたしに言いました。返り討ちにされた者たちを知らないだろうと。あなたとは状況が違いますが、わたしはそういう人を何人も見ています。手負いの獣は、凶悪犯罪者の上をいく。選択を間違えば無念のなかで少しずつ、何日もかけて残酷に殺されます」

一花の体験した映像が見えるようで、背筋に寒気が走った。

「なるほど。東京で生活改善をしたいと言ったわりに、むしろその道を極めてるじゃないか」

「今のわたしにはそれしかないからです」

彼女はかぶせるように言い、この話は終わりだとばかりに咳払いをした。

「事件の報奨金ですが、わたしの取り分は三割で結構です。中途採用ですし」

「採用を確信してんのがずうずうしいな」

藪下は苦々しく笑って淳太郎に目をくれた。自分と同じくもうなんの異論もないようで、片方の眉を上げて合図を送ってくる。

「しかし、きみと俺らでは見ているところが違いすぎる。同じ動きはできない」

「わたしがこの事件を追跡して、違和感を覚えるまでに二ヵ月かかりました。でもあなたは、たったの二日でそれを感じ取っています。それだけでも序列はあなたが上なので、全面的に従います。猟隊長の命令は絶対ですから」

そう言い切った一花は、今度は淳太郎に顔を向けた。

「桐生さんはさっき、青柳さんという刑事に足払いをかけましたよね」

「そんな大それたことができるわけないじゃない。泥で滑ったらたまたま足が引っかかったんだよ。それと僕のことは名前で呼んでね」

「わかりました、淳太郎さん。ああいう太った人は、重心を少し傾けただけで簡単にひっくり返ります。わたしの祖父が、立ち上がったヒグマを大外刈りで倒したのを思い出しました。成獣ではありませんでしたが」

とんでもない話をしているはずだが、淳太郎は笑顔のままうんうんと頷いている。一花も感づいているように、この男が青柳を倒したのは事実だ。しかも逃げ道を確保したうえで事故を装って巧妙に。藪下を冷静にさせるためにも思えたが、いささか考えすぎだろうか。いずれにせよ、一花同様この男もよくわからなかった。

「ところで、一花ちゃんの夢ってなんなの？　東京に出てきたのは、夢を叶えるためでもあるんでしょ」

淳太郎の無邪気な問いに、彼女は今までの硬い表情を急に緩めた。わずかに頬を赤らめ、クッションの上でもじもじと指を動かしている。その姿はもはや雄弁に狩りを語っていたハンターではなく、そこいらにごまんといる浮かれた若い女だった。

「夢は、わたしの夢は……す、好きな人と南の島で結婚式を挙げることです。第二希望はディズニーランド婚です」

全身が一気にむずがゆくなり、藪下は気恥ずかしさに頭を抱えたくなった。現実にやっていることと夢が、あまりにもかけ離れすぎているだろう。しかし淳太郎は一花の両手を握り、さも真剣そうに目を向けていた。

「きっと一花ちゃんの夢は叶うよ。もしかしてピンクのウェディングドレスを考えてる？　僕はブルー系も似合うと思うけど」

「メインは白で」

一花は恥ずかしそうにうつむいている。こんな茶番には一秒たりとも付き合ってはいられない。藪下は椅子から腰を上げ、さっさと仕事に戻るぞと二人を急き立てた。

第三章　ガンロッカーと罠

1

先ほどから一花は電線に居並ぶカラスを見上げ、固まったように動かない。その気配を察しているのか鳥たちもじっと下界を見下ろし、鳴き声ひとつ上げない姿が不気味だった。彼女が森島四丁目に足を踏み入れ、ねずみ色の空を仰いだ瞬間にやかましさが消え失せている。鳥たちは、完全に一花の存在を認知していた。

藪下は、赤いチェックのシャツにデニムのミニスカートを穿いた一花を見まわした。服装のせいか化粧を薄くしているせいなのか、やけに子どもっぽさが目立っている。何より、米国社交クラブにも出入りする洗練された淳太郎と、無骨を極めている精彩のない藪下、そしてどこか土くさくて垢抜けない一花という三人の組み合わせが実に珍妙だった。金の結びつきがなければ、本来顔を合わせることもないであろう人選だ。胸を張れるような関係性ではない。

四丁目を抜け道としている者たちが、ひっきりなしに細い路地裏を突っ切っていく。相原家の敷地にはロープが渡され、月曜まではなかった警察による立入禁止の黄色いテープがくどいほど張り巡らされていた。案の定、青柳が動いたらしく、藪下を妨害するための意思表示だと思われる。町の住人にもやんわりと箝口令を敷いたはずで、ともすれば通報を呼びかけている可能性もあった。住居侵入を煽って今度こそ逮捕に持ち込む算段なのだろうが、相も変わらず小細工が好きな男だ。呆れるというより、その並々ならぬ情熱に感心した。

藪下は、傷の目立つ腕時計に目を落としながら一花に声をかけた。放っておけば何時間でも鳥と対峙していそうな勢いだ。

「カラスどもとの会話はいつまで続くんだ」

コンビニ袋を下げた老人が空を見上げている一花につられ、何事かと立ち止まって顔を上げている。藪下は、なんでもない旨を小柄な年寄りに伝えて彼女に向き直った。

「鳥と話せるんなら、そっちで稼いだほうが金になる」

「その特技はありません」

一花は突っ立ったまくるりと顔だけを向けてきた。

「こないだ、スズメよりも少し小さい鳥を見かけたので探していたんです。そのせいで青柳さんという刑事に捕まったんですが」

「あれは口から出まかせじゃなかったのか」

彼女はこっくりと頷いた。

「一瞬だったし遠かったのでスズメかもしれませんが、なんとなくずっと気になっているんです」

「それが事件に何か関係あるの？」

淳太郎がタブレットを操作しながら問うた。ボタンダウンのシャツにジーンズというそっけない格好ながら、こんな薄汚い路地裏でもグラビアを飾れるほどの華がある。

一花は周囲を見まわしながら少しだけ考え、やがて首を横に振った。

「関係があるかどうかはわかりません。でも、この辺りの環境をできる限り把握したいんです。野焼きなんかもそうですが、一度でも火が入った土地は環境が変わります。完全にそうなってしまう前なら、何か摑めるかもしれません」

「一花ちゃんは本当にがんばり屋だね。ねえ、藪下さん」

目尻を下げて感心しながら、肩が触れ合うほどそばに寄ってくる。藪下は即座に淳太郎から距離を取った。

「だから近いんだよ。俺は間合いを詰められんのが苦手なんだ」

「ああ、そうでしたね。でもパーソナルスペースは、ある程度の訓練でどうにでもなりますよ」

「どうにかするつもりはない。以上だ」

　すると藪下の顔を見ていた一花が、何かに気がついたとばかりに口を開いた。

「藪下さんは、うちの実家近くにいる野生のニホンザルに似ています。北海道には本来生息していませんが、動物園から逃げ出した数頭で繁殖したらしいです。群れで行動しているのに、いつもお互いに一定の間合いを取っている。なぜか理由はわかりません。ああ、似ているというのは悪い意味ではないです」

　冗談か真面目かの判別がつかず、返す言葉が見つからない。一花と行動をともにするようになってから今日で五日、彼女にはこういうところが多々あった。目的のない会話が非常に苦手らしく、軽妙な雑談ができない。逆に、だれもついてこられない類の会話は饒舌だった。藪下としてはまったくかまわないのだが、社会はこの手の人間を受け入れないから困ったものだ。彼女の言う生活改善は、おそらくここがいちばんの障壁になると思われる。

一花はしばらくぼうっと地面を見つめていたが、急にはっと顔を上げて猛然と走り出した。今度はいったい何事だ。残された二人はあっけに取られ、彼女の後ろ姿を目で追うしかできなかった。一花は少し先でつんのめるように急停止し、屈んでぬかるみを長々と凝視している。そして再び立ち上がったかと思えば跳ねるように走り、路地を抜けようとしている通行人の前に立ち塞がった。

「すみません。靴の裏を見せてもらえませんか？　わたしは、こういう者です」

一花は、淳太郎が作った名刺をポケットから抜いて差し出している。藪下と同じく特別専門調査技能員の肩書き入りだ。スーパーの袋をぶら下げた老人は名刺を受け取り、怪訝な面持ちをした。

「ああ、あんた、さっきカラスを見てた子ね。何してんのかと思ったよ。それで今度は靴の裏を見せろって、いったいなんの調査員なの」

「大事な調査です。靴の裏を見ればわかるんです」

「何が」

「詳しくは言えません。でも、とても重要なことなんです。人の命がかかっています」

「人の命？　わけがわからんね。あんた、もしかして酔っ払ってんの？」

まったくもって老人の言う通りで、要領を得ないにもほどがある。藪下はぬかるみを避けて小走りし、二人のそばへ行った。

「すみません。ここで火災の調査をしている者です」

「火災？　ああ、その調査員か。でもこの人は靴の裏を見せろって言ってるけど」

「あなたが現場の近くで釘を踏んだかもしれないんですよ。刺さっていたら危険なので、念のために確認させていただけますか」

流れるようにうそを並べ立てる藪下に、一花は目を丸くした。そしてなぜか鞄からスマートフォンを引き出し、忙しなく何か打ち込んでいる。年寄りを呼び止めておきながら何をやっているのだと覗き込めば、「靴の裏を見るためには、釘を踏んだことにする」と藪下が言った通りのことをメモしていた。

なぜ今それをやる……。藪下は焦れて一花を肘で小突いた。そこへ合流した淳太郎が、禿げ上がった年寄りに女に向けるのと同等の笑顔を投げかけた。

「おじいちゃん。荷物は僕が持ってますよ。体を支えていますから、靴の裏を見せてくださいね」

「ああ、すまんね。それにしてもあそこの家は危なすぎる。いつ倒壊するかわからんのに放置してたら駄目だろう。だいたい、放火犯の家主もまだ雲隠れしてるらしいじゃないか。まったく、警察も役所もあてにならんよ。公務員はこれだから信用できん」

淳太郎に支えられた老人は、事件にかこつけて公務員への文句を捲し立てている。

一花はしゃがみ込んで足を上げさせ、泥だらけのスニーカーを脱がせた。裏返した靴底に顔を近づけて検分し、そばに落ちていた石でこびりついた泥をこそげ落とす。両足とも同じように調べてから、再び老人に履かせた。

「大丈夫みたいでした……釘」

遠慮がちにそう言って、なぜかほんのりと顔を赤らめている。他人とうそを共有したことに喜びが込み上げているらしいが、藪下はその間抜け面に脱力した。横では淳太郎がそつなく老人と会話し、手を振って送り出している。彼が大通りに出るのを待ってから、藪下は未だにうわついている一花を見下ろした。

「予告もなく何やってんだよ」

彼女は藪下を見上げ、前髪に触れながら飄々と答えた。

「一週間に一度現れる不審者の足跡に似ていたんです。でも、あの人は違いました。靴底の外側だけが極端に減っていたし、敷地内にあった跡ではありません」

藪下は周囲の家々を窺い、聞き耳を警戒して声を低くした。

「いいか。腰の曲がった年寄りはほとんどあの跡に当てはまる。おのずと前のめりですり足になるからだ。おまえさんは、この道を通る年寄りの靴を片っ端から脱がせてまわるつもりか」

「まるでシンデレラの逆バージョンですね」

おもしろそうに笑う淳太郎をねめつけ、薮下は一花に向き直った。

「思いつきで動くな。もし今のがおまえさんの言う不審者の知り合いだったら、こっちの動きが伝わってもおかしくはない。どうでもいい些細な行動が元で、悪党にトンズラされるのは日常茶飯事なんだ。警察がマニュアル化されてんのもそのためだぞ」

「すみません。でも見つけたときに追わないと、同じ獲物とは二度と再会できない可能性が高いんです」

「あたりまえだが、狩りと事件捜査は別物だ。動物と違って悪党は本能では動かない。予測不能なんだよ。おまえさんがもってる経験と能力は、そのまま使っても捜査に活かせるものじゃない」

一花はあいかわらず無表情だが、わずかに傷ついた様子が見て取れた。そのとき、淳太郎のポケットでメールの着信音が鳴り、スマートフォンを出して確認した。

「真知子さんです。大川自治会長が戻ったようですよ」

「よし。今日はこっちから出向く。あのじいさんとは、なんだかんだでまともに喋ってないからな」

彼女を一瞥してそのまま明治通りへ足を向けると、後ろから感情の読み取れない声が追いかけてきた。

「わたしは現場に残ります。今のところ、自治会長に聞きたいことはありませんので」

藪下が相槌を打つよりも早く、一花は踵を返してあっという間に走り去った。その様子を眺めていた淳太郎が、場違いなほど陽気な声を出した。

「さすがは藪下さん。女子どもに容赦しませんね」

淳太郎はなめし革のトートバッグにタブレットをしまい、襟許から覗いていたイニシャルのペンダントをシャツの中に入れた。

「僕はああまで言えませんよ。ハンターの経験は彼女を形作るすべてですからね。それを藪下さんは真っ向否定。健気な一花ちゃんがかわいそうになっちゃって」

「心にもないこと言うな。これっぽっちも一花がかわいそうだなんて思ってないだろ」

淳太郎は変わらぬ笑顔で続けた。

「一花ちゃんは人間関係に難がある。そこを避けた生き方を二十四年間続けた。彼女のおじいさんがハンターとして見込んだのは、そういう偏った精神面だと思いますね。飢餓感をもった人間でなければ、狩猟生活なんて務まらないでしょうから。賭けてもいいですが、一花ちゃんの両親と兄弟は明るくて社交的なはずですよ。満たされた者たちのなかで、彼女はある種の疎外感をもって生きてきた」

「いつもいつも、たいしたプロファイルだな」

「藪下さんも理解していることを言ったまでです。それに、不要な人間を切り捨てていく僕に対して、おそらくあなたはそれをしない。今の一花ちゃんにはツキがありますね」

藪下はあまりの面倒くささにため息を吐き出した。

「おまえさんの妄想には付き合ってられんよ」

「妄想と捉えてもらってもかまいません。僕には心から尊敬している人がひとりだけいます。もう亡くなっていますが、あなたはその人にとても近いので」

「だが別人だ。俺を美化された死人に重ねんな、縁起でもない」

淳太郎は何かを言いたげに藪下を見つめたあと、大通りに出て電気屋を指差した。

「真知子さんに挨拶してきますので、ちょっとお待ちください」

そう言うより早く店の引き戸を開けると、示し合わせていたかのように太った真知子が顔を出す。それを見て藪下はぎょっとし、思わず「うそだろ……」と声を漏らした。真知子はひっつめだった髪を下ろして化粧をし、おまけに大振りなイヤリングまで着けているではないか。先日の所帯染みた印象は消え失せ、場が明るくなるほどの色彩を振りまいていた。六十を超えた女の底力を見せつけられ、藪下はその場で腑抜けのように立ち尽くした。

淳太郎は「とてもすてきですよ」と微笑んで真知子の髪に触れ、鞄から出したリボンつきの箱を手渡している。あれは車に常備されている高級チョコレートではなかったか。真知子は淳太郎に何事かを耳打ちされ、年端もいかない少女のように顔を真っ赤に染めている。あれが社交界に通用する紳士というものなら、どうあがいても藪下には務まらないだろう。とても正気ではいられない。

電気屋から出てきた淳太郎は、心底辟易している藪下の隣に並んだ。

「お待たせしました。あのチョコ、あと三日で賞味期限が切れるところだったんですよ。うっかりしてショコラティエを悲しませるところでした」

「本当におまえさんはろくでなしだな」

藪下は二軒隣の大川サイクルへ足を向けた。

「くれぐれも電気屋の家庭を壊すなよ」

「それはご心配なく。真知子さんは思い出を楽しんでいるだけですよ。僕との今現在は眼中にありません」

何につけても知ったような口を叩くやつだ。

明治通りは緩やかに混んでおり、客をぎっしりと詰め込んだ観光バスが列を成している。後ろを振り返って空に目を細めると、スカイツリーの先端が鈍色の雨雲に飲み込まれた重苦しい景色が広がっていた。人出の多い押上の辺りも、警官による警備が強化されているはずだった。まだ発表されてはいないが、週末に起きた小包爆弾事件は、どうやら過去に起きた同様の二件と同一犯だと確定したようだ。淳太郎のキャンピングカーは、ここへ来るまでに二回も職務質問を受けている。

藪下は前に向き直って通りを進み、錆だらけの看板を掲げた自転車屋を覗いた。ここも軒先商売の名残があり、暗くて狭い店内に最新式の電動自転車が一台だけ飾られているのがひどく不釣り合いだ。店というより修理工場の趣が強く、土間に膝をついた大川が、水を張ったバケツからタイヤチューブを引き出していた。

「パンク修理ですか」

開け放たれているドアから中に入ると、わずかに目を上げた大川自治会長が忌々しげに眉根を寄せた。ゴムと機械油の臭いが染みついた空間は、どこか懐かしさを刺激する。頭にタオルを巻いた大川は、薄汚れたねずみ色の作業着に濡れたタイヤのチューブをなすりつけた。

「セミドロップハンドルのツインライト。シフトレバーに後部のフラッシャー。電池だけ食ってなんの役にも立たなかったが、当時は子どもらの間で大人気でしたよ。ずいぶん古い自転車が現役なんですね。それは昭和五十年代のものでしょう」

大川は、また上目遣いに藪下を見やった。

「昔、俺の店で売ったもんだ。持ち主が親になって、今はその子どもが使ってる。まあ、物好きだな。今は自転車なんか安い。こんなもんを修理しながら乗るより、さっさと新しいのを買えって言ってるよ」

大川は穴の空いている箇所に印をつけ、紙やすりをかけはじめた。背中を丸めて作業する姿が哀愁を帯び、時代に取り残された町を象徴している。自治会長は口をへの字にして作業を続け、ややあってからだみ声を出した。

「なんの用だ」

「お話をお聞きしたいと思いまして。ほとんど毎日お会いしていますが、自治会長とはまともな会話がゼロですよ」

「デブの刑事がおまえらとは話すなとよ。悪意ある誘導をして住人を惑わすそうだ。まったくその通りだな」

こんなくだらない工作のために、貴重な時間を費やすとは馬鹿げた話だ。頭のなかで青柳を口汚くののしっていると、大川はにべもない態度で言った。

「まあ、おまわりに従う気はねえが、あんたに話すこともない。相原を殺してやりたい気持ちも変わらねえしな。昨日、町のやつがまたひとり死んだ。火事で焼け出されたあと、小田原にある嫁さんの実家に身を寄せたが心筋梗塞だとよ。あれほどこの町が好きだったのに、よその土地であっけなく死ぬとはな」

淳太郎はタブレットを鞄から出し、弁護士を使って調べ上げた住人名簿を開いて該当者に印をつけた。現在の居所も如才なく入力されている。

「俺はまだ諦めてねえが、町の連中は気力をなくしてる。再開発に乗ったほうが利口だってやつが出はじめた。今なら、火災保険と開発事業の補償が同時に懐に入る。一挙両得だ」

「同じ土地に家を建て直しても、展望がないと思えばそうなるでしょうね」

「ああ。俺は生まれた町を守ろうって意識が強いが、そう思えなくなった連中もいる。火事のせいで町が弱っちまった。四丁目が始まって以来の危機だな。このざまではご先祖さんに顔向けできねえよ」

大川は肩を落としてゴム糊の缶を引き寄せた。やすりをかけたチューブに薄く塗り、塗装の剝げたドライヤーで風を当てる。

町ぐるみで相原をハメた線はずっと藪下の頭に残っていたが、この男が町の仇になるようなことをするはずがないと思える。再開発に賛成している住人が密かに企てた線もあるものの、やはり、自治会長率いる強固な共同体に背く気概は今のところだれからも感じ取れなかった。

藪下は、乾いたゴム糊の上にパッチを貼っている大川に問うた。

「今、自治会長のなかでなんとなく引っかかっている者は？」

「相原」

迷いのない即答だ。藪下は苦笑いを浮かべた。

「では、質問を変えます。この近辺で、足を怪我した犬を散歩させている者を見たことがありますか」

「なんだよ、突然。犬っころが火事になんの関係がある」

「ちょっと聞き込みついでに伺ってるんですよ。よくわからない情報ではあるんですが」

　藪下は説明を濁した。それほど期待していないネタだが、一花が何かを感じている以上、簡単に素通りするつもりはない。

　大川は修理の終わったチューブに空気を入れ、またバケツの水で漏れがないかどうかを確認している。そして深いシワの刻まれた浅黒い顔を上げた。

「四丁目は曳舟駅への抜け道にもなってるし、犬の散歩コースにしてるやつも多い。フンを持ち帰んねえで、自治会で問題になったことは一回や二回じゃないな。だが、そもそも足を怪我した犬なんて散歩させねえだろう」

「確かに。じゃあ、足がない犬を見たことは？」

　大川は首を傾げて口を半開きにし、ぼさぼさの白髪眉を指でこすった。

「それはあるな」

　藪下の隣で、淳太郎が大きく息を吸い込んだのがわかった。

「だが、最近は見てねえぞ。俺が見たのはずっと昔だ。二年以上は経ってる」

「かなり前ですね。どんな犬です？」

「結構デカい白い犬だった。ぴょこぴょこ跳ねて歩いてっから何かと思って見たら、後ろ足の先がなかったな。生まれつきなのかなんなのかは知らんが、ありゃあ雑種だ。でも、きりっといい顔してたぞ」

淳太郎はタブレットを店先の棚に置き、大川の言葉を高速で打ち込んでいる。藪下は、自治会長の気分が変わらないうちに続けざまに尋ねた。

「ちなみに、その飼い主なんかは」

「せむしのばあさんだよ」

その言葉を聞いて、藪下はわずかに身を乗り出した。後ろ足が欠損している大型犬と、それを連れた前屈みの老人。一花が推測した通りの人物像ではないか。

大川は他人に不安を吐き出していくぶん気持ちが落ち着いたようで、いつも見せていた仏頂面がわずかに和らいでいる。それどころか、駆け引きなしに追加情報まであっさりとくれてよこした。

「そのせむしばあさんは、森島屋(もりしまや)ってうどん屋の主人だ。いい歳(とし)だから今は店に出てるかどうか知らんが、昔はたまに一丁目まで食いに行ったな。餅入り田舎うどんがうまい」

「それはぜひ食べてみたい」

藪下はそう返し、仕事を中断させたことを詫(わ)びた。

店の外へ出ようとしたとき、大川は自転車のサドルに手をついて大仰に立ち上がり、頭に巻いていたタオルを外した。何かを言いたげだ。まんべんなく顔をぬぐって時間稼ぎをしていたが、やがて思い切るようにして口を開いた。

「本当のところを聞かせてくれ。あんた、相原がやったと思ってるか？　ここでの話はだれにも言わん」

人を憎み続けるのには気力もいるし体力もいる。大川は最初に会ったときほどの生気もなく、目の下がたるんで急に老け込んだような印象だった。おそらく、昨日亡くなったという男がいちばんの理解者だったのではないだろうか。たとえ敵対していても、自信をなくしている人間を見るのは気持ちのいいものではない。

藪下は自治会長と目を合わせ、きっぱりと言った。

「相原氏が自宅に放火したとは思っていません。ただ、関連はあると確信しています。そこらの悪党が、適当な家を見繕って火を放ったわけではない。どうしてもあの家を燃やしたかった理由があるんでしょう」

大川は硬そうな白髪頭をこすり上げ、「おまわりと真っ向勝負するつもりかよ」とつぶやいて呆れ顔を作った。

2

昼時のうどん屋は混んでいた。大川から聞いた森島屋はさくら公園の裏手に位置し、駅からも中途半端に距離がある。周りには会社らしき建物も住宅もなく、区道の途中にぽつんと一軒だけ店をかまえていた。そんな不便な立地ながら、店先に人が並んでいるのはうまいからにほかならない。食欲をそそる出汁の匂いが辺りに漂い、否応なく期待感が膨らんでいく。ようやく席に通され、湯気の立つうどんを口に入れた瞬間に藪下は驚いた。

「これはうまいな」

「確かにおいしいですね。藪下さん行きつけの、麻布十番の店より上じゃないですか」

淳太郎も珍しく真顔になっている。

「あっちは関西風の澄んだ昆布出汁、ここは関東風だ。出汁は昆布とかつお節。田舎風だけあって半煮込みなのもいい。大川のじいさんもなかなかの食通だな」

「九条ネギがふんだんに入っているのもいいですよ。これで六百円は安すぎる」

「千円近く取っていい味だが、この場所では無理だろう。だが、繁華街に出たら出たで魅力がなくなる店だ」

男二人が興奮を分かち合っているなか、一花は黙々とうどんを口に運んでいる。食事のたびに思うが、食べる速度が女のそれではない。瞬く間に完食してからなぜかしくじったというような顔をし、一花は鞄から慌ててスマートフォンを出して汁だけになった土鍋を撮影した。すると淳太郎がすかさず言った。

「もしかしてSNSに上げるの？」

「なんでだよ。食い散らかした後の写真だったろ」

一花は曖昧な顔をして黙り込んでいる。どうやら触れられたくないらしいが、適当にはぐらかすということが彼女にとっては難易度が高い。徹底した無表情かと思えばこういうわかりやすさもあり、面倒ながら興味の尽きない人間ではあった。気遣いに長けた淳太郎は即座に話題を変え、思いがけず出会えた店を再び賞賛しはじめた。

食事が済んで、三人は一旦店を出た。向かいにある公園でしばらく時間を潰し、昼時最後の客がはけるのを待ってから、また店ののれんをくぐる。テーブルを拭いていた年かさの女が振り返って「いらっしゃい」と笑顔を作ったが、さっきまでいた客だと気づいて首を傾げた。

「どうかされました?」

たびたび白い三角巾に触れながら、不安そうな面持ちをしている。五十代の後半ぐらいだろうか。藪下は名刺を差し出し、まずは最高のうどんだったことを彼女に伝えた。

「実は、この店の女将(おかみ)にお話をお伺いしたいんですよ。ご在宅ですか」

「ええと、今の女将はわたしですけど、お客さんが言っているのは義母(はは)のことですかね。申し訳ないですが、去年の九月に亡くなったんですよ」

「亡くなった?」

藪下と淳太郎は同時に口にした。見どころのありそうな情報を得てからたったの数時間。足のない犬を連れた老婆がそう何人も存在するはずもなく、一花路線は早くも行き詰まったことになる。藪下は落胆が顔に出ないように心がけた。

「それはご愁傷さまでした。ちなみに先代の女将は犬を飼っていたと思うんですが。後ろ足が一本ない犬です」

それを聞いたと同時に女将は目を泳がせ、またそわそわと三角巾に触れた。

「犬ももういないんですよ。し、死んだから」

「いつですか？」

藪下の切り返しに女将は口ごもった。見るからに様子がおかしい。女将は厨房を振り返って夫らしき男に目をやり、小ジワの目立つ口許をぴくぴくと動かしている。答えを急かさないで辛抱強く待っていると、彼女は三人を順繰りに見てから藪下の名刺に目を落とした。

「あ、あの、特別専門調査技能員って、そういうことを調査する方ですか？」

「そういうこととは」

「ええと、ペットの殺処分とか……」

女将は、藪下に軽蔑されていないかどうかを素早く窺った。そして聞いてもいないのに言い訳を語り出す。

「あの犬は義母が面倒をみていたんですけど、亡くなってからの世話がたいへんで。わたしらは店があるし、散歩させるのも容易じゃなかったんです。あの犬は足がないから」

彼女は怯えながらちらちらと何度も藪下を盗み見た。

「それで人に相談したら、保健所で引き取ってくれるって。わたしらもそんなことはしたくなかったんですけど、どうにもならなかったんですよ」

「それはいつごろのことですか」

藪下は事務的に同じことを質問した。女将は心なしか蒼(あお)ざめ、ごくりと喉を動かした。

「ほ、保健所に連れていったのは去年の九月です」

先代が死んですぐに犬も処分したわけだ。言いたいことは山ほどあったが、それを今さら彼女にぶつけてもしようがない。何より、四丁目で火災が起きる前に飼い主も犬も死んでいることになる。すると一花が一本調子の声を出した。

「犬の後ろ足がないのは、怪我ですか、それとも先天的なものですか」

「子犬のときに、事故に遭ったって聞いています。義母は里親の会で譲ってもらって。今はもうやってないと思いますが、昔はうちの前のさくら公園でそういう会が開かれていたみたいです。義母は動物好きだったからよく顔を出していました」

「犬が欠損していた足は左右どっちですか」

女将は宙を見て少し考え、右足だったと答えた。一花が示した推測と完全に合致する。しかし、件(くだん)の犬はもうこの世に存在しない……。

藪下は淳太郎がタブレットにメモしているのを横目に質問した。

「その里親の会で犬を譲り受けたのはいつです？」

「七、八年前だったと思います」

ペットショップを経営していた相原にとっては、ある意味初めてといえる接点には違いない。動物が絡んでいる。が、それ以上でも以下でもない印象だった。

藪下は判決を待ちわびるような女将に礼を述べ、すばらしい味だったうどん屋を後にした。特別な動物愛護の精神を持ち合わせているわけではないが、事実を知った以上はもううどんを味わう気にはなれない。先代亡きあと、あの夫婦には犬を引き受ける選択肢すらなかったのだろう。これは思った以上の嫌悪感だった。

三人はコインパーキングに向かって歩き出した。淳太郎はスマートフォンを操作して耳に当てている。

「益田さん、お疲れさまです。ちょっと相原さんに聞いてもらいたいことがあるんですが」

電話の相手は例の弁護士らしい。淳太郎は手短に話して通話を終了し、歩きながらスマートフォンをしまった。

「なんで直接相原にかけないんだ」

藪下は素朴な質問をした。

「窓口を限定したいんですよ。それと、僕の着信履歴を残さないためです」

「本当に抜け目ないやつだな。相原がクロだったときのことを考えてんのか」

「いえ、それはかまいませんが、万が一、彼が厄介な人間に狙われたときの予防線です。知らなければ相手に情報を渡すことはできませんから。単なる時間稼ぎですよ」

淳太郎は何くわぬ顔で語っている。時折り見せる異常とも思える警戒心は、地位によるものかもしれないと藪下は思っていた。淳太郎の背後には何千人もの社員を抱える会社があり、そこへつながるリスクを頭に置いている。ならば警察マニアなどやめればいいだけだが、それもできない葛藤があるのだろう。好き勝手やっているように見えて、なかなかややこしい生き方をしていた。

そこへ電話の着信があり、淳太郎は用件だけですぐに通話を終了した。

「相原さんは、公園で開かれていた里親の会を知らないそうです。三本足の犬も記憶にない。店で犬猫を扱ったことはないので、そっち方面は疎いみたいですね」

「まるでうどん屋のばあさんと犬の亡霊だな。死んだ犬と連れ立って、散歩コースだった道を夜な夜な徘徊(はいかい)する。いい都市伝説になるぞ。で、犬関係はおまえさんの領分だ。ここまでを聞いた感想は？」

隣を歩く一花を見下ろすと、彼女はまっすぐ前を見ながら口を開いた。

「あの道を犬が通ったのは五月の末です。調査を始めてから一度しか確認できていませんが、後ろ右足に問題を抱える犬が存在しているのは間違いないはずです。それが、あのうどん屋の犬ではないとしても」

「そうは言っても、そこらにごろごろいる特徴の犬じゃない。しかも腰の曲がった老人とセットだ。それが四丁目の路地を通る確率は見当もつかないな」

「そうですね。少し前に動物病院を調べていたんです。怪我でも予防注射でも必ず犬は病院へ行くはずなので。でも、この辺りの病院すべてから出禁にされてしまいました」

藪下と淳太郎は同時に歩調を緩め、あくまでもマイペースで喋る一花の顔を見た。

「ちょっと待て。いったい何をやらかしたんだ」

「なかなか話を聞いてもらえないので、先生と看護師さんのお役に立とうと思ったんです。予防注射にきて興奮して手がつけられない犬を、ただちに静かにさせました」

「ええと、一花ちゃん。静かにさせたって、具体的には何をやったの？」

淳太郎が一花の前にまわり込み、わりと真顔で問い質している。彼女はまったく揺らぎのない目で当然だとばかりに答えた。

「正面からじっと目を合わせただけです。実家で飼っている猟犬は、こうするだけで聞き分けがよくなりました。飼い主さんの言うこともきかない犬がほとんどだったので、まずはみんな序列を正したほうがいいと思ったんです。そうしたら、犬たちはますます病院が大嫌いになって、遠目に見えるだけでも腰を抜かしてしまうと聞きました。それで、先生がもうここには来るなと」

淳太郎はいささか引きつった笑みを藪下に向けた。要は、犬に圧倒的な恐怖を植えつけてむりやり屈服させたということか。

藪下は、まったく悪意のない女を見つめた。一花に染みついている常識が、あちこちで不協和音となって当人に跳ね返る。当然、生きづらさを感じているはずだが、自分ではどうにもできない域に達しているのは明らかだった。一花の祖父がそういう性質を猟に活かしていると考えた淳太郎とは異なり、藪下はむしろ孫娘を守るための行動ではないかと思えてならなかった。社会に出れば、苦しむことを知っている。

「話は変わるが、おまえさんは捜索願を出されるようなことはしてないよな？　家族は今の居場所を知ってるのか」

初めに確認しなかったことを後悔したが、一花はすぐに頷いた。

「母は知っています。あの場所からわたしを逃がしてくれたのは母なので」

「その言葉を信じるぞ。母親を悲しませるようなことだけはしないでくれ」

「はい」

合わせた目はきれいに澄んでいるのに、未だ背筋がざわつく瞬間がある。これは一花自身が他人を受け入れないからだろうと思われた。

　それから三人は車に戻り、今後の動きを確認した。もっとも、今できるのは聞き込みの徹底ぐらいしかないうえに、町の住人から気になる話は聞こえてこない。青柳の妨害工作をかわす手間が増えただけだった。しかし結局のところ、警察も含めて自分たちは事件の核心を何も摑めていないのではないだろうか。自信をもって言い切れることが何ひとつなかった。

　藪下はポケットからスマートフォンを出して、元部下である三井に電話した。彼によると警察の動きはこちらの予測した範疇を超えてはおらず、新たな証言も出ていないという。権力を行使しての人海戦術で何も上がらないのだから、なんの権限ももたない自分たちが張り合えるわけがない。藪下は弱音を吐きたい気分になっていた。

　車内の壁に埋め込まれたモニターには、爆発事件の警戒警備をしている警察情報が刻々と更新されている。各地で検問がおこなわれ、職務質問が徹底されているようだ。一方で巣鴨では四人を巻き込む轢き逃げ事件が発生し、都立大学駅では盗撮騒ぎ、新宿東口で雑居ビルに銃弾が撃ち込まれる事件が起きている。ここにいるだけで、都内の事件をリアルタイムで網羅できるのはすごい。

チャット形式の文字をぼんやりと追っているとき、淳太郎のスマートフォンがメールを着信した。確認するやいなや、「ワオ……」と小声を出して画面を凝視する。藪下は目だけを男に向けた。

「新しい情報か」

「ええ。真知子さんからです。今さっき、森島地区の合同老人会があったそうですが、なんとそこで隣町の二人からくどかれたようですよ」

藪下はうんざりして手をひと振りした。

「なんでそんなことをいちいち知らせてくるんだよ。人妻だろうが」

「人妻に想(おも)いを寄せるのはありじゃないですかね。理性が働かなくなるほど、感情が昂(たか)ぶって揺り動かされてしまう。それが恋ですよ」

淳太郎は恥ずかしげもなく堂々と語り、スマートフォンの画面をスクロールした。

「それと、由美(ゆみ)さんからもメールが入っていました」

「女の登場人物が多すぎてだれだかわからん」

「相原さんの隣に住んでもらっている女性ですよ」

元ホスト狂いのヒステリックな女か。

「ほんの五分前、青柳警部補らしき人物が相原さんの自宅を訪ねてきたようですね。

由美さんから人相書きが送られてきました」

　そう言って淳太郎は、添付された絵が表示されたスマートフォンを差し出してきた。はっきり言ってひどい絵だが、端的に特徴を捉える観察眼は見事としか言いようがない。抽象的で線もいびつだ。しかしどこからどう見ても横柄極まりない青柳だった。

「写真が撮れない状況のとき、彼女はものの数分で見たままを描き上げますよ。青柳警部補は相原さんに任意同行を求めるでもなく、部屋に上がり込んで暴言や罵倒、侮辱を繰り返しているそうです。単なる嫌がらせですね」

「あの男のいつものやり方だ。萎縮させて相手の思考力を奪う。まあ、それでうまく転がることもあるからな」

「まだ部屋にいるようですが、どうします？　由美さんに通報してもらいましょうか。僕たちが行ってもいいですが」

　藪下は首を横に振った。

「行ったところで火に油を注ぐだけだし、通報にも意味はない。ここは相原に耐えてもらうしかないな」

「了解です。ちなみに藪下さん、四年前に麻布署管内で強盗殺人が起きたとき、捜査の指揮を執りましたよね。そのときあなたは、本庁から出向していた青柳警部補を地取り班から外した」

「なんでそんなことまで知ってんだよ。情報源はだれなんだ」

藪下はため息をついた。

「本来、本庁の人間は捜査陣の中心になります。それなのに、藪下さんは自分の裁量で彼の得意分野で仕事をさせなかった。階級が上とはいえ、自分よりも経験の浅い藪下さんからの指示に、青柳警部補はたいそう憤慨していたとか」

「あの男はパワハラが過ぎるからだ。頭のキレるやつなのは否定しないが、ほかの連中の動きが制限される」

「だからあなたを恨んでるんですね」

ずっと黙っていた一花が、唐突に口を挟んだ。

「あの人には注意したほうがいいと思います。エゾヒグマと同じ匂いがする。獲物を横取りされると、何十キロも寝ずに追跡して襲ってきます。執念深くて、異常なほど鼻が利く。本当はかかわらないほうがいいですが、もうすでに手遅れのようなので」

「あのな。おまえさんが青柳に職質されなければ、俺はかかわらなくて済んだんだ。そこを忘れんなよ」

一花は少しだけ考え、「その節はお世話になりました」と頭を下げた。

青柳は確かに鬱陶しい存在だが、放っておく以外に手立てはないし、この際好きなだけ恨ませてやるのもいいかもしれない。

藪下は、日課である喘息の薬を吸入している淳太郎からノートパソコンを借りた。ブラウザを起ち上げ、火災状況の統計を見ていった。去年の火災件数は小火も入れれば約四千件、全国ともなればほぼ四万件だ。そのうち放火および放火の疑いが約四千七百件で、出火原因では群を抜いていた。過去十年を見ても出火原因の上位なのは変わらず、いかに放火が多いのか思い知らされる。

画面をスクロールしていき、藪下は発火源の細かい文字に目を凝らした。放火の場合は紙やゴミに火を放つものがほとんどであり、ガソリンを使った例は見当たらない。ましてや、自宅に侵入しての放火は疑いも含めてゼロだった。こういう統計値を目の当たりにすると、あらためて相原の不利が浮き彫りになる。四丁目の事案は第三者による放火にも自損火災にも当たらないのだから、別の事件性を疑われるのは当然だった。

藪下は目頭を親指で押し、グラフだらけの画面から顔を上げた。今のところ、相原を救う手立てはないに等しい。一花が言う犬の件は、情報として未知数だ。調べるにしても、あまりに捜査線上からは外れすぎていた。では、自分は何をすべきなのだろうか。

ソファの背もたれに寄りかかり、藪下は頭を巡らした。警官の立場なら、被疑者を起訴すべく証拠を緻密に積み上げる。その結果は青柳や捜査本部と一緒で、相原の犯行を疑うことはなかっただろう。なにせ、すべての証拠が相原を指している。しかし、組織から離れた一市民として事件を見たとき、妙な収まりの悪さがあるのは思い違いではなかった。計画的でいて大雑把な手口と、相原の臆病な人間性が合致しない。

藪下は再びノートパソコンに向き直り、相原幸夫(ゆきお)で検索をかけた。森島火災のニュース記事と、相原の居場所を特定しようという悪意に満ちた書き込みが散見している。それらに目を通したが、どうでもいいものがほとんどだった。検索ワードを変えて打ち込み、それを確認することを繰り返す。そして「火災、動物、ペットショップ」で検索したとたんに、いくつもの記事がヒットして藪下は動きを止めた。

藪下は、背中を丸めてモニターに顔を近づけた。およそ一年ほど前に、群馬でペットショップが全焼している。それだけではない。藪下はタッチパッドに忙しく指を滑らせた。一年半前には茨城のペットショップが全焼。そして約二年前には静岡でペットショップが燃え、同じく栃木でも店が全焼していた。

「どうしました?」

険しい面持ちをしている藪下の後ろに、淳太郎がまわり込んできた。

「ここ二年の間に、四軒のペットショップが全焼している。いや、相原んとこも入れれば五軒だな」

はす向かいに座っていた一花も、伸び上がってモニターを見つめた。

「ほかの店は家族全員が焼死。生きてんのは相原だけだ」

「大事件のように見えますが、なぜ警察は問題にしないんですか？」

一花が無駄のない質問をした。すると淳太郎が、タブレットに表示した記事に目を通しながら答えた。

「ざっと記事を読むと、ほかの四件は放火じゃなくて自損の住宅火災だからね。事件性はないよ」

「でも、ペットショップばかりが五軒も燃えたらおかしいと思います」

「全国各地で年間四万件も火災が起きているなかに、二年でたった五軒のペットショップが混じった程度では話にならない。今回、警察は放火関連の洗い出しはしただろうが、それ以外を当たる理由がないんだよ」

藪下の解説に、淳太郎は頷きながらつけ加えた。

「しかもほかの四件はすべて他県での出来事ですからね。管轄を越えて捜査するだけの根拠も魅力もないわけです」

だいたいはそれで合っている。藪下はモニターを見つめた。もしペットショップを狙う異常者が放火してまわっているなら、たったの五軒で終わるわけがない。時期も場所もばらばらで、不自然な点もないのだから単なる偶然以外には考えられなかった。

しかし……。藪下は目を閉じて腕組みをした。もし相原が焼死していたなら、森島の火災はそれほど問題にはならなかったはずだ。家の中で誤ってガソリンをこぼし、そこから発火して延焼した失火の線であっさりと片づいただろう。今の問題は、相原が生き残ったからこそ起きていることでもあった。

「一応、情報として警察に提供しますか」

淳太郎は、しらじらしいほど心にもないことを言った。

「こんなもんを渡しても、ほかの書類にまぎれて数ヵ月はほったらかしにされる。提供するなら、もっと目立つように装飾する必要があるだろうな」

「ちなみに警視庁がネットに載せている匿名通報ダイヤル。あれは、匿名のわけがないので名称を変えるべきですね。僕は継続的に有益な情報を提供していますが、一度も情報料をもらったためしがありませんし」

この男はそんなこともやっているのか。物好きにもほどがあった。

「情報料には当然、予算が割り当てられている。上限を超えれば金は出ない」

「なるほど。ある意味、組織的な詐欺ということですね」

「じゃあその旨、匿名ダイヤルで通報しろ」

藪下は、火災のあった現地を見たほうがいいと結論を出した。焼死した店主たちには裏がなかったか。そのあたりをこの目で確かめたい。

3

翌日は雨だった。シャツ一枚では肌寒く、季節が二ヵ月ほど逆戻りしたような陽気である。藪下はいつものように介護サービスの香織に母を託し、三人は大型トラックが行き交う関越自動車道をひた走っていた。休憩のたびに代わる代わるハンドルを握ることになったが、そこでわかったのが一花の運転のうまさだ。危なげなところが微塵もなく、マニュアルで大型のシボレーをまるで小型車のように切りまわしていた。

関越を抜けたところで、今度は藪下が運転を代わった。第一の目的地、群馬の伊勢崎市までおよそ三十分というところだろうか。ナビに従って裏道を進んでいるとき、助手席の淳太郎がタブレットから顔を上げた。

「この先、利根川（とねがわ）に架かる橋の手前にネズミ捕りがいます。進行方向からは完全に死角なので気をつけてください」

「抜け目のないことだよ、まったく」

藪下はギアを変更し、アクセルを踏み込みながら言った。

「高速では覆面の居場所も車種も割り出し済み。しかも黒のスカイラインには特に気をつけろとくる」

「関越の風神と呼ばれているそうですよ。これは僕が割り出したわけではなく、僕の知り合いのその知り合い……みたいなネットワークの賜物（たまもの）です。群馬、茨城、栃木の三県をまわると言ったら、みなさんが親切に教えてくれました」

藪下はなんとも答えようがなかった。

警察マニアとはいったい何者なのか、という疑問が淳太郎と行動をともにすることでわかりつつある。とにかく知り得た雑多な情報を交換して吟味し、莫大（ばくだい）なそれを蓄積することが目的であり喜びらしい。そんな物好きの大半は人畜無害だが、稀（まれ）に危険思想者が入り込むのだという。それを駆逐する司令塔が、警察マニアの頂点に君臨する淳太郎だ。話を聞かずとも、容赦のないやり口なのは想像がつく。

農道のような細い裏道を抜けると、突然、絵に描いたような地方都市が姿を現した。家電量販店やファミレス、そしてホームセンターなど、敷地をめいっぱい使った箱型の建物がいくつも道沿いに並んでいる。しかし、けばけばしい通りを一本入るだけで、今度は手入れされていない空き地が広がる荒涼とした土地が現れた。セイタカアワダチソウやクズが生い繁り、色褪せた野立て看板を覆い尽くすほど絡みついている。そのとき、ナビが女の声で目的地到着を知らせた。全焼したペットショップは太田市との境に位置し、言われなければ通り過ぎてしまうほど何もない場所だった。

「着いたぞ」

バックミラー越しに声をかけると、カーテンの隙間から外を眺めていた一花が丸椅子を持ってやってきた。運転席と助手席の間に置いて座る。藪下はハンドルにもたれ、雨粒で濡れた窓から外の様子を窺った。

「当然だが更地だな。手入れされてないから荒れ放題だ」

淳太郎はタブレットに指を滑らせ、資料のファイルを開いた。

「この土地は借地で、少し先に住んでいる地主が地権者です。この辺り一帯がその地主の土地ですよ。火災があったのは去年の四月。六十代の夫婦二人暮らしで、出火は夜中の十一時過ぎ。火元は家の脇に駐めてあったミニバンです」

「車がひとりでに発火したと」

「はい。エキマニ付近から繊維の残留物が見つかっているようですね」

一花はわずかに首を傾げ、「エキマニ……」と繰り返した。

「エキゾーストマニホールド。エンジンの集合管だ。車のなかでいちばん過熱する場所だし、車火災ではわりとメジャーだな。そこから繊維片が見つかったってことは、整備士の置き忘れか」

「調査ではそうだろうと結論が出されていますが、整備工場側は否定しています。でも、事故の三ヵ月前にエンジンと電気系統の不具合を整備したばかりなので、状況から見ればそのときしか考えられませんね。もろもろの保険金は姫路(ひめじ)に住む息子が受け取っていて、現在、整備工場側と係争中」

触りだけ聞いても、相原の一件とは何もかもが違う。夜更けに車が発火して家屋に燃え移っても、周囲に何もないようなこの場所なら発見が遅れる。気づいたときには、手のつけようがない状態だったと思われた。

「しかし、昨日の今日で、よくそれだけ調べがついたな」

藪下は素直に感心した。淳太郎はにこりと笑い、鳶色(とびいろ)の柔らかそうな髪をかき上げた。

「当時の新聞記事と、マニア仲間がもっている情報。あとは益田さんに頼んだところもありますね」

こういうとき、合法的に情報を引き出せる弁護士の存在はありがたい。

藪下は頷きながら車を降りて、一年前まで家のあった場所へ足を向けた。風の冷たさに身震いが起きる。朝から雨足が強くなることはなかったが、断続的に降り続く小雨と北風が瞬く間に体温を奪っていった。淳太郎はいかにも値の張りそうな紺色の傘を差し、ドアの前で一花をエスコートしている。しかし、彼女は首を左右に振った。

「傘はいりません。視界が塞がれると落ち着かないんです」

「そうなの？　日傘は差してたじゃない」

「あれはおしゃれアイテムなので、かなり無理をした結果です」

一花は黒いナイロンジャンパーのフードをすっぽりとかぶり、あごの下までファスナーを上げている。顔だけ丸く出している姿がまるで地蔵だ。いつもの甘ったるい装いではなく、今日は男だか女だかわからない出で立ちだった。使い込まれたごつい編み上げのブーツを履いている姿が、いかにも好戦的で一花に合っている。

藪下は透明のビニール傘を差し、アスファルトの端に立った。敷地は背の高い雑草で埋め尽くされ、四方八方からカエルの鳴き声が押し寄せてくる。当然だが家や車の残骸はすべて撤去され、なんの痕跡も残さず土地は自然に還（かえ）っていた。一花は胸の高さまでありそうな雑草をものともせずに進み、敷地をぐるりとまわってすぐに戻ってきた。

「ここまで環境が変わってしまうと、もう何も見つけることはできません。すべてが生まれたてです」

「まあ、そうだろうな。ちょっと地主に話を聞く。この先にある黒い瓦屋根か？　百メートル以上は離れてんな」

「車で移動しましょう」

三人は再び車に戻り、ひときわ目を惹（ひ）く屋敷の前で降り立った。数寄屋造りの特徴を取り入れた現代建築で、いかにも地主の住まいにふさわしい風格がある。一直線に伸びる鶯色（うぐいすいろ）の塀には鋼板で笠木（かさぎ）が当てられ、目の細かい格子戸が正面を飾っていた。センスや芸術面には疎い藪下だったが、徹底した縦と横の簡素な構成には美しさを感じる。思わずうなり声を上げた。

「地方とはいえ、すごい敷地面積だな。いい屋敷だ」

「確かに。ただ、この家は建築デザイナーに丸投げしているはずですよ。家主の思想は何も入っていません。なので、どこか取ってつけたようにも見えますね」

こだわりという名の執拗さをもつ淳太郎にとって、そのあたりは何よりも重要らしい。藪下に目配せをくれた男は、格子戸の脇にあるインターフォンを押した。傘を閉じて人なつこい笑みを浮かべ、カメラに向けてお辞儀する。一年前の火災について尋ねたいと端的に説明すると、割合あっけなく玄関までくるよう言われた。

三人は格子戸から敷石を踏んで中へ入る。その途中で藪下は後ろを振り返り、フードをかぶったままの一花に言った。

「おまえさんはちょっと愛想よくしろ。表情の乏しい人間は、無意識に敵意を抱かれるし警戒される。普段は好きにすればいいが、今は人と接する仕事だからな」

「一花ちゃんは笑ったほうがかわいいよ」

彼女はわかったのかわかっていないのか、たいした反応もないままひとつだけ頷いている。すると無垢材らしき玄関ドアが音もなく開き、藤色のエプロンを着けた女が顔を覗かせた。六十前後ぐらいに見えるが当主の妻だろうか。よく言えば健康そうな、悪く言えば骨太のごつごつとしたいかつい体格だ。藪下がにこやかに頭を下げると、女も軽く会釈をした。

「突然お伺いしてすみません。わたしたちはこういう者です」

彼女は名刺を受け取ってすぐに、「雨に濡れるので中へどうぞ」と腰を低くして三人を促した。広々とした三和土（たたき）には黒光りする御影石（みかげいし）がタイル状に敷き詰められ、家主の底知れぬ財力が窺える。正面に目をやると、青磁の水盤に一輪のアジサイが大胆に生けられていた。久しぶりに見る母の大好きな本柴だ。藪下は口許がほころんだ。

「見事なアジサイですね」

四角い顔をした女は家に上がって廊下に膝をつき、さほど興味もなさそうに後ろを振り返った。

「庭で咲いたものなんですよ。アジサイは増えてどうしようもなくてね」

「失礼ですが、奥さまでいらっしゃいますか？」

女はショートカットの髪に触れ、さもおもしろそうにふふっと笑った。

「いいえ、この家のお手伝いですよ。今、家の者が出払っていないんです。帰りは夜の八時過ぎぐらいになりますが、何か言伝（ことづて）があればわたしが承ります」

「そうですか。では、あなたのお話を聞かせてください」

「え？　わたしの？」

「はい、よろしくお願いします」

使用人の女は首を傾げ、藪下から受け取った名刺に目を落とした。顔を上げて、ほかの二人にも目を這（は）わせる。すると今までの取り澄ました風情が崩れ、瞬時に緊張を帯びた顔に変わったのを藪下は見逃さなかった。いったい何事だと肩越しに振り返ると、ジャンパーのフードをかぶったままの一花が不自然なほど口角を引き上げ、表情を固めているのが見えてたじろいだ。初対面の人間をおちょくっているようにしか見えないではないか。愛想をよくしろとは言ったが、彼女のなかではこれが該当するらしい。

淳太郎が世話を焼いて一花のフードを外している隙に、藪下は前に向き直ってさっさと話を進めた。

「ええと、お聞きしたいのは一年前の火災のことなんです。被害に遭われた家主のことも含めて」

「ああ、はい。深谷(ふかや)さんのところですね。もしかして保険会社からの委託ですか？　名刺に調査員とありますけど」

「保険会社とは関係ありません。さまざまな問題を調べている者なんですよ」

使用人の女は特に不審がることもなく、藪下の漠然とした説明にも「そうですか」とすぐに返してきた。興味がありませんと言っているようなものだが、一花を盗み見ることに関しては別だった。

「火事になった家は、ペットショップを経営していたと聞きましたが」

「昔は確かにそうでした。ウサギとかモルモット、インコなんかもいたかもしれません。小さい動物ばかりでね。でも、店を閉めてからもう十年以上は経ちますよ」

「そうだったんですか。ということは、亡くなられたご夫婦は年金暮らしをしていたわけですね」

そう返したとたん、女のぎょろりとした大きな目に妙な力が宿った。この話題に限っては、ひと言物申さずにはいられないと顔に書いてある。女は玄関先に膝をついたまま、シワになったエプロンの裾を直した。

「深谷さんの奥さんはパートに出ていました。冷凍食品の工場が本庄（ほんじょう）にあるんですけど、もう勤めて長かったと思いますよ。いつだったか、お年賀に冷凍食品を持ってこられてねえ」

彼女はさも常識はずれだと言わんばかりに、あざけった面持ちをした。

「旦那さんのほうはいつもお酒を呑んでぶらぶらして、店を閉めてから働いたことはなかったと思います。奥さんがかわいそうだって、みんな言ってましたよ。ああ、亡くなった方をこんなふうに言うのは失礼だけど」

「いえ、率直なご意見だと思います。あの土地はここの主人が貸しているそうですが、地代の支払いは大丈夫だったんですかね。そのあたりのことは聞いていませんか」

「そうですねえ。詳しくはわからないけど、滞納しているような話は耳に挟んだことがありました。でも、あるときから急に金まわりがよくなったらしいんですよ」

彼女は劇的効果でも狙うように、藪下と目を合わせて話を切った。この女は俗っぽい話題が好みらしい。突然訪ねてきた得体の知れない連中に、躊躇なくこんな話をするのだからよっぽどだ。女はじゅうぶんな間を取ってから再び口を開いた。

「三年ぐらい前から、奥さんの服装が派手になったんです。いつもあり合わせの地味な格好だったのに、スーパーで会ったとき、大粒の真珠のイヤリングを着けていたことがありました。指輪とセットでね。光沢からしても上の等級だなと思ったので覚えてるんです。車も軽から大きいものになったし、それも一年ぐらいで買い替えていましたよ」

「それは三年前から？」

「ええ、そうです。でも、あいかわらず旦那さんは働いてなくて、奥さんはパート勤め。ちょっとへんなんですよ」

藪下は後ろを見やり、タブレットにメモしている淳太郎に問うた。

「燃えたミニバンの車種は？」

淳太郎は資料を確認して「トヨタのエスティマです」とすぐに答えた。最低ランクでも四百万前後というところか。確かに庶民が気軽に買い替えるレベルの車ではない。

「羨ましいほどはぶりがいいですね」

藪下が水を向けると、口が滑らかになっている彼女はしたり顔をした。

「そうなんですよ。宝くじでも当たったんじゃないかってみんな言ってました。奥さんが、よく売り場にいるのを見かけていたので」

「ああ、その推理は正しいかもしれません」

藪下は笑顔で納得を装った。

地元警察は、火災の一報から消防との合同調査活動を経て事件性なしとの結論を出している。火元が確定して不審な点はなかったからだろうが、彼女の話が事実だとすれば確かに金の出どころは謎だった。夫が無職で妻がパート勤めでは、本当に宝くじぐらいしか可能性はなくなる。そして肝心な相原とのつながりは、元ペットショップ経営ということのみ。ただ、どこか腑に落ちなさがあるという点も共通項かもしれない。

「少し立ち入ったことをお聞きしますが、深谷さんご夫婦が人から恨まれていたかどうか。そのあたり、噂でもなんでも耳に入ったようなことはありませんか」

「それは聞いたことがないですねえ……」

女は唇をすぼめて神妙な顔をした。

「ああでも、地元の猟友会と揉めてるのは聞いたことがありますよ。内容まではわからないけど」

「猟友会？」

藪下が思わず振り返ると、一花が口角を上げたままの状態で目を光らせた。

「まだペットショップをやっていたときの話です。猟友会の方が、何人かでうちの旦那さんに相談しに来たことがあったんです。たぶん猟のことだと思いますが、深谷さんに注意してほしいって。かなり怒っていたので覚えていますよ」

「ええと、深谷さんは狩猟関係の免許をもっていたんですか」

「それはちょっとわからないですね。うちの旦那さんは、よく人から揉め事の仲裁を頼まれるんです。この土地の名士で、面倒見のいい方なので」

彼女は取ってつけたようにそう言い、少々、喋りすぎてしまったことを後悔しはじめているようだった。藪下は深谷夫妻の親しかった人物を問うたが、女はよくわからないと首を横に振っている。もうこれ以上、情報が出そうにはない。最後まで親しみをもてなかった女に礼を述べ、藪下は二人を連れて家の外に出た。

午前中だというのに日暮れのように薄暗く、辺りは雨が草木を打つ音とカエルの声が混じり合っている。情緒的だがいかんせん寒い。三人は足早にシボレーに乗り込み、フロアマットで靴底を拭いてからソファに体を投げ出した。藪下のはす向かいに一花が腰かけ、別珍張りの椅子に淳太郎が腰を下ろす。ナイロンジャンパーを脱いだ彼女が藪下を意味ありげに見ているのに気づき、小さくため息をついた。

「まあ、よくやった。あれがおまえさんの愛想なんだもんな。次からも頼むよ」

もう、褒めて伸ばすしかない。一花は前髪を直しながら無表情で頷いている。淳太郎はパソコンを開いてキーを打ち込み、画面を見ながら口を開いた。

「前橋に群馬県猟友会がありますね。ここから三十分程度ですが、アポを取りましょうか」

「そうだな……」

藪下は腕組みをした。ここを掘り下げるべきか否か、なんとも微妙なところだった。群馬で起きた火災がいくら不審だとはいえ、行きがかり上、首を突っ込むほどの正義感を今はもち合わせていない。相原との関連も望み薄だが、無関係と断言できるまでの確信もなかった。

「アポは取らなくていい。いきなり訪ねたほうが、相手の生の反応が見られるからな」

とりあえずは事実確認だけして次へ進むことにする。そう思ったとき、はす向かいに座っていた一花が沈黙を破った。

「県猟友会の上役は頻繁に変わるので、さっき聞いた情報を調べるにはかなりの時間がかかると思います。そもそも、使途不明金とか捕獲数の水増しとか個人情報の流出なんかで自分たちが追及を受けているので、見知らぬ部外者と話をするとは思えません」

「なるほど。だったらおまえさんが考える次の手は？」

「太田市の木崎駅近くに銃砲店があります。関東圏の猟銃所持者は、そこで修理やオーバーホールをしてもらうことがほとんど。だからハンター界隈の情報が比較的楽に手に入ると思います。ここから二十分ぐらいですよ」

藪下は含み笑いを漏らし、淳太郎も非の打ちどころがない意見だとばかりに、笑顔でノートパソコンを閉じた。

4

ガンスミスという肩書きの人間には初めて会ったが、職人特有の気難しさもなければ精神世界に引きこもっているようでもなく、いかにも穏やかそうな見た目だった。しかし麻色のシャツに黒い腕貫を着けた姿は、ひと昔前の銀行員か公務員のようだ。確実に一花によれば、この男は北海道にまで腕利きの名を轟かせていたのだという。きれいに禿げ命中精度を上げることのできる職人は、小柄で貧相なほど痩せている。上がった頭頂部に、スタンドのライトがまぶしいほど反射していた。

八畳もないような店を兼ねた作業場には、ガラスケースに頑丈な鍵で固定されたさまざまな銃が並んでいる。散弾銃とライフルだ。そこに漂っているのはガンオイルとグリスの匂いで、昔、射撃練習場で嗅いでいた馴染みのあるものだった。薮下は胸いっぱいに作業場の空気を吸い込み、ささやかな懐かしさを味わった。

「お待たせしてしまいましたね。排気弁の交換は途中でやめられないので」

「いえ、こちらこそ突然お邪魔してすみません」

銃職人の小野寺隆行は、使っていた工具やブラシを壁に打ちつけてある釘に引っかけた。メッシュのオフィスチェアをまわして三人に向き直る。歳のころは還暦前。にこにこと人好きする笑みを絶やさず、高圧的なところがひとつもなかった。小野寺は先ほど渡した三人ぶんの名刺を長々と見つめ、銀縁のメガネを手の甲で上げた。

「上園さんは、ついに狩猟生活から足を洗ったの？　なんだか特別な調査員をやってるみたいだけど」

「まだ足を洗ってはいません。ゆくゆくはそうしたいです」

淡々と答える一花を、小野寺は興味深く見まわした。そしてこちらに目を向ける。

「藪下さんと桐生さんは、彼女の職業をご存じなんですか」

「ええ、だいたいは聞いていますよ」

「ということは、あまり知らないようですね」

小野寺はいたずらっぽくそう言った。教えたくてしようがないと見える。彼は一花が拒まないのを見定めてから、口許に拳を当てて咳払いをした。

「全国各地の自治体は、彼女に仕事を頼みたくて順番待ちの列ができるほどですよ。なんせ、彼女を投入すればたったの数ヵ月で害獣駆除のノルマが達成される。農家と林業の被害が激減しますからね」

「そこまでは知りませんでした。自治体が待っているとは」

藪下が素直な驚きを口にすると、小野寺は満足げに頷いた。

「業者だの猟友会だのが適当にやってるのとは違って、彼女は正真正銘のプロです。駆除すべき数を本能で悟っている。その線引きが非常に重要なんですよ。野生動物というのは、さじ加減ひとつで簡単に絶滅するからね」

小野寺は一花に全幅の信頼をよせているらしい。感心というより、尊敬の念がはるかに上まわっているようだった。

「群馬も茨城も栃木も、この辺りは彼女が来てから害獣被害が激減しました。幻のハンターなんて呼ばれていますよ。役場の人間とわたしぐらいしか彼女の顔を知らないからね。まあ、そのへんですれ違っても、彼女が単独で百頭以上も仕留める腕利きとはだれも思わないでしょうし」

「色白で可憐な女の子だなとは思いますけどね」

淳太郎はいつもの調子で一花の腰に手をまわそうとしたが、藪下がむりやり二人の間に割って入った。

「相当な腕ですね」

「その通り。ただ彼女は口数が少ないからね。それで損もするし得もする」

小野寺は含みをもたせ、藪下に目で本題を促した。にこやかでありながら、なかなか押しの強い人物でもあるようだ。内側を見透かしてくる目は一花に近いものがある。

藪下は小野寺の信用を得る目的で、いささか個人的な話をした。

「自分たちは単発で仕事をしています。この三人で仕事をするのはこの一回限りですが、言ってしまえば利害が一致した集まりなんですよ」

「ほう。不思議な組み合わせだなと思ったら、そういうことでしたか。彼女が人と一緒にいるところを初めて見たので、それもちょっと驚きました」

小野寺は否定も肯定もしない一花に目をくれ、すぐ藪下に戻してよこした。

「それで、伊勢崎で起きた火災を調べているということでしたね」

「そうです。一年前の火災ですが、被害者の深谷さんという方が猟友会と揉めていたと聞きましてね。小野寺さんなら何かご存じかと思います」

「断定しますね。もちろん知っていますが」

銃職人は作業台の上から精密ドライバーなどの細々しい道具をどかし、分解されたライフルの機関部を台座に置いた。銃の要（かなめ）ともいえる精密部分で、複雑な構造が剝（む）き出しになっている。小野寺はオイルが沈着して黒ずんでいる指先を、引き抜いたウェットティッシュで丁寧に拭った。

「火災で亡くなったのは気の毒なことですが、あの深谷さんというのはとんでもない人でね。とにかく無法者でしたよ。わたしはここに店を構えて三十年以上になりますが、あの人に関する苦言はどれほど聞いたかわからない」

小野寺はメガネを外して息を吹きかけ、細かい埃を飛ばした。

「たぶん、もう二十年以上も前になります。深谷さんはかすみ網でスズメを獲っていてね。栃木にある珍味屋へ売り飛ばしていたらしいですよ。なんせ冬のスズメは味が濃くてうまいから」

「かすみ網は違法でしょう」

「もちろんそうです。しかも網の残骸をそこらに放置して、ほかの野鳥や動物が棚糸にかかって死んでいるのが何回も見つかった。結局は通報されてお縄になりましたが、反省どころかけろっとして繰り返したらしいですよ。それで地元の猟友会は困り果てていた」

「悪質ですね」

藪下は心からの相槌を打った。

この手の話が通じない人間はいちばん厄介だ。法を恐れてはおらず、自分ではちょっとした反則ぐらいにしか思っていない。すべてにおいて認識が甘かっただろうし、あらゆる方面で問題を起こしていたはずだった。猛者ぞろいの猟友会がたまりかね、地元の名士に助けを求めたのも納得できる。

「鳥獣保護関連の法律だと、せいぜい罰金と狩猟免許の一年停止ですね。懲役をくらわない限り、免許の剝奪まではいかない。ただこういうときは、猟友会が自主返納を迫るはずですが」

「ああ、そこなんですよ。それ以前の問題です」

小野寺は苦笑いを浮かべ、滑らかな禿げ頭を手で撫で上げた。

「あの御仁はそもそも狩猟免許をもっていなかったから」

「それはどうしようもない」

藪下はほとほと呆れ返った。一花は反応のないまま話を聞いているが、心中は苛立っているに違いない。

「かすみ網の件は二十年ほど前のことですが、最近は何か聞いていませんでしたか」

藪下の問いに、小野寺は考える間もなく即答した。

「確かスピード違反だのなんだの、そういう罰金を払わないで警察に連れていかれたのは聞きましたよ。一昨年ぐらいだったか」

「じゃあ、密猟からは足を洗ったと？」

「足を洗ったというよりできなくなったんですよ。猟友会とハンターたちが目を光らせていたし、警察にも目をつけられた。それにスズメを卸せる店がなくなってね。売れないものを獲ってもしょうがないからやめたんでしょうな」

しかし、三年ほど前からはぶりがよくなったとの情報とは食い違う。

「その後も密かに猟をしていた線は?」

「ないですね。猟が解禁される冬場は監視されていたも同然です。猟場にカメラを設置して、見回りも密にした。もう猟友会の意地ですよ」

「そうですか。実は三年ぐらい前から、深谷さんの金まわりがよくなったとの話があったんですよ。頻繁に車を買い替えたり、妻が着飾るようになったり」

小野寺は興味深そうに耳を傾けた。

「ペットショップが閉店してから十年は経っているというし、金の出所がまったくの不明です。収入源は妻のパートと年金ぐらいでしょうから」

「それは初耳だな。何かしらよからぬことはやっていそうだが、猟関連ではないと思いますよ。ただ、バードウォッチングのガイドを始めた話は聞いたことがあるね」

「バードウォッチングですか。人物像に合わないですね」

藪下の指摘に、小野寺は笑い声を上げた。

「どういう経緯かは知らないが、春先にツアーと称して双眼鏡を首に下げた大人数で山に入ることがあったらしいですな。野鳥の知識がないとは言わないが、あてにはならないね。でもまあ、ガイドに資格がいるわけじゃなし、素人を集めてお茶を濁してたんだと思うよ」

「それで問題が出たことは？」

「聞いてない。ただ、わりと続いたようなことは聞いたことがある。そういう自然とのふれあいみたいなものが今の流行りなんでしょう。内容はともかく、適当に山に入るだけで満足する人間もいるから」

そう言ってから言葉を切った小野寺は、四角い縁のメガネを上げて、三人の顔をあらためて順繰りに見ていった。

「もしかしてあなた方は、深谷さんの死の真相を探ってるんですか。火事で焼け死んだんではなくて、だれかに殺されて燃やされたんじゃないかと」

「そうまでは言いません。それに、火をつけた程度では殺しを隠蔽できませんから」

「そのあたり、あなたはなかなか詳しそうな感じですな」

小野寺は怖いほどじっと見つめてきたが、突然一花が口を挟んだ。

「藪下さんは元刑事です。私服の警察官、つまり刑事です」

「なんで重ねて言ったんだよ」

藪下は横を見やり、湿度のせいで栗色の髪が広がっている一花と目を合わせた。小野寺はメガネの奥の目を輝かせたかと思えば、乾いた顔に赤みが差していた。

「いやはや、なんだかおもしろそうな集まりだな。元刑事と凄腕ハンター、そしてこちらは何をやっている人？　芸能人かなと思っているんですが」

淳太郎に手を向けると、タブレットを操作する手を止めて堂々と宣言した。

「警察マニアです」

「警察マニア！」

小野寺は手をバシンとひとつ叩き、顔を上げて高らかに笑った。

「警察マニアがなんなのかは知らないが、いやあ、実に興味深い。きっとこのお二人に引けを取らない特技をおもちなんでしょうな。利害の一致か……そんな冷めた結びつきも悪くない」

この男は好奇心が旺盛らしい。しかも社会の枠組みからかけ離れたものに魅力を感じるたちだろうと思われた。あとで自分で調べるからと言って帳面に「警察マニア」と書き殴り、初めて聞く言葉だと浮き立っている。

「それにしても、東京からわざわざ群馬まで火事の調査しにきたんですか」

小野寺はもはや前のめりだ。あまりの食いつきぶりに苦笑していると、一花がさらなる情報を与えた。

「これから栃木と茨城もまわります」

「これはこれは、何やら壮大なスケールですね。きっとそのうち、事件の真相が暴かれてテレビを騒がせることになるんでしょう」

「そんな大げさなことではないですよ。あくまでも調査して報告書を作るだけなので」

「いや、それ以上は言わないでください。今後の楽しみが半減しますからね。また何かあったら、いつでも訪ねてきてください」

もう出せる情報はないようだ。藪下は茨城と栃木、そして静岡で起きた火災の被害者のことを念のために問うてみた。もしかすると、ペットショップ火災には狩猟というつながりがあるのかもしれないと思ったからだ。しかし小野寺は聞いたことがないと言って首を振り、役に立てないことをひどく悔しがった。

子どもっぽい感性と落ち着きが同居している男だった。心持ち演技じみた素振りが見え隠れしているような気もしたが、それも藪下の勘繰りすぎだろう。丁重に礼を言って辞去しようとしたとき、小野寺は今さっきまでとは明らかに違う顔をして一花を呼び止めた。声色も若干、低くなっている。

「あなたのサベージね。あれ、次の猟に出る前にわたしのところへ持ってきなさい、必ずだよ。大丈夫だとは思うが、付着物があると高圧流体が弾けて銃身が破裂する。そのあたり、一度ちゃんと見たほうがいいから」

「わかりました」

一花は頷き、深々と頭を下げてから三人で店の外へ出た。小雨のなか小走りで車に乗り込むなり、淳太郎は早速鹿沼市までの道のりを壁のモニター上に表示する。

「この近くにパスタのおいしい店があるので、お昼はそこにしましょう」

「ああ」と藪下は気のない返事をし、すぐはす向かいに腰かけた一花に問うた。「さっきガンスミスが言ってたサベージ。これはライフルだよな」

「はい」

「おまえさんは今二十四だろ。確かライフルは、散弾銃を所持してから十年は持てないはずだが」

藪下は飄々としている彼女の様子を窺った。銃砲店がグルになって、不法に銃を斡旋していた事件を当たったことがある。一花はそこまで馬鹿ではないだろうが、なにせ行動が読めないから不安が尽きなかった。

　彼女は簡単な質問を時間をかけて考え、やがてわずかに頬を緩ませた。

「藪下さんは、わたしを心配してくれているんですか」

「心配というより不安なんだよ。得体が知れなくてな。実態を把握しないまま、俺まで共犯でしょっぴかれたらかなわない」

「わたしに興味をもっているんですか？」

「なあ、何回も言ってるが人の話を聞け。質問の答えはどこにあるんだよ」

　藪下は凝り固まった肩を指先で押し、あらためて尋ねた。

「おまえさんが使ってる銃はライフルなのか」

「ハーフライフルです。サボット弾を撃つ二十口径。日本の法律はおかしいですね。ライフルの精度を落としたこの銃を許可する意味がわからない。それでいて散弾銃とは比較にならないほどの精密射撃が可能です。流れ弾が危険というなら、ライフルもハーフライフルも同じでしょうに」

　ハーフライフルは確か、散弾銃及びライフル銃以外の猟銃、という摩訶不思議な括りになっていたように思う。つまり法にかからないよう、ライフルを改造したものということか。

「ライフルを制限してんのは、狙撃に使われたら困るからだ。飛距離が違う。とにかく、くれぐれも自分ではいじらんことだ」

藪下は立ち上がって小型の冷蔵庫からペットボトルの水を出し、封を切って半分まで一気に飲み下した。腕時計についた汚れを指でぬぐって目を落とすと、もう昼近くになっている。予定ではすでにこの土地を出発している時間だ。淳太郎が運転席に座ったのを見て助手席へまわろうとしたが、一花が思い出したようにぼそりと言った。

「オーバーホールは自分でやっています」

「なんだって？」

藪下は振り返り、ほうじ茶にちびちびと口をつけている一花を見やった。

「ちょっと待て。オーバーホールは銃を部品レベルまで分解して掃除することだろ。そしてまた組み立てる。危ないだろうが」

「十歳から祖父のライフルもやっていたので大丈夫です。十四年間、それで問題が起きたことはないですし、銃職人に頼んでも問題が出るときは出ますから」

この女は、何度となく自分で組み立て直した銃を使うことが恐ろしくはないのだろうか。自分だったら躊躇する。それというのも警察署の射撃場は、暴発で壁や天井が穴だらけだからだ。自身で足を撃ち抜いてしまう事故も多い。分解掃除は違法ではないが、普通はリスクを考えるからこそ専門家に頼むものだろう。単独で長期の猟に出たり銃を分解してみたり、怖いもの知らずもいいところだった。しかも、一花はまだ二十四だ。実弾を使えるようになってからまだ四年足らず。たったひとりですべてをこなせるほどの経験はない。

「とにかく、小野寺に言われた通り、必ず銃を見てもらったほうがいい」

「わかりました」

素直に返事したのを見届け、なぜこれほど気を揉まなくてはならないのか、と自身の性分を呪いながら助手席に乗り込んだ。すでにナビの設定を終えている淳太郎が、スマートフォンを弄んでいる一花を見やって声を落とした。

「さっきネットで検索してみたんですが、一花ちゃんは確かに伝説のハンターと呼ばれていました。ただし、性別は男性、歳は四十代のラーメン屋店主で広く認知されています」

「なんだそれ」

「おそらく、小野寺さんが方々に偽情報をリークしていると思われますね。一花ちゃんがばか騒ぎに巻き込まれないように守っている。伝説のハンターが二十四の女の子だとバレると、マスコミ周りが黙っていませんから」

藪下はすぐにぴんときて、なるほどなと大きく頷いた。

「一花のじいさんの差し金か。ガンスミスと裏でつながっている」

淳太郎も首を縦に振った。

「そうだと思います。まあ、あたりまえですよ。彼女の居場所を母親しか知らないわけがないし、ハンターのスキルしかもたない孫娘が東京でやっていけないことは祖父もわかっている。銃を持って出た時点で、何をするかの見当はつきますからね」

「悠長なことだ」

藪下は鼻白んだ。

「東京で挫折して、自分の生きる道はハンターしかないんだと自覚させる作戦かよ。許しを乞うて実家に戻るとでも？　ばかばかしい」

淳太郎は唇に人差し指を当て、彼女に聞こえますと藪下を窘(たしな)めた。

「じいさんは孫娘を舐(な)めてんな。一花はおそらく故郷には戻らない。東京で生きると決めたからこそ、賞金稼ぎなんかに手を出したんだ。ハンターの知識と能力を、最大限に活かした都会暮らしをするつもりだぞ。ひらひらの服着てな」

「最高じゃないでしょうか」

イグニッションをひねり、ギアを入れて淳太郎はシボレーを出した。

「しかし、あのガンスミスも食わせ物だ。一花の情報を聞かせて、俺らがどこまで気づくか試したってわけか。当然、一花が今何をやってるのか、だれと行動してるのか、その相手がぼんくらなのかどうかも含めて北海道のじいさんに伝える。俺とおまえさんの情報は筒抜けだぞ」

「孫娘への愛ですよ。それに北海道の警察マニアとは交流がないので、この機に知り合えたら嬉しいですね」

淳太郎は緩やかに混んでいる県道を直進し、前の車に続いて交差点を右折した。ここから目的地の鹿沼まで小一時間。昼食を入れても到着は一時を過ぎそうだ。

「とにかく巻いていくぞ。群馬に長くいすぎた」

「そうですね。深谷宅の火災は不審に感じるところもありますが、それはほかの火災ありきで考えているからかもしれません。結びつけるためにわざわざ事実を歪めてしまっている。確証バイアスです」

それもそうだったが、このまま捨てるには惜しい線のような気がしてならない。

それから三人は昼食を摂って栃木の鹿沼へ向かい、二年前に焼失したペットショップ跡を訪れた。細々と営業を続けていたようだが、生き物は扱わずにペットの洋服などをそろえていたらしい。

出火原因は店で使っていたコンセントの発熱で、火災の原因としてはありふれたものだった。茨城も原因は同様であり、いずれも焼死した家族が狩猟などはやっていなかったことがわかっている。静岡で起きた案件も、淳太郎が調べた限りでは電気設備火災で決着がついていた。

やはり、四つの火災を相原の事件と重ねるのは無理がある。思いつきだったとはいえ、とんだ無駄足もいいところだった。しかし藪下はどうしても未練を断ち切れず、突然恋人から別れを告げられた男のように、うじうじといつまでも考え続けていた。

5

一花のアパートがある江戸川区に着いたのは、夜中の十一時をまわってからだった。同じ関東とはいえ三県を一日でまわるのは無理があったが、久しぶりの長丁場はどこか清々しくもある。

藪下はアイドリングしている車の窓を全開にして、クチナシの甘い匂いの混じった夜風を吸い込んだ。一日を地方で過ごしたものの、都会の空気が特別まずいかと言われればそんなこともない。降り続いていた雨は上がっており、夜空ににじむような街灯には無数の羽虫がまとわりついていた。

「どうもありがとうございました。わざわざ家の前まで送っていただいて助かります」

一花は車を降りて頭を下げた。もつれた栗色の髪を指で梳(す)いている。

「帰りの運転をしたのは、ほとんど一花ちゃんじゃない。その間、藪下さんなんてイビキかいて寝てたしね」

彼女について外に出た淳太郎は、予想した通り、肩に腕をまわしてアパートのほうへ歩き出している。藪下は、助手席の窓から二階建てのアパートを見上げた。モルタルの白い壁にはメゾン・ド・ミアと書かれたアルミの銘板が掲げられている。部屋数は八戸で、方々でよく見かける積み木のような造りだった。いかにも若い女が好みそうな甘さのある外観だ。環七(かんなな)からも近いのに、ことのほか静かで環境もいい。こんなアパートに、サベージの銃があるのかと思うと感慨深かった。

一花は一階に住んでいるようで、端から三番目の玄関ドアに鍵を挿し込んでいる。一緒に中へ入ろうとした淳太郎を会釈することでガードし、瞬時に退いて鼻先でぴしゃりとドアを閉めた。実にいい防御だ。

「一花ちゃんはぼうっとしているように見えて、実はまったく隙がないんですよ。無言の圧もすごいですし、おそらく同年代の男は近寄ることすらできませんね」

淳太郎は運転席に戻るなり口を開いた。

「きっと、キスもしたことがないと思います。ああ、僕が言っているキスは挨拶代わりの軽いものではないですが」

「一花のじいさんに撃ち殺されたくなかったら、くれぐれもおかしな真似(まね)はやめておけ。最悪、じいさんどころか一花に狩られることになる」

「ある意味、命を懸けた恋ですね。今後一花ちゃんがどんな相手を選ぶのか気になりますよ。そのあたり、まったく想像させない子なので」

確かにその通りで、年相応の恋愛観念をもっているのかどうかも計り知れない。

淳太郎はシートベルトを締めてサイドブレーキを下ろしたが、なぜかまたすぐに引き上げた。視線の先に目をやると、一花がアパートのドアを開けて立ち尽くしているのが見える。

「何やってんだ、いったい」

「見送りではなさそうですね」

ただごとではない空気を察し、二人はシートベルトを外して車を降りた。一花が佇(たたず)む戸口へ向かうと、彼女は怖いほど真剣な面持ちで声を潜めた。

「だれかが部屋に侵入した形跡があります」

藪下は淳太郎と顔を見合わせた。

「間違いないのか」

一花は肯定を表す強いまなざしを向けてくる。そして身を翻すと、ついてこいというように肩越しに振り返った。

狭い三和土に靴を脱いで上がり込み、手狭な台所を通過する。生活空間は八畳ほどの板張りで、ロフトの上に黄色でまとめた寝床が作られていた。女のひとり暮らしにしては装飾が少ない。が、白木のテーブルにはかごに入った化粧道具が置かれ、恋愛小説らしきものと何冊かの漫画が重ねられていた。私生活の一端は、いつも目にしている一花とはまた違う。どことなくしおらしさが漂う一方で、部屋の壁際にはおびただしい数の段ボール箱が積み上げられていた。広くはない部屋を圧迫するほどの量だ。

一花は「こっちです」とつぶやいて間仕切りドアの脇を指差した。ウォークインクローゼットが全開になっており、その中からねずみ色の細長いロッカーが覗いている。

「ガンロッカーか?」

「はい」

頷いた彼女は、クローゼットにかかっている淡い色合いの洋服群を左右によけた。

そこには場違いにも、ごついバネが吊るされていた。

「これは引きバネ式の罠です。獲物を締めるワイヤーはセットしていませんが、ガンロッカーを開けようとして洋服をどかすと、蹴り糸に触ってバネが滑車を引き上げる仕掛けです」

藪下はスマートフォンをライト代わりにして、薄暗いクローゼットの中を照らし出した。変形した安全ピンのようなものに複雑に糸がかけられ、上から吊るされたバネに結ばれている。

「わたしは家を出るときに必ずこれを確認しますが、今朝は問題ありませんでした。作動したのを見たのは、ここへ越してきて今日が初めてです」

「家の鍵はかかってたよな」

「はい、かかっていました。窓の鍵も全部かかっています」

藪下は再度クローゼットの中を調べ、膝をついて仕切り棚の下も確認した。荒らされた様子もなく、これといっておかしなところは見当たらない。そして再び立ち上がり、引きバネ式の罠というものに目をやった。糸に触ると引き上げられると語っていた小さな滑車は、足許の仕切り棚に落ちたままだ。

「これで罠が作動してんのか？　おまえさんが言うように、滑車は上がってないが」

「作動しています。藪下さん、こっちに渡っている糸に触ってみてください。罠は二ヵ所に仕掛けてあるので」

一花がクローゼットの奥に手を向けた。プラスチックの衣装ケースの脇に、ガンロッカーと同じ色の物体がある。簡易金庫ほどの小さな直方体で、装弾ロッカーだと思われた。

藪下はスマートフォンをシャツのポケットに入れ、一花が指した糸を手に取ろうとした。が、指先がわずかに触れた瞬間、目にも留まらぬ速さで何かが動き、部屋に甲高い金属音だけが響き渡った。

「なんだ、いったい何が起きた」

面食らいながらもよくよく見れば、引き上げられた滑車がバネの先端で揺れているではないか。藪下は目をみはった。これが一花が得意だと豪語していた罠……実物を間近で見るのは初めてだった。もしここに殺傷力のあるワイヤーや刃物が仕込まれていれば、避けようがないほどのスピードだ。

一花は驚いている藪下を見つめ、「じゃあ、もう一度こっちの糸にも触ってください」とガンロッカーの前にある罠を指差した。藪下はおそるおそる触れて思わず身構えたが、滑車が少し動いた以外になんのアクションも起こらない。淳太郎は一花に断りを入れて罠付近の写真を何枚か撮り、構造を把握しようと目を凝らしていた。

「どういうことだ？」

作動しなかった罠を見ながら問うと、一花がしゃがんで蹴り糸を手に取った。

「だれかが罠に触って作動させたけれど、なんとか元の状態に戻そうとしたんです。足許の棚には道糸が引いてあって、滑車はそこにつながっている。だから、そこをなんとか引っ張って、たわんだ糸を戻そうとしたようですね」

説明を聞いてもすんなりと入ってはこない。しかし、ひとつだけわかったことがある。ただの盗人が作動した罠を元に戻そうと工作するわけがなかった。構造を理解して冷静に動いた人間がいるということだろう。

「おまえさんの目から見て、これをやったやつの罠知識はどの程度だ？」

藪下が質問するよりも早く、一花は首を横に振った。

「なんとなくは知っているけど、詳しくは知らないはずです。そもそも引きバネは一回作動したら元には戻せないので、それをしようとした時点で素人だと思います」

「だが、自分が罠にかかったことは把握してるだろ。俺ならそれすら理解できないぞ」

「はい、そこは確実に」

一花はことさら強調した。

「この罠の接続部分、この安全ピンみたいなところです。これはチンチロっていうんですけど、ここに輪にした蹴り糸の先を引っかけてある。ここがトラップの要(かなめ)なので、手順は間違いありません。だから、そこまでは理解している人みたいです」

「そこまで理解している時点で、罠に通じた者の仕業と見るべきでしょうね」

淳太郎がクローゼットを覗き込みながら言った。

「まったくの素人は、構造を説明されても今ひとつわかりませんよ。でも、これを戻そうとした人間は知っていた。完璧ではないにしろ、罠を仕掛けたことのない人間にここまでのことはできないですから」

「確かにそうだな。そして遅かれ早かれ、それが見破られることもわかっている。一応聞くが、狩猟仲間の可能性は？」

「ありません。そもそもこんなレベルでは罠猟の試験も通りませんし」

藪下は腕組みをした。さっきから、嫌な予感が背筋を這いまわっているのがわかる。すると一花が藪下と淳太郎の袖口を摑み、部屋の奥へいざなった。

「こっちを見てください」

一花はロフトへ上がる梯子(はしご)階段を指差した。初めはよくわからなかったが、上から三段目に黒っぽいものが付着している。マッチ棒の先ぐらいごくわずかだ。藪下は梯子に近づいた。踏み板のちょうどきわ、なすりつけられたような痕跡だった。

「黒いインクみたいだな」

「いいえ。たぶん、煤の混じった泥だと思います。森島の路地へ行くと、靴にこんな感じの泥がこびりついて落とすのがたいへんなんです。こないだ、お気に入りのキャンバス地のサンダルに黒い色がついたことがあって……」

「いや、ちょっと待って」

珍しく話を遮った淳太郎は、ポケットから吸入器を出して薬を吸い込んだ。気持ちを落ち着かせるように、深呼吸を繰り返してペンダントに触っている。

「靴のまま部屋に上がり込んだ者がいる。しかも、靴底には煤混じりの泥がついていた。一花ちゃんが言っているのはそういうことだよ」

「その通りです」

「もし今追っている事件と関係あるとすれば、とんでもなく大事だよ。きみが火災現場を探っているのを知って、それを阻止したい何者かがここまで後をつけてきたことになる。そして部屋に侵入した。なぜかはもうわかってるよね?」

「始末するためだろうな」

藪下は手加減なしに言い切った。森島の事件と関係があるなら、それ以外には考えられない。ナイフを片手に、ロフトへ続く梯子を上っていく人間を想像して冷や汗がにじんだ。今日出かけていなければ、彼女は無残な骸と化していたかもしれなかった。

「一花は四月の初めからあの場所に通ってる。しかも毎日欠かさずにだ。それを見て邪魔だと思った人間がいるんだよ。小娘なんざ放っておけばいいものを、そうはしなかった」

「一花ちゃんが核心を突きはじめたから……」

淳太郎は、いささか蒼ざめた顔を向けてきた。

「そうだろうな。警察が素通りしたものに一花は目をつけた。年寄りの足跡か三本足の犬か、それとも火元にあった大量の鳥の巣か、または聞き込みをしたなかのだれか。これ以上、そこらを穿り返されたらまずい者がいる」

さぞかし震え上がっているだろうと横を見ると、一花は突っ立ったまま笑みを浮かべていた。藪下の警戒心を強烈に煽ってくるあの顔だ。この状況で笑える人間は本物であり、すでに一花は狩る側へまわっていると理解した。

藪下は心からの警告を発した。

「こんなときに笑ってんな。気配に敏感なおまえさんに気づかれないまま、森島からここまでつけられたのかもしれないんだぞ。しかも天才的な錠前破りだ。ほとんど痕跡も残さないで侵入してる」

「そのうえ、不完全ながら罠も理解して直そうとしていますよ」

淳太郎がつけ加えた。

「それだけじゃない。おそらく、そいつがこの家に押し入ってからそれほど時間は経ってないぞ。梯子についた泥が完全に乾いてないからな。部屋の電気が消えてんのを見て、寝込みを襲うつもりだった。確実に仕留められると思っただろう。だが不在だったから、正体を知るためにそこらをあさったんだ」

「じゃあ、銃を所持していることもバレましたね」

一花は一本調子で言い、前髪に手をやりながらガンロッカーへ目を向けた。そうだ。仕掛けられた罠とロッカーを見て、彼女が資格をもつハンターであることを把握したはずだ。なのにロッカーの南京錠(ナンキンじょう)を開けなかったのは、中にも確実に罠があると踏んだからではないだろうか。面倒な人間だと思っただろうし、なおさら早急に始末しなければならないと考えたかもしれない。しかし、一花の読みが正しければ、侵入者は森島の路地に足跡を残した老人と思われる。腰の曲がった年寄りに、そこまでのことができるのだろうか。いや、現時点の捜査線上に一切上がっていない人間の可能性もあった。

ともかく藪下は、闘争心を燻らせている一花に告げた。

「おまえさんは明日にでも実家に帰れ」

「なぜ」と尖らせた声がすぐさま返される。

「なぜかは言わなくてもわかるだろ。こんなセキュリティの甘いアパートにいれば、次に何が起こるかわかったもんじゃない。だいたいな、玄関先に合鍵がぶら下げてあっただろ。間違いなくコピーされてるぞ」

「鍵は替えます」

「相手は鍵があってもなくてもかまわない。相原の家に火を放ったやつと同一だとすれば、そのときも家に侵入してるんだ」

そこまで言って言葉を切り、藪下は頭をかきむしった。

「つうか、いったい何者なんだよ。あらゆる悪党を凝縮したみたいな野郎だぞ」

今までは森島の火災に相原以外の第三者が絡んでいるのだとしても、恨みによる犯行に落ち着くだろうと予測していた。状況を見れば、相原の自作自演か怨恨の二つしかないからだ。だというのに、手応えを摑めず苛々していたところにきて、とんでもない人間が姿を現しはじめている。すでに藪下の頭のなかは収拾がつかなくなっていた。

「とりあえず一花は警察に通報しろ。このままにはできない。淳太郎は梯子に付いた泥を採取してくれるか。こっちは知り合いに鑑定を頼むから」

　藪下は胸ポケットからスマートフォンを出して後ろを向き、介護サービスの登録番号を押した。時間延長を申し出て、いつ帰宅できるかがわからないと説明する。すると急に電話の相手が替わり、この時間には元気すぎる声が耳に飛び込んできた。

「藪下さん？　お仕事お疲れさまです、竹内です」

　やはり、いつも母を担当してくれている香織だった。

「ああ、どうも。申し訳ないんですが、まだ帰れないんですよ。何回も時間を変更してすみませんね」

「大丈夫ですよ。わたしは今日夜勤だから、藪下さんのとこもまわりますね。帰り時間がわかったら教えてください。じゃあ、失礼します」

　彼女はいつも疲れた様子を微塵も見せないが、溜め込みすぎているのではないかとことあるごとに心配になる。いや、今は人を気にしている場合ではない。通話を終了して振り返ると、一花がスマートフォンを握り締めてさも困った顔をしていた。

「なんだ」

「通報しなくてもいいですか」

「駄目だ。指紋を採る必要がある。侵入者にマエがあればすぐ特定できるからな。とにかく、このまま野放しにしておいていい相手じゃない」

一花は何かを言いかけたが、結局は口をつぐんでスマートフォンを耳に当てた。

それから制服警官が二人でやってきたが、とにかく融通の利かない連中で難儀した。盗まれたものはないことと、玄関や窓がきちんと施錠されていたこと。この二点から空き巣被害は思い違いではないかとの結論を出し、鑑識捜査員を呼ぶ必要はないと言い出す始末だ。わからないでもないが、とにかく今は是が非でも指紋採取が必要だった。かといって、森島の火災と結びつけた説明をしても余計に不審がられるのは目に見えている。藪下は警察におけるありとあらゆる規定や法律を持ち出して詰め寄り、なんとか指紋を採らせることに成功した。

革ベルトの古めかしい腕時計に目を落とすと、針は夜中の十二時半を指していた。さすがに疲れを隠せない三人は、フローリングの床に座り込んでいた。

「今日はもうお開きだ。おまえさんはビジネスホテルにでも泊まったほうがいい」

「わたしはここで大丈夫です」

「なあ、駄目だって言ってるだろ。何度も言わせるな。この場所は厄介なやつに知られたんだ。おまけにここには銃がある。奪われたら終わりだろうが」

藪下は眠気を吹き飛ばすために意識して声を荒らげた。しかし一花は、神経を逆撫でするほど静かに言葉を発した。

「わたしはしまうときに分解しています。すぐ使えるような状態にはしていません。それに、またやってくるとは思えません。わたしに存在を知られたことは相手もわかっている。今度は本気の罠を仕掛けられる予測はつくはずです。もちろん仕掛けますけど」

「それはおまえさんの勝手な解釈だ。それに銃の分解云々は関係ない。奪われたら終わりには変わらないんだからな」

「藪下さん、わたしを心配しているんですか」

「はらわたが煮えくり返ってんだよ、見りゃわかるだろ」

なぜ夜更けにこんな場所で言い争いをしているのだろうか。しかも小娘相手にここまで熱くなること自体が腹立たしい。頭痛の波が押し寄せてこめかみを強く押しているとき、ずっと黙っていた淳太郎が憎らしいほど明るい声を出した。

「ともかく、言い争いはここで中断しましょう。僕は女性とは五分以上争わないことに決めてるんです。それで、次は何時からにします？」

「何が」

「藪下さんと一花ちゃんの喧嘩(けんか)ですよ。明日はうちの株主総会があるので、終日無理なんですよ。立ち会えるとしたら明後日(あさって)ですが」

「やかましい。おまえはちょっと黙れ」

淳太郎をひとしきり睨(にら)みつけ、藪下は聞き分けのない一花を見据えた。

「今の状況がわからないやつは愚か者だ。いくら優れた能力をもっていても、判断できなきゃ使えないのと一緒だからな。ここは一歩も譲らんぞ。母親を悲しませないと約束したはずだ。俺は引きずってでもこの部屋から出すからな」

一花は真っ向から藪下の視線を受け止めていたが、やがて切れ上がった目を伏せて降参を示した。

「わかりました。あなたの言う通りにします」

「よし。じゃあ、さっさと準備してくれ。夜が明けちまう。それと銃は持って出ろ。違法だがここには置いていけない」

話がまとまっている間にも、淳太郎がタブレットを使ってビジネスホテルを検索していた。一花が着替えや何かを鞄に詰めているとき、困ったように髪をかき上げた。

「空きがないですね。今からチェックインできるところ自体がありません。おそらく、株主総会の関係ですよ。三月末日決算の上場企業は、定期総会が六月になる。うちもそうですが、六末だと会場とかホテルが取れないので分散傾向にあるんですよ」

淳太郎はタブレットから顔を上げた。

「一花ちゃん、どうしようか。かなり上のランクのホテルなら僕の名前で押し込めると思うけど、そういうのは嫌だよね。なんなら、僕のマンションに来る？　客間はいくつかあるから、自由に使ってもらってかまわないし」

この男は、常識的な見地からそういう提案を当然のごとくねじ込んでくる。ある意味天才だった。別に一花も成人しているし好きにすればいいのだが、ここ何日かで藪下は保護観察官のような心境になっていた。道を外させないという意識が常に働いている。しかも、ガンスミスを使ってまで孫を守ろうとしている一花の祖父や母親の影がちらつき、やはり捨ててはおけないのだった。

一花は、予定外の出費と淳太郎の住処（すみか）をめまぐるしく天秤（てんびん）にかけている。藪下は顔をこすり上げながら言った。

「もういい。一花はうちに来い」

「ちょっと藪下さん。どこまで僕を信用してないんですか。困っている女の子をどうこうするわけがないでしょう」

「そういう意味じゃない。うちには母親もいるし介護士も出入りするんだから、一花も気が楽だろ」

まったく、今までの自分ならあり得ないことだ。介護士以外の赤の他人を自宅に招き入れるのは抵抗があるし、ましてや泊まらせるなど考えたこともない。一花は藪下を窺っていたが、「よろしくお願いします」と頭を下げて荷物を持ち上げた。

「ちなみに、そこに積み上げられてる段ボールはなんなんだ」

藪下は壁際に整然と並んでいる箱へあごをしゃくった。

「あれも猟関係か？　ここに置いておくのが危険なものは、全部持って出たほうがいいからな」

「いえ、あれは、ええと。生活必需品です」

急に歯切れが悪すぎる答えだ。

「中身は？」

尋問のように問い詰めると、一花は栗色の髪を触ったり襟許を引っ張ったりしながら「水とか洗剤です」と早口で終わらせた。藪下はそれだけでだいたいのことを把握した。

「信じられんが、おまえさんはマルチに引っかかってんな。高品質だの幸せになれるだの言われて、大量に買わされただろ。だれにだ？」

「……男の人にです」

一花の声はもう消え入りそうだ。人並み外れた勘をもち、ハンターとしても他の追随を許さないような女が、あっけなく男に騙(だま)されたという事実が信じられないし間抜けすぎる。淳太郎とそろって見つめていると、一花はたまらずに顔を上げた。

「東京に出てきてすぐに婚活サイトに登録しました。生活を変えるには結婚がいちばん近道だし、年齢的にも有利だと思ったので。そこでマッチングした人から買ったんです。それほど悪い人ではありませんでした」

「一花ちゃん」

淳太郎は、彼女の肩に手を置いて間近で真剣な目を合わせた。

「次に好きな人ができたら必ず僕に教えて。それに婚活サイトはやめたほうがいい。きみみたいなタイプは特にやめたほうがいいね」

「でも、出会いがありません。東京にはこんなに人がたくさんいるのに、わたしと目を合わせる人はいません。みんなどうやって友達を作っているのかもわかりません」

「そりゃあ、火事場に通い詰めてるような女に出会いなんかあるわけないだろ」

藪下が横槍(よこやり)を入れると、淳太郎は警告するような視線をくれてよこした。

彼女はある一面の能力が突出しているのに対して、著しく世間知らずで考えが足りないところがある。それは若さや経験不足ゆえではなく、生まれつきの性質によるところが大きいと藪下は推察していた。人の心情を推し量ることが何よりも苦手だ。生きづらさの裏に根づいているのはそこだった。

「男を見たら、まずは全員が悪党だと思え。おまえさんの場合はそれでちょうどいい」

藪下はそう言い、重い腰を持ち上げた。

第四章　二人の起点

1

けたたましい目覚まし時計の音で目が覚めた藪下は、すぐさま停止させてベッドで半身を起こした。しばらくぼうっとしていたが、どうにも眠気が去っていかない。昨日の疲れを引きずっており、目の奥がちくちくと痛んでいる。枕元にあるペットボトルを取り上げ、水を一気に喉へ流し込んだ。歳だな……とつぶやいて目覚まし時計を取り上げた。時刻は朝の八時過ぎ。完全に寝坊だ。目覚まし時計の騒々しいベルが聞こえないほど、死んだように眠っていたらしい。

伸び上がってむりやり頭を覚醒させ、藪下は洗面所へ向かった。顔を洗って歯を磨きながら居間のカーテンを開け、窓の外に目を細める。天気予報は曇りだったが、薄日が射して気温が上がりそうな空模様だ。藪下は洗面所に取って返し、手際よく洗濯機をまわした。梅雨時の晴れ間は逃してはいけない。うがいをして洗面器に水を張り、棚からきれいにたたんであるタオルを引き抜いた。母用の歯ブラシとコップを用意する。

一式を持って母親の部屋のドアを開けると、卵色のカーテンが風になびいていた。まさか、一晩じゅう窓を開けっ放しにしてしまったのか。たたらを踏んで慌てたとき、はためくカーテンの陰に佇む一花を見つけて心臓が跳ね上がるほど驚いた。昨日、彼女を泊めたことをすっかり忘れていたからだ。

「おはようございます」

一花は頭を下げて藪下をじっと見た。すでに身支度は整えられており、薄い水色のワンピースを着て化粧も終わっている。しかし、化粧に関して言えばここ最近はいくぶん控えめだ。素の彼女を殺してはいない。

「驚かすなよ」

藪下はキャスターつきの台に洗面器などを置き、横たわる母に目をやった。心なしか顔の色ツヤがよく、畝のある白い髪にはきれいに櫛目が通っていた。

「もしかして、髪をとかしてくれたのか」

「はい。顔も拭いて化粧水もつけました。でも、今後は乳液も追加したほうがいいと思います。化粧水をつけただけではすぐに蒸発してしまうので、あんまり効果はないですよ。今日はわたしのもってきたものを使いました。色つきのリップも」

藪下は一花の顔を食い入るように見つめていたが、ふいに毛布の上に出された母の手に目を留めた。爪がきれいに整えられ、淡い桜色のマニキュアが塗られている。母が病気を患ってから、初めて目にする光景だった。

「歯みがきも終わりました。トイレは藪下さんに聞いてからのほうがいいかと思って」

「ずいぶん慣れてるな。抵抗もないみたいだし」

「はい。実家で、曾祖父と祖母の介護を手伝っていたんです。二人ともずっと寝たきりだったから、母がすごくたいへんそうで」

「確かに、二人を同時にみるのはたいへんどころの騒ぎじゃないな」

意外な一花の側面を見せられて戸惑った。策略を巡らせるハンターの顔と藪下に対抗意識を燃やしているときの顔、そしてろくでもない男に引っかかったときの顔と今見せている顔はすべて違うものだ。だれしもがいくつかの顔をもっているとは思うが、ここまで変化する人間は見たことがない。

「藪下さんは、どうしてお母さんを施設にお願いしないんですか。もしかして、警察官を辞めたのもそれが理由なのかなと思いました」

普通であれば、そう思っていても個人的なことをずけずけと口に出して尋ねはしないものだ。あいかわらず、配慮というものをもち合わせていない。藪下は苦笑いを浮かべた。

「仕事と母親を天秤にかけただけだ。この二つは両立できなかったんだよ」

「藪下さんはお母さんがとても大事なんですね」

「まあな」

「じゃあ、結婚しないのもお母さんと恋人を天秤にかけたからですか」

よくもまあ、そこまで平然と踏み入ってこられるものだとある意味感心した。察するという人間関係の基本は完全に無視で、どこへいっても孤立するのが目に見えるようだった。

「母親と恋人を天秤にかけてるんじゃなくて、母親そのものを探してるんだな。要は、母親以下の女はいらないんだよ」

あえて聞くに堪えない物言いをしたが、まあ、内容は当たらずと雖も遠からずだ。するとー花は母の枕元に寄り、神妙な面持ちで口を開いた。

「ひとつ真剣な話をします。藪下さんは早く気がついたほうがいいと思うのであえて言いますが、世間ではそれをマザコンと呼んでいます」

「そんなことは言われなくてもわかってる。だが、こうなる理由もあった。就職して結婚して子どもができて親を看取る。だれもがこなしている無難な人生を歩むことがこんなにも難しいとは、この歳になって初めてわかったんだよ」

一花は眉間に薄くシワを寄せて考え込み、言葉に窮してまごまごとしている。慰めようとしているのか諭そうとしているのか、ひどく思い悩んでいることだけは確かだった。

「わたしは小学校から高校まで、要領が悪くていつも上の空……と先生から言われ続けてきました。藪下さんも同じなのかもしれません」

「一面を見ればそうだが、俺は要領がいいほうだし上の空でいることもない。それはおまえさんも同じだ。その教師に見る目がないだけでな」

一花はまた考え込んでいる。これほど個人的な話をすることは滅多にない。しかも母親の目の前で、出会ってから一週間しか経っていないような小娘に。この部屋には介護士と医療関係者しか入れたことはないが、一花がいるだけでなんとなく華やいでいた。植物状態の母親にマニキュアを塗ろうなどと考えたことは一度もない。しかし、彼女はためらうことなくそうした。余計なことだったが、それが目に入るのはことのほか気分がよかった。

頭のなかで何かがまとまったらしく、一花は藪下を見上げた。

「もしかして藪下さんは今、わたしにがんばってって言ってほしいんですか？」

「言ってほしいわけないだろ。おまえさんはどうなんだ」

「言われたい人と言われたくない人がいます。藪下さんには言われたいような気もします」

「そうかい。じゃあ折を見て言ってやる。それで、実家に帰る話はどうなった」

一花は髪を揺らしながらかぶりを振った。

「考えましたが、やっぱり帰りません。藪下さんがどうしても帰れというなら、わたしはまた単独で行動します」

「そういうのを、たちの悪い脅しっていうんだ」

こうなるのはわかっていたし、何より一花は途中で手を引ける人間ではない。

藪下は棚からゴミ袋を取り出し、すっかりうなだれてしまったアジサイを花瓶から引き抜いて始末した。最近の切り花は、水の上がりが悪くて駄目だ。母親はまるで何かを感じ取っているかのように、さっきから瞬き（まばた）を繰り返している。一花は壁にかけられた写真を凝視していたかと思えば藪下を見やり、何度も視線を行き来させた。

「お父さんは藪下さんにそっくりです」

「よく言われるよ」

「お父さんも警察官だったんですね。昔の制服は、今よりも色が浅い感じです」

藪下は反射的に写真へ目をやった。制服を着て制帽を目深にかぶり、見るからに緊張したように唇を引き結んでいる。これは総監に表彰されたときのものだろう。正義感にあふれ、進むべき道を確信した者特有の強い目をしている。藪下は写真のなかの父親を眺めていたが、やがて目を逸らしてゴミ箱のゴミを袋に開けた。

「親父は四十で自殺したよ」

自分の口から出た言葉が、未だに過去を引きずっているような声色なのが腹立たしい。突然、父の死因を浴びせられた一花は、さすがに言葉を失っているようだった。

「そのせいで母親は苦労してな。とにかく働き詰めだったし、ありとあらゆる困難に見舞われた」

「あの、すみません」

一花がいきなりうわずった声を挟んだ。

「こういうとき、一緒に泣いてあげたり抱きしめてあげたり、映画で観るような行動が正しいとは思いません。でも藪下さんは今それを求めていますか？　わたしは何か間違っていますか？」

「なんなんだよ、突然」

藪下は気圧（けお）されるように一花を見つめた。彼女は興奮で顔を赤くし、よくわからないがいきり立っている。

「あなたは、いろんなことを自分ひとりで乗り越えようとしていますが、それは正しいと思います。わたしもあなたと同じならそうします。それができる人間に生まれたから、これからもそうやって生きていくんです」

「いや、わかったからちょっと落ち着け。いったい、おまえさんのスイッチはどこで入ったんだよ」

一花は静かに横たわる母親を見下ろし、風が吹き込む窓を閉めた。

「あなたはお父さんを恨んでいるんですか」

「恨んではいない。面倒なことをしたとは思う」

「なぜ警官になったんですか」

「復讐（ふくしゅう）だ。もう質問すんな。こういうわけのわからん会話を母親に聞かせたくないんだよ。ほら、一旦部屋を出ろ。まだ世話がいくつも残ってんだから」

藪下は急き立てるように一花を追い出し、深々とため息をついた。べらべらと喋りすぎた自分もどうかと思うし、こういう局面で食ってかかる彼女も何を考えているのかわからない。せっかくの休みなのに、疲労が蓄積された気分だった。

それから母親の世話を淡々とこなし、洗濯物を干してから居間へ行った。一花はソファに腰かけて自宅から持ってきたらしい小説を読んでいたが、藪下の手が空いたのを見て音もなく立ち上がった。

「何か用意をしたほうがいいと思ったんですが、わたしは料理が苦手なんです。食料を買ってきますので、少し待っていてください」

「料理が苦手はかまわんが、狩りのとき山でどうやって生き延びてんだよ。ハンターってのは狩った獲物を食うんじゃないのか」

「いえ、ジビエとしてお店に納品するときは、その場で血抜きと解体だけします。自治体によって変わりますが、害獣のときは確認用の尻尾と耳を残して地下二メートルに埋めるか、十キロずつにわけて焼却してもらうかのどちらかです。わたしが山で食べるのはラーメンとかお菓子とか。メロンパンも好きです」

血抜きとメロンパンという単語を同列に語る女はどこを探してもいないだろう。そして、一花がやっていることは想像以上に過酷なのだと再確認させられた。並の精神力で太刀打ちできるわけがない。

藪下は自室へ行って適当に着替え、車のキーを取り上げた。時間に空きができればやることは山のようにある。

「買い物には俺が出る。冷蔵庫はほとんど空だし、ほかに買うものもあるからな」

そう言い残して足早に外出し、近所のスーパーやドラッグストアを順序よくまわる。安売りのチラシなどはチェックしていないが、ここ一年で曜日と時間によって何が得なのか店ごとにわかるようになっていた。介護用品のストックを多めに買い、たまたま目についたメロンパンをかごに放る。買い物にかける時間はいつも三十分というところで、今日もほぼ時間きっかりにマンションへ戻って駐車場に車を入れた。

大荷物を抱えてエレベーターに乗り込み、三階で降りて三つ目のドアに鍵を挿し込んだ。が、すでに開いているのを見て一瞬のうちに血が下がる思いがした。手荒にドアを開けた瞬間、玄関に男の靴があるのを認めてその場に荷物を放り出した。

「一花！」

藪下は居間へ駆け込んだ。中扉をけたたましく開けると、三人がソファに座っているのが見えて動きを止めた。一花と介護士の香織、そして元部下だった男だ。

「三井かよ！　おまえはなんでいきなり訪ねて来てんだ」

藪下は汗がどっと噴き出してよろめいた。

「え？　日曜の午前中に寄るってメールしたじゃないっすか」

三井は、わけもわからず叱られた子どものような顔をしている。あまりの緩急で混乱した頭を巡らせると、確かにそうだと思い当たった。完全に忘れていた。

「電話ぐらい入れろ」

半ば八つ当たり気味に言い捨てて額の汗をぬぐうと、一花がテーブルの上のスマートフォンを指差しているのが目に入る。忌々しいことに、電話を持たないで出かけたらしい。

藪下は思い切り息を吸い込んで気を取り直し、周囲のやりとりを興味深そうに眺めている香織に言った。

「すみません、連絡を入れるのをすっかり忘れてました。今日は休みなのでキャンセルしようと思ってたんですよ。手間をかけさせてしまって」

「ああ、そうだったんですか。いいんですよ、ぜんぜん手間じゃないから。なんだか今日はにぎやかですね。藪下さん、息抜きも大事です。じゃあ、楽しんで」

香織は黒縁のメガネの上から藪下を覗き込み、ずっと見たかった笑顔を投げかけてくる。この状況では唯一の救いと言っていい。若干の名残惜しさを感じながら彼女を玄関まで送り出すと、すぐに三井がやってきて極端に声を潜めた。

「藪下課長、部屋にいる無愛想な女はだれなんです？　インターフォンにあの子が出たんで驚いたんですよ。まさかとは思いますが、デリヘルの女っすか？　ずいぶん若いのを呼びましたね」

「母親がいんのに、呼ぶわけないだろうが。どうやったらあれがそう見えるんだよ」

百六十センチそこそこしかない小柄な三井は、訝しげに藪下を見上げた。小動物のような二重の目が光り、色白の丸顔が年齢不詳を煽っている。とても三十三には見えず、リクルートスーツを着込んだ就活生のような雰囲気だ。しばらく会わなかったが、印象は何ひとつ変わらない。敵を作らない無邪気な童顔の下には、鋭い観察眼と機転を隠しもっている。しかし藪下と同じく、一花に関してはよくわからないらしかった。

藪下は玄関先に散乱している買い物袋を取り上げ、脇に寄せてひとまとめにした。

「あの女はしばらく預かることになった。安心しろ、成人してる」

「なんというか意外な組み合わせっすね。会話に接点はあるんですか」

「一緒に仕事してるんだし、なきゃ困るだろ」

疲れ果てながら答えると、三井は何かを思い出したように表情を引き締めた。

「仕事といえば藪下課長、例の警察マニアと一緒に行動してるっていうのは本当なんですか？　桐生製糖のぼんぼんの。方々で噂になってます。もう何人にも聞かれましたから」

青柳の野郎か……藪下は苛々と舌打ちをした。もう退職したのだから知ったことではないが、悪意をもってあることないこと吹聴している姿が目に浮かぶ。休みをことごとくだいなしにされた気分だった。

「あの男と一緒に動いてんのは事実だ。ある依頼でな」

「ああ、それで僕に森島の火災のことを聞いたんすか」

「そういうことだ。今、向島署の捜査本部に青柳がいるんだよ。現場で鉢合わせて面倒なことになったんだ。噂を撒いたのはやつだろ」

「それは気の毒に」と三井はさも嘆かわしいとばかりに眉尻を下げた。「でも、桐生は要注意だと思いますよ。権力と金を持ち合わせている裏のある人間です」

「まあ、そうだな」

だいたいは合っているし、年齢や階級が上でもかまわず意見を述べるところも変わっていない。何につけずうずうしい男なのだが、それが嫌味にならない天性の愛嬌をもっていた。

三井はジャケットのポケットから手帳を取り出した。ぱらぱらとめくって手を止める。そして森島の事件について耳に挟んだことを話しはじめた。ほとんど状況は変わっていないこと、捜査本部が相原の元妻に接触したこと、金使いの荒さを指摘されたことなど、相原の不利になるような証拠集めに従事しているらしい。それだけを言って元部下は手帳をしまった。なぜ藪下が警察マニアと組んで事件を調べているのか。根本的なことを一切問わないのも実に三井らしいと言える。

「しかしあの女ですが、ちょっと普通ではないっすね。あの若さで、これほど読めない人間に会ったのは初めてかもしれません。少し喋ったんですが、まったく嚙み合わないんですよ。にこりともしないし、こっちの誘導にもかからない。今時の女らしいところがひとつもないんで、まあ、かなり不気味っす」

「だろうな。誘導しても、逆にとんでもないところに連れていかれるだけだ。それはそうと、ひとつ頼みたいことがあるんだが」

なんでしょう、と三井は胸ポケットからペンを取り出した。

「昨日、一之江のアパートに空き巣が入って小松川署の連中が出張ってきたんだが、欠損指紋しか採れなかったらしいんだよ。しかも、情報によればたった一個。その指紋の汗腺孔を鑑定するように、なんとか働きかけてくれないか。空き巣自体の被害はなかったし、おそらく特徴点だけを見て終わりにしそうな案件だ。頼めるか？」

「了解しました。小松川署には知り合いがいるんで確認してみます」

さすがに人脈作りには抜けがないようだ。

「じゃあ、そういうことで。藪下課長、今度また呑みに行きましょう。キャバでもいいっすよ」

「行くかよ。それに課長はやめろ」

三井は爽やかに見えなくもない笑顔を作り、忙しく家を出ていった。鍵をかって荷物を台所に運ぶと、一花が所在なげに立ち尽くしていた。

「お茶を淹れたほうがいいかなと思ったんですが、それはさすがに出すぎた行動なのでやめました」

「やつならもう帰ったからいい。それに、お茶を淹れるのは別に出すぎた行動ではないと思うぞ」

「でも、恋人を差し置いた行動は慎むべきだと思うんです」

「恋人？」

藪下は食材を冷蔵庫に入れていた手を止め、一花を振り返った。

「あの介護士の女性は藪下さんの恋人ですよね」

「何を言ってるんだよ。おまえさんが見た通り、彼女は介護の仕事でうちに出入りしてるだけだ」

「そうなんですか」

一花はわずかに語尾を上げて、心をむりやりこじ開けるような目をしている。藪下は反射的に視線を逸らし、冷蔵庫へ食材を放り込んだ。ぼうっとしているようでいて、たまに恐ろしいほどの鋭さを発揮する。確かに香織には異性としての好意を抱いているし、それは互いに同じだろうとも思っている。しかし、気づかぬふりをしているのもお互いさまだった。勢いだけで突っ走れば、ろくなことにはならないのを二人とも知っているからだ。それに苦難のある境遇を、恋愛感情に転化するのは好みではない。

本当に疲れる日曜日だ。遅い朝食を用意するかと卵を手に取っても、一花はまだ突っ立ったままでいる。

「まだなんかあるのか」

「はい。三井さんという方は怖いですね。山でクマの気配を感じたときみたいに鳥肌が立ちました。特にあの目は不気味です。笑っているのに笑っていない」

一花は藪下から受け取った卵をひとつずつ両手に持ち、思い返しているかのように神妙な顔をした。三井が彼女を脅すような態度を取るわけもなく、この短い時間で防御反応が働いたということらしい。その予測は外れていない。

元部下は、敵であればどこまでも恐ろしくなれる男だ。あの見た目で一切物怖じせず、相手の弱点だけを見極めて執拗に突いていく。何日も続く三井の取り調べで、泣きながら許しを乞うた被疑者を今まで何人も見てきた。しかし、不気味という第一印象は互いに一致しているのだから、案外、二人の相性はいいのではないかと藪下は思った。

2

森島の火災現場は、一昨日の雨のせいで足場が特にひどくなっていた。炭化して波打つように変形した家の柱が水分を含み、端のほうはすでにぼろぼろと崩れはじめている。警察の張った立入禁止のテープが雨のせいでたわみ、うらぶれた風情にひと役買っていた。近隣の住人が相原宅の前に三角コーンを置いて通り道にだけ砂利を撒いたようだが、あまり効果が出ているとは言い難い。

こんな場所だというのに、躊躇なく白いワンピースを選ぶ一花はどこかがズレている。朝から念入りに髪を巻き、いつも気にしている厚ぼったい前髪が目のすぐ上で弾んでいた。化粧をせず、着飾らないほうがはるかに魅力的だと思うのだが、それは四十男の感覚だからあてにはならない。ピンク色の唇を結んでブロック塀の脇にしゃがみ込む一花は、その姿にはそぐわない場所で泥の痕跡をまんべんなく見てまわった。

「例の足跡はありません。道には砂利が撒かれてしまったので、もう追跡はできなくなりました」

一花は立ち上がり、砂利敷きの路地へ恨みがましい目を向けた。そして雑然としている相原家の敷地を覗き込むと、何重にも張られた黄色いテープの隙間から予告もなく侵入する。藪下は即座に首根っこを摑もうとしたが、あまりの素早さに豪快に空振りした。

「待て。中には入るな。町の住人に通報されたらかなわない」

藪下は素早く周囲に目を走らせたが、一花は飛び石を渡るかのように軽やかに進み、火元と思われる奥まった場所に早くもたどり着いていた。

「すぐ済みます。こういう場所は慣れているので」

「いいからさっさと戻れ。前よりも柱がもろくなってんだぞ」

「わかりました。すぐ戻ります」

「今戻れ！」

藪下のわめき声に共鳴したらしいカラスどもが、電線でそろって声を上げはじめる。まったく、のめり込むとたんに周りが見えなくなる女だ。一花は黒と焦げ茶色で構成された薄汚い場所に立ち、地面にスマートフォンを向けて写真を撮っている。淳太郎はそれを後ろから撮影し、感慨深い声を出した。

「掃き溜めのハムスター。まるで芸術作品のようですね。滅亡した世界に舞い降りた神みたいで。彼女だけ光って見えますよ」

「悠長なことを言ってんな。こんなとこで青柳の策にはまってられるか」

ひとりで騒ぎ立てている藪下を横目に、通行人が胡散臭そうな顔をして次々に通りすぎていく。時間にしてわずか数分程度で、一花は危なげなく舞い戻ってきた。

「中に新しい足跡がありました」

「なんだって？」

「それほど時間は経っていません。たぶん、今朝方ついた跡だと思います」

一花はスマートフォンの画面を二人に見せた。泥にしっかりと刻まれた完璧な足痕で、重心が前側に偏っているのが沈み具合ではっきりとわかる。彼女は恒例のように、撮影した画像をすぐ淳太郎に送信した。

「いったいなんの用で中へ入ってるんだ」

　藪下は、あらためて敷地のほうへ目をやった。

「ここはもう、いつ崩れてもおかしくはない。しかも、これだけ規制線が張られてるのにかまわず入ったのか」

「行政代執行で取り壊される前に、何かを見つけたいのかもしれませんね。ここまでの執着心は異常なものがありますよ。よほど大事なものを探しているんじゃないでしょうか」

　淳太郎が受け取った画像を確認しながら言ったが、一花は髪を弾ませながら首を横に振った。

「何かを探したり、物色して歩いたような跡が現場にはありません。物をどかしてもいないし、足で払ったりもしていない。廃材の配置は先週のままです。足跡の主は、ただ火の出た場所に立っているだけ。わたしにはそう見えます」

　その場面を思い浮かべてみたが、何らかの意味は見つけられなかった。

「おまえさんの見立ては？」

　藪下はあえて一花に話を振った。彼女はワンピースの裾を手に取って汚れていないかどうかを確認し、こともなげに答えた。

「わかりません」

「いや、何かしらわかるはずだ。江戸川のアパートに忍び込んだやつと同一人物なら、きっとおまえさんが見つけた何かが核心を突いてるんだからな。やつがここで取っている奇妙な行動は、その見つけたものに必ず関連してる」

一花は尖り気味のあごに手を当て、ややあってから口を開いた。

「少し考える時間をください。四月からやってきたことを、ひとつずつ検証してみます」

「ああ。しかし、これはもう張り込むしか手はなくなるぞ。たまにふらっとやってくる人間を確保するのは忍耐のみだ。持久戦に持ち込まれる」

藪下がぼやいていると、淳太郎が屈託なく言ってのけた。

「そのためのキャンピングカーですよ。僕は最長で二週間ほど警察に密着したことがありますが、自宅と変わらない快適さです。そのために設計したようなものですし」

「そうだな。最高にイカれてる」

藪下は砂利の撒かれた路地へあごをしゃくり、いつものコインパーキングへ向けて歩きはじめた。すぐにでも相原を訪ねる必要があったが、昨日、体調不良で急遽入院したという。すでに精神的にも限界を超えているのだろうと思われた。

四丁目を抜けた突き当たりにある小学校では、低学年らしき子どもたちが校庭を走りまわっていた。教師の笛の音と同時にスタートし、たどたどしく走る姿が子犬のようだ。藪下は舞い上がる砂埃を顔の前で扇ぎ、涼しげな顔で隣を歩く淳太郎に問うた。

「三本足の犬の件。益田弁護士がうまくやってくれそうか」

「ええ、問題ありません。この近辺の動物病院を当たってもらいますので、間もなく知らせが入ると思います」

「そうか。しかし、こういう雑用を押しつけんのは、さすがに気が引けるな。弁護士の仕事じゃない」

「いえいえ。彼はうちの顧問弁護士ですから、厄介ごとを一手に引き受けるのが仕事ですよ。社員の炎上ツイートの火消しから、素早い謝罪文の作成。ハニートラップの後始末などもろもろです。益田さんは有能ですよ。うちには元警官の顧問も何人か置いていますが、彼以上のパフォーマンスはないですね」

一度会ったきりだが、確かにあの落ち着きぶりはただ者ではなかった。そして、綿密に仕組まれた交渉術には抗えない。現に藪下はここにいるのだから。

シボレーに乗り込んですぐ、淳太郎はノートパソコンを起動して藪下に向けた。

「相原さんの敷地から拝借したカセットテープ。あの中身を解析してもらいました。必要ないとは思ったんですが念のために」

「よくできたな。溶けたプラスチックが癒着してたし、泥もすごかっただろ」

　藪下はソファに座り、一花はそのはす向かいに腰かけて身を乗り出した。

「知り合いにハードディスクの修復屋がいるんですが、彼が取り出せるところだけ音源を拾ってくれました。燃えたハードディスクからデータを復元させたこともある強者ですよ。ただ、テープの中身は価値のあるものではないですね」

　そう説明した淳太郎は、起ち上げたアプリケーションの再生ボタンを押した。するとガラスに爪を立てるような歯科医師が使うドリルのような、なんとも甲高くて耳障りな音が途切れ途切れで響き渡る。藪下はたまらず停止ボタンを押した。

「なんだよこれは。拷問の道具か」

　不快な残響が耳許にまとわりついて、無意識に奥歯を嚙み締めたくなるほどだ。頭を叩いて追い払っているとき、一花が無言のまま再生ボタンを押して藪下は飛び上がった。

「やめろ、精神崩壊させる気か」

　藪下は手荒に停止して一花を見据えた。

「わたしは耳がいいので、聞いていれば何かわかるかもしれません」

「これはただの劣化音だろ。その修復屋はなんて言ってるんだ」

淳太郎はキッチンカウンターに寄りかかって首を傾げた。

「彼もよくわからないとのことですよ。もともとの音源が劣化していたうえに火事の熱で変質して、こんな奇妙な周波数になったんじゃないかと推測していました。おそらく、録音された元の音は消えてなくなっているでしょうね」

「わかりました。淳太郎さん、ヘッドフォンを貸してもらえますか」

一花は真顔で淳太郎に向き合っている。何かに火がついたようだ。

「どうしてもっていうなら止めないけど、音量には気をつけたほうがいいよ。耳がやられるかもしれないから。それにこれは犯罪の証拠品でもないからね」

ひとつだけ頷いた一花はヘッドフォンを着けてパソコンに向き合い、なんのためらいもなく再生ボタンを押した。ぴくりとも表情を動かさないまま、激しく振り切れているイコライザーを凝視している。その姿を見ているだけで鳥肌が立ち、耳の奥が疼いてきた。

「まるで尋問耐久訓練を受けた軍人だ。俺なら十秒ともたんぞ」

「きっと集中力が人並み外れてるんでしょう。音の不愉快さよりも、その先にある何かに意識がいっている。なんとなくわかるような気がします。猟をするとき、常に五感を研ぎ澄まして音と気配を読み取っている。一花ちゃんの場合、もう無意識ですね」

　藪下は怖気立(おぞけだ)ちながら一花を見つめた。黙々と再生を繰り返し、途中からはリバース機能を選択して果てしない音のループに入り込んでいる。さすがにこのまま放っておいては駄目だろうと思いはじめたとき、一花のスマートフォンが着信音を鳴らしてテーブルの上を動きまわった。彼女はヘッドフォンを外し、何事もなかったかのように電話に出ている。短く言葉を交わして通話を終了し、パソコンの音源を停止した。

「ガンスミスの小野寺さんからです。神田(かんだ)にある銃砲店に話をつけてくれました。わたしの銃を預かってくれるそうです」

「そうか。とりあえず銃はそれで安心だな。アパートには置いておけないし、俺の家にあるのがバレたら、保管義務違反で許可自体が取り消しになる」

「はい。死活問題です。わたしは今から神田で手続きを取ってきます。もしかすると、かなり時間がかかるかもしれません」

　藪下は腕時計に目を落とした。もうすぐ午前十一時半になる。少し考え、ズボンのポケットから鍵を出して一花に放った。

「今日はもうそのまま家に帰ったほうがいい。介護士は勝手に出入りするから、ほかの呼び出しには応じるなよ」

「はい。それと淳太郎さん、さっきの音源をメールしてもらえますか?」

「かまわないけど、長時間は聴かないほうがいいからね」

頷いた彼女に、藪下はいちばん重要なことを念押しした。

「わかってるとは思うが、つけられるなよ」

任せてくださいと不敵な笑みを浮かべ、一花はソファの裏に置いた赤い釣竿(つりざお)のケースを取り上げる。中身はサベージのハーフライフルだ。白いワンピースに釣竿を下げている若い女というのも異質だが、中身が二十口径の猟銃というのはさらに特異だ。

一花は手を握ってくる淳太郎に会釈して車を降り、左右を確認してから一気に走り出して瞬く間に見えなくなった。実に見事な加速だった。

「あれでは悪党も追いつけまい」

藪下はだれにともなく言い、また腕の時計に目をやった。

「昼メシ食いがてら相原が入院してる病院へ行くぞ」

「ええ。それにしても、一花ちゃんは藪下さんになついてますね。毎日のように叱られてるのに、信頼はまったく揺らぎませんから」

「どこがだよ。強情でさっぱり言うことを聞きやしない」

「あれでも素直だと思いますよ。彼女なりに人間関係を作る努力をしています」

淳太郎はペンダントに触れながら、若干生真面目な顔をした。

「さて、久しぶりに藪下さんと二人きりになれたので、ランチの前にコーヒーでも飲みませんか。いい豆が手に入ったんですよ」

　こういうことを言い出すときは、何かあるとわかっている。淳太郎は立ち上がって吊り戸棚を開け、中から瓶詰めのコーヒー豆を取り出した。計量スプーンですくい、けたたましい音を立てて豆を挽く。この男はどの場面においても所作が流れるようで自然だ。優雅な立ち居振る舞いというのは、一朝一夕で手に入るものではないのだろう。女だけではなく、人を魅了するのはこの余裕の部分だとしみじみ思った。

「間違いのないバックグラウンドか」

　藪下がつぶやくと、淳太郎は「何か言いました？」とこちらを見ずに声を上げ、粗挽きらしい豆をコーヒーメーカーにセットした。白いマグカップを二つ用意してから、真向かいにゆっくりと腰を下ろす。

「藪下さんと行動するようになってからちょうど十日目。そろそろ率直な話がしたいんですが、いいですか」

「いいも悪いも、したけりゃすればいいだろう」

「そう言うと思いましたよ。あなたは僕が警察マニアになった理由を聞かないですね。

今まで大勢の人間から質問されましたが、初めてのケースです」

「興味がない」

ひと言で終わらせた藪下に、淳太郎は変わらぬ笑みを向けた。

「その答えも想定の範囲内です。ちなみに藪下さんがいつも着けているその時計。一九五六年製造のオメガ、ランチェロ。アロー針が特徴的な希少品。その時計はお父さんの形見ですね。藪下将文（まさふみ）巡査部長、享年四十です」

藪下は驚いて目を上げた。

「その時計が視界に入ると心が乱れるんですよ。考えがまとまらなくなる。藪下さん、外してもらえませんか」

「急に何言ってんだ、おまえは」

藪下は、苛立ちというよりも戸惑いが先行した。警察マニアを豪語するなら父親の名前ぐらい知っていてもおかしくはないが、この時計が形見だとはだれにも話したことがない。

淳太郎はにこやかな表情を変えずに、イニシャルをあしらったペンダントをしきりに弄んでいた。冷静なのは見た目だけだと藪下はすぐに思った。この男の癖は、緊張や動揺する局面で無意識にペンダントへ手をやること。一緒に行動するようになって、首元を触るのは必ずそのときだとわかっている。気を張らないと言えない何かに踏み込もうとしているらしい。

淳太郎はペットボトルから水を飲み、タイミングを計るように瞬きをしてから話しはじめた。

「その時計はよく覚えています。一時期は夢にまで出てうなされたほどでね。藪下将文巡査部長は、その時計を着けた腕で僕を抱えて走った。喘息の発作が出ていた僕はほとんど呼吸停止状態で、命にかかわる状態だったんですよ。朦朧とした意識のなかで、彼の『近寄るな』という声と『死ぬな』という声。これが何度も聞こえていました。銃声もです」

藪下は目をみひらき、思わず腰を浮かせた。

「まさかおまえ、あのときの……」

そこから先が出てこなかった。車内にはコーヒーをドリップする音が単調に響き、芳醇な匂いが漂いはじめている。淳太郎は白い湯気に包まれながら、大きく息を吸い込んだ。

「僕は三十年前に誘拐されました。身代金目的で、実行犯は五人。当時三歳だった僕は泣き通しで、すぐに殺されてもおかしくはなかった。犯人側がそれをしなかったのは、慣れていなかったせいでしょうね。のちに調べましたが、計画は杜撰で行き当たりばったり。さすがにあれでは成功できません」

　淳太郎は立ち上がって身を翻し、出来上がったコーヒーをカップに注いだ。藪下の前に滑らせ、自分は立ったまま口をつける。

「藪下さんは知らないでしょう。あのとき、僕の祖父は誘拐の被害者が自分の孫だということを徹底的に隠した。報道関係にも警察にも箝口令を敷いたんです。僕の命を守るためというより、会社に負のイメージがつくことを恐れたんですね。事件が終結してすぐに社名まで変えましたよ。創設時の伝統ある横文字を捨てて、今の漢字が並ぶ社名に改変した。誘拐と会社が結びつかないようにね。そこまで徹底して、業績を上げた祖父はさすがです」

　事件の全容はもちろん知っていたが、桐生製糖の名は確かに記憶にない。自分が警官になってからも、あえて詳細を調べることはしなかったからだろう。被疑者や被害者の実名、関係のあるものはなんであれすべて故意に素通りした。最悪の結末を何度も体験したくはない。母親が涙ひとつ流さなかった当時を思い出したくはないからだ。

「誘拐犯が想定外だったのは、僕が喘息を患っていたことです。泣いて発作を起こしても、どうすることもできない。そんなとき、初めにアジトを突き止めたのがあなたのお父さんですよ。記録によれば、応援要請の前に単独で乗り込んだ。考えられません。仲間も人質も自分も、全員を危険に晒す行為です。彼がそれをしたのは、僕が呼吸不全で死にかけていたから。応援を呼んで交渉態勢に入れば、長引いて手遅れになると判断したんでしょう。だとしても、警察官としては間違っています」

淳太郎はカウンターに寄りかかって脚を交差させ、茜色の明かりを放つ電気傘に目を細めた。

「報告書では、彼は警告なしに被疑者のひとりを撃ったとありました。喉元に当たって失血死です。その後も立て続けに発砲して二人を射殺。残った二人はパニックに陥って僕を盾にしようとしましたが、その人物にも躊躇なく発砲。僕をひったくったときに『近寄るな』と怒鳴ったんですね。そしてぐったりしている僕に『死ぬな』と言った」

藪下は拳をきつく握り締めた。背筋を冷たい汗が伝っていくのがわかる。いつもは言葉の隙間からわざと本心をちらつかせて威圧してくるような男だが、今はまったくの駆け引きなしだ。淳太郎はペンダントを触りながら、話をやめようとはしなかった。

「当時の銃はニューナンブM六十で装弾数は五発。藪下巡査部長は全弾を撃ち、全弾を命中させて三人を射殺した。ひとりは重傷。もうひとりは女性で無傷。一瞬で場を見極め、敵の機動力を奪いました。特殊部隊なみの腕ですね。でものちに、死んだ三人のうち二人が未成年であるとわかった。警告なしの発砲と威嚇射撃もしなかったこと、相手が丸腰だったこと、十八の子どもを撃ち殺したこと、殺意をもって突入したこと。非常事態だったとはいえ、警察緊急権の範囲を超えています」

「おまえは何が言いたいんだ」

藪下は努めて静かに言葉を送り出した。不思議と怒りは湧いてこない。淳太郎はあいかわらず感情を殺したまま続けた。

「事実を述べたまでです。あなたが避けて通っている事実をね」

「それをしてなんになる」

「藪下さんも僕も、人生を何も進められていない。立ち止まっているうちに、周りはとうに見えないところまで行ってしまった。そう自覚しています」

「まさかとは思うが、トラウマ克服のセラピーでもやってるつもりか？」

淳太郎はシャツの袖をまくりながら笑った。

「あれほどくだらないものはないですね。僕は親からさんざん受けさせられて、そっちがトラウマ化しているほどですから。藪下さん、あなたはもしお母さんが亡くなったら、そのときは死んでもいいと思っていませんか」

「ばかばかしい」

「今、その答えはいちばんいらないですね。僕はあなたほど優しくないので、心中を察して話をやめるつもりもありませんし」

「だからなんだよ。まわりくどいことやってないで、さっさと結論を言え」

「要するに、親子二代の自殺に絡むなんてまっぴらだってことです。これ以上、負担を増やされたら迷惑なんですよ」

淳太郎はあごを上げて藪下を見下ろした。実に醒め切った目だった。

当時、父親の事件は連日報道され、十三だった自分は身の置き場がなくなった。審議会を経て父親は長く謹慎していたが、復職した数ヵ月後にあっさりと命を絶った。本当の地獄はそれからだったと思う。国家権力の後ろ盾がなくなったことで、母はさまざまな矢面に立たされたからだ。射殺した犯人の遺族や人権団体を名乗る者たちからの絶え間ない攻撃と、マスコミ報道の過熱、弱みを嗅ぎつけて集まってきた宗教者、詐欺師、慈善活動家、売名目的の弁護士連中。ありとあらゆる社会の暗部が二人に襲いかかったが、母は毅然として自分と息子を守り通した。気丈だった母親の泣き顔を見たのはたった一度きり。藪下が警官になると告げたときだ。嬉し涙ではなく、息子が警察組織に対して復讐心をもっていることを知っていたからだった。

藪下は上目遣いに淳太郎を見据えた。

「心底面倒なやつだな。おまえは俺の人生にかかわるのもいい加減にしろよ。それほど目障りなら無視して通り過ぎろ」

「それができれば世話ないんですよ。僕は当事者で、これは僕の人生でもあるんですから。たった三歳で、よりにもよってあなたと道が交わってしまった。こんな不幸があると思いますか」

藪下は思わず噴き出した。確かにそうだった。

「災難だったな。そっから警察マニアなんてわけのわからんものにのめり込んだわけか」

「警官の道が閉ざされた以上、かかわるにはそれしかありませんからね」

「どういう思考回路でそうなるんだよ。おまえさんの頭なら国一（こくいち）が取れたはずだろ。別枠だしおそらく持病はチャラになったはずだ」

「キャリア官僚に興味はありません」

藪下は半ば呆れながら、冷めてぬるくなったコーヒーに口をつけた。苦味と酸味が舌先を痺（しび）れさせ、頭のなかがいささかすっきりした。

この男と自分が屈折した起点は同じだ。まったくの別次元で生きてきた二人が、同列の苦しみを共有しているというのはなんの因果なのだろうか。警官という職に縛られる根源も符合しており、そこへの憎しみの度合いも似たようなものかもしれない。父親に関してここまで赤裸々に言葉を突きつけてきたのは、淳太郎が初めてだった。

淳太郎は大きく息を吸い込み、迷いのない目をして言った。

「尊敬している人間は藪下将文巡査部長だけです。あのとき彼は命を選別した。応援を待って死にかけの僕を見殺しにするか、誘拐犯を皆殺しにしてでも僕を助けるか。後者を選ぶ人間はまずいない。僕は、その揺るぎのなさに嫉妬するほど憧れる。あなたもそう思ったからこそ、あえて警官の道を選んだ。異議は認めません」

この男は危険なほど自己に陶酔している。父の判断が正しいか否かの観念が抜け落ち、矜持（きょうじ）を貫いた事実にしか目を向けていない。しかし、異議はなかった。自分ならばどうしたかという置き換えは無意味であり、正義は多数派の意見で成り立つほど単純なものでもない。

二人はしばらく押し黙って睨み合っていたが、淳太郎はふいに頰を緩め、ペンダントから手を離して藪下の正面に座った。

「話は以上です。その時計はやっぱり外さないでください。それが目に入るから心が乱れるんじゃない。原因はあなたです。藪下さんはお父さんにそっくりですよ。見た目も、おそらく中身も」

「そうかもな」

藪下は冷たくなったコーヒーを飲み下した。父親の話をされても、以前より感情の振り幅が小さくなっている。それは過去ではなく、今現在を見ているからにほかならない。いつの間にか自分は、この男と本心のやり取りをするようになっていた。

3

六人部屋の病室を覗くと、窓際のベッドの周りには隙間なくカーテンが張り巡らされていた。ほかの入院患者はみなで和やかに談笑しているが、相原はここでもすべてを拒絶して引きこもっているらしい。淳太郎が笑顔で会釈をしながら病室を進み、藪下もそれに続いて奥へ足を向けた。驚かせないようにとひと声かけてからカーテンをはぐったのに、横になっていた相原は目に見えるほど体を震わせた。

「大丈夫ですか、体のほうは」

相原は藪下と淳太郎を認めて胸のあたりをさすり、のろのろと半身を起こしている。

ちょっと見ないうちにますます痩せ細り、目はどろりと濁って人相が変わるほどだ。病衣から覗くごつごつしたあばら骨を見て、まるで即身仏のようだと不届きなことを思った。

相原は恐縮し、背中を丸めて頭を垂れた。

「すみません、こんなところまで来ていただいて」

「大丈夫ですよ。栄養失調で脱水を起こして運ばれたと聞きましたが」

「そうなんです。急にふらふらして壁にぶつかって、そのまま動こうにも動けなくなってしまってね。アパートの隣の方が救急車を呼んでくださらなかったら、あのまま部屋で干からびていたかもしれません」

これは隣に住む元ホスト狂いの由美の手柄だった。異常を察知してすぐさま行動した結果、相原は軽症で済んでいる。淳太郎はいたく満足げに頷き、丸椅子を二脚もってきて二人とも腰を下ろした。

「何か足りないものはないですか？　遠慮なくおっしゃってくださいね」

淳太郎がベッド周りを見ながら問うと、相原は過剰なほど顔の前で手を振った。

「いえ、何から何までお世話になってしまってすみません。弁護士の益田さんが入院の手続きも買い出しもすべてやってくださったんですよ。病院と掛け合って病室のプレートも偽名にしてくれてね。本当にもったいないことです」

「何事もなくて何よりですよ。それで、ちょっと今日は確認していただきたいことがあって来ました」

藪下が世間話を断ち切るなり、淳太郎はトートバッグから書類の束を取り出した。布団の上にプリントアウトした写真を並べていく。

「な、なんですか、これは……」

画質の悪い大写しの顔写真におののき、相原は若干体を引いている。藪下は写真を家ごとにわけて説明をした。

「益田弁護士から話はいっていると思いますが、火災で焼死したペットショップ経営の方々です。群馬、茨城、栃木、そして静岡。時期も場所もまちまちですが、全員、過去にペットショップを経営していた共通点があります」

「ああ、この人たちがそうですか……」

相原は、直視がはばかられると言わんばかりに目を細めている。淳太郎は順繰りに名前を読み上げていった。

「名前に心当たりがないということでしたが、写真はどうです？　どこかで見た顔はないですか。昔に接点があったのかもしれません」

ここで相原との面識が確認されれば、五件の火災はすべてつながっていると言っていい。唯一の手がかりになるかもしれなかった。しかし彼は早々に写真から顔を背け、知らない人たちですと退けた。

「もっとよく見てください。あなたの嫌疑を晴らす証拠になるかもしれないんです」

「で、でも、見たこともありませんよ。どこかへ出かけたときに会ってるのかもしれないけど、そんなことまで覚えていませんし」

「その程度の知り合いでは、そろって火をつけられたりはしません。恨みによる犯行だとすればなおさら、浅い付き合いではないはずなんですよ」

藪下は声の音量を落として詰め寄った。相原は半ば泣きそうになりながら、淳太郎に救いを求めている。しかし、淳太郎は毅然としたまま動かなかった。

老人はおろおろと視線をさまよわせていたが、しまいには観念したように顔写真に戻ってきた。覚悟を決めたように一枚一枚手に取り、じっくりと見分していく。眉間に三本の深いシワを刻んで長いこと見ていたが、やがて顔を上げてかぶりを振った。

「やっぱりわかりません。歳はわたしと同じぐらいに見えますが、面識はないですよ。これは誓ってうそではありません」

藪下はやつれて黒ずんだ顔を気の済むまで見まわしたが、何かをごまかしているような素振りはない。この男にうそはないと思われた。そう確信したとたんに、どっと疲れが押し寄せた。藪下は両手でごしごしと顔をこすり、当てが外れた苛立ちを嚙み殺すことに苦心した。

わざわざ三県を巡って聞き込みを決行し、多大な労力をかけた結果がこれだ。大人数でまわしている警察組織なら空振りも糧になるが、たった三人、しかも一花はあの通りの協調性のなさで藪下を翻弄する。淳太郎がたまに放つ一撃にいたっては、後になって効いてくるようなたちの悪さがあった。いやそんなことよりも、警官を辞めてからまだ一年しか経っていないというのに、これほど勘が鈍っている事実に自分でも驚いていた。

藪下は写真を印刷した紙を未練がましく集め、ついでにいくつか質問した。

「ペットショップというのは、どういう許可で成り立っているんですか？　そのあたり、勉強不足でよくわからないんですが」

「許可ですか。まず、都道府県知事に動物取扱業の登録をする必要がありますね。飼養施設や管理の要件を満たしていて、店に常勤する責任者がいることが条件です」

「それは、相原さんの軒先商売でも認可される程度のものなんですかね」

率直な問いに、相原は頭をかいて「されませんよ」と苦笑いを浮かべた。「昔は今ほど厳しくなかったから、わりと思いつきでできたようなところがあります。観賞魚なんて登録自体が必要ありませんでしたからね。でも、今は厳しいですよ」

「ということは、相原さんは無許可で経営していたと」

相原はもじもじとして「そういうことになりますね」と曖昧な回答をよこした。まあ、この男が店を閉めてから八年が経っている。今さら問い詰めてもしようがないし、この一件に関係あるとも思えない。

「ちなみに相原さんは、狩猟免許をおもちですか」

「狩猟免許？　鉄砲撃ちの？」

「そうですね。そういうものも含めてですが」

「ないですよ。動物好きとはいっても、そっちは興味がありませんし」

藪下は口許に手を当てて考え込んだ。群馬で火災の被害に遭った深谷という男は、密猟を繰り返して処罰されている。狩猟を介してのつながりもぼんやりと考えていたのだが、他県の被害者は手を出したこともないことがわかっていた。相原も関係なしとなれば、ほかに何があるだろうか。

藪下は思いついたことを口にした。

「ちなみにスズメを獲って食べたことはありますかね」

「はい？　スズメ？　いや、とんでもない。昔、父親が呑み屋でよく頼んでいましたけど、自分は怒った記憶がありますね。あんなにかわいい小鳥を食べるなんて、もってのほかですよ」

「なるほど。相原さんは鳥が好きなんですね」

「ええ。なつくと肩にとまって、顔をつついてきたりね。羽も美しいし最高ですよ。生きる芸術品だ」

相原は初めて心からの笑みを見せたが、すぐにそれを曇らせた。

「でも、あの火事で火にまかれてしまってね。本当にかわいそうなことをした」

「鳥を飼っていたんですか？」

「ええ。五羽ほど」

そういえば、隣人の老婆が鳥の鳴き声が聞こえていたと語っていたのを思い出した。

相原は今まで見たなかでもいちばん悲しそうな顔をして、長々と息を吐き出している。

「わたしが卵を孵(かえ)したんですよ。かわいい声で鳴いてたな……。鳥を育てるのが生きがいだったけど、もう終わりです。あの火事ですべてが駄目になってしまいました」

相原の精神はとても不安定で、予兆もなく目から大粒の涙をぼろぼろと落とした。

群馬の深谷はかすみ網で乱暴に鳥を獲る性格破綻者、相原は鳥のために涙を流すほどの男で、ほかの火災被害者たちは鳥に関係していた証言が上がっていない。ここも共通点にはなり得ずに行き止まりだった。

「数日前に青柳という刑事がお宅へ行きましたよね。やつはなんて？」

涙を手荒にぬぐった相原は、嫌なことを思い出したとばかりに顔を歪めた。

「い、いい加減にさっさと吐けと言われました。手間を取らせるなと。町じゅうの連中がおまえを恨んでいるし、死んだ人間も浮かばれないと。警察は、し、死刑にもっていくつもりだから覚悟しろと……」

「ほかには」

代わりばえのしない陳腐な脅し文句で、思ったほどたいしたことは言っていない。憤りで声を震わせている相原は、飛び出した喉仏をごくりと動かした。

「来週、また来るから出頭するならそれまでにしろと言われました」

藪下は、その言葉の意味がわかって訳知り顔をした。

「ちなみに相原さん、退院はいつぐらいになると医者は言ってました？」

「今週の金曜日ぐらいとは言われました。精密検査をするのに、予約が必要だから少し時間がかかってしまうらしくて」

「わかりました。とにかくお大事にしてください。水分を摂っても、ものを食べないと脱水になります。出されたものを完食しないと繰り返しますよ」

「医者にも同じことを言われましたよ。藪下さんも経験されたんですか」

立ち上がって丸椅子を奥へしまい、ひとまわりしぼんだような男を見下ろした。

「わたしの母がね。ちょうど相原さんと同じ歳ですよ。じゃあ、また来ます」

藪下はそう告げ、病室の患者に会釈をしながら廊下へ出た。するとタブレットを操作しながら淳太郎が横に並び、表示されたカレンダーを向けてきた。

「おそらく、警察は退院と同時に再逮捕の段取りを組んでいますね。金曜に病院を出たところで確保するつもりでしょう」

「そうだな」と藪下はにやりとした。青柳が示唆したのはそれだ。

「退院を延ばしますか？　益田さんに言えばすぐ話をつけてくれますが」

「いや、まだそのままでいい。確保の当日になって、退院延期を知ったほうが頭にくるからな。その日にちでもろもろの執行手続きと準備を進めてるから、ズレるとえらい手間がかかるんだよ。頭から予定の組み直しになる」

パネル張りの廊下を進み、二人は薄暗い階段を駆け下りた。淳太郎はすれ違う看護師に欠かさず声をかけ、また藪下の隣に並んだ。

「藪下さんは意地が悪すぎますね。自分がやられたらどう思うんですか」

「やられたらいちばん嫌なことを言ったまでだ。だれかに当たり散らさないとやってられないんだよ。なんの進展もないこんなときは」

消毒薬と火を通しすぎた食べ物の匂いが混ざり合うことで、陰鬱な病床の存在感が増している。とにかく病院ほど嫌な場所はない。

順番待ちで混んでいる受付を足早に通りすぎたとき、胸ポケットでスマートフォンが震えた。見れば、一花から電話が入っている。外に出て通話ボタンを押すと、走っているような息遣いが聞こえてきた。

「藪下さん、三本足の犬を見つけました」

「は？　見つけたって、うどん屋の犬は去年殺処分されてるんだぞ」

「そうなんですけど、今、新宿中央公園に来ているんです。ある人が親切に情報をくれました。わたしを不審に思わなかったみたいで」

一花はなんだか嬉しそうだ。新宿中央公園は確か西新宿二丁目にあるはずだが、そんなところでふらふらしている予定はないはずだった。藪下は厳しく問うた。

「神田の銃砲店はどうなったんだ」

「銃は預けてきました。手続きがすんなり終わったので、公園に来てみたんです」

「あのな。俺らは今チームなんだ。好き勝手な思いつきで動かれたら困るんだよ。それでなくてもおまえさんは悪党に目をつけられてんだぞ」

「それなら大丈夫です。通った道を細かく戻りながら進んでいるので、もしわたしをつけている人間がいれば特定できます。この方法は猟でも有効なんですが、発見したら逆に追尾します」

「やめておけ」

藪下はぴしゃりと言った。

「それはおとり捜査だぞ。単独で突っ走るんじゃない。敵がおまえさんより上手の可能性があるのは、アパートへの侵入でわかってるはずだ」

一花は急に黙り込み、しばらくしてから「すみません」とつぶやいた。無表情ながらもしゅんとして見える顔が思い浮かび、藪下はなんとも言えない気持ちになった。

淳太郎が言うように、ここのところ一花には説教ばかりしている気がする。

「いいか。おまえさんは単独忍び猟じゃなくて、今は巻き狩りが必要なときだと言ったよな。まさにそうだ。いつも一緒に行動するって意味じゃないぞ。得意分野を活かして、だれがどこで何をやっているのか、それを三人で共有する。猟とは違って、いちばん先に手柄を立てる必要はない」

電話越しの一花は、走るのをやめたようで足音が静かになった。彼女の突出した能力を活かすためには制御が要る。一花本人がそれを自覚できなければ、いつかきっと取り返しのつかないことになるのは見えていた。今まで単独猟に出て無事に戻ってこられていたのは、ただ幸運に恵まれていただけではないのだろうか。細い綱の上を猛スピードで駆け抜ける、それが一花の日常であり常識にもなっていた。

「それで、三本足の犬はどこにいたんだ」

藪下は話を戻した。一花は様子を窺うような間を取り、小さく咳払いをした。

「まだ生きている可能性が高いです。殺処分寸前に、引き取った人がいたのがわかりました。たぶん、うどん屋の犬だと思います」

「よくそんな個人情報を聞き出せたな」

一花の会話力で……という余計なひと言をすんでのところで飲み込んだ。

「神田の銃砲店へ行く途中に、犬用の車椅子を着けているコーギーがいました。ずっと見ていたら、飼い主の方が話しかけてきたんです。病気による麻痺(まひ)で、後ろ足が動かなくなったと。わたしは、後ろ右足のない大型犬のことをその人に話したんです。そしたら、足の不自由な犬のサークルがあると教えてくれました。ほとんど毎日、新宿中央公園に何匹かは集まっているって」

ほとんどひと息で話した一花は、息継ぎをしてから先を続けた。

「公園には六頭の犬がいました。大型犬はいなかったので、同じ質問をしてみたんです。こないだ藪下さんに言われた通り、できるだけ笑顔を意識してみました」

「あの顔で聞いたのか……心の広い連中なんだな」

藪下は、口角を過剰に引き上げた笑みを思い出しながら言った。

「愛護センターから殺処分寸前の動物を引き取って、里親を見つけてあげている方々がいるそうで、そのなかに森島の犬を引き取った人がいるとわかりました」

これはひょっとするかもしれない情報だ。藪下はちょっと待ってくれと一花に告げ、淳太郎と二人で駐めてある車へ戻った。スマートフォンをスピーカーモードにしてテーブルに置く。淳太郎は早速ノートパソコンを開いてブラウザを起ち上げた。

「それはうどん屋の犬で間違いないんだな？」

「はい。もともと、うどん屋の先代の女将さんに犬を譲ったのがこの方々でした。女将さんは、もし自分に何かあったときは、また引き取ってほしいと頼んでいたようなんです。その話が現店主には伝わっていなくて、殺処分寸前までいってしまった」

「わかった。今の飼い主は？」

藪下はスマートフォンをじっと見つめた。淳太郎もいささか緊張した面持ちをしている。一花は手帳をめくっているような音をさせ、その名前を口にした。

「桜丘梅子さん。電話番号と住所はわからないとのことです。数年前からサークルにも顔を出さなくなったみたいで」

「女か……」

淳太郎は猛烈な勢いでキーを叩き、モニターを見ながら口を開いた。

「たぶんこの人じゃないですかね。桜丘梅子、大阪出身の現在は五十二歳です。二年前、動物愛護関係功労者として都から表彰されています」

淳太郎はパソコンの画面を藪下に向けた。役所で表彰されたらしい写真には、小柄ながら均整の取れた勝気そうな美人が写っていた。豊かな髪をひとつに束ね、赤い縁のメガネと白いスーツがよく似合う。まるで押しの強い政治家のような佇まいだ。火災現場の足跡から推測できる、腰の曲がったすり足の老人とはほど遠い見た目だった。

「この女が方々でプロ顔負けの悪事を働いているのはちょっと想像できないな」

「現場で足跡を偽装した可能性は？」

淳太郎がテーブルに肘をつきながら口にしたが、すぐに一花が電話越しで異を唱えた。

「それはできません。わざと足を引きずって歩いていれば、痕跡には必ず現れます。動物でもそうですが、足跡は似ているようでひとつひとつ全部違う。わたしが森島で見つけた足跡は、体重のかけ方がすべて同じでした。間違いなく、極端に前のめりの人間です」

「わかった。とりあえずおまえさんは家に帰れ。さらに探ろうとかへんな気を起こすなよ。この件はあらためて考える」

「はい、承知しました」

一花はそう言ってすぐに電話を切った。するとそれを待ち構えていたように、再び藪下のスマートフォンが震え出す。通話ボタンを押して耳に当てると、昔から電話ではひと言も藪下には喋らせない人間が一方的に用件を伝えてきた。瞬く間に通話を終了する。

「一花のアパートの梯子に残されてた泥な。あれは森島四丁目のものと同じだそうだ。熱分解された炭素が検出された」

「災い転じてってやつですね。電話の相手は民間の法科研ですか？」

「ああ。警官時代はずいぶんと世話になったよ。職務違反で手に入れた証拠品を、密かに鑑定してもらったからな」

藪下は、久しぶりに聞いたぶっきらぼうな声を懐かしく思った。

現場をうろつく人間が、一花をつけてアパートに侵入したのはこれでほとんど証明されたも同然だ。そして、ここまで詰められていることを相手はまだ知らない。

腕組みをして先々を考え込んでいると、淳太郎が藪下の思っていることをそのまま口に出した。

「張り込みしかないですね。その結果をもって警察へ行くのが妥当です。今の段階ではまだまだ中途半端ですから」

「やつがすぐに現れるとも思えんが、今やれることはそれだ。あとさっき一花が言ってた桜丘梅子。この女にも会って話を聞く必要がある」

思わぬところから舞い込んだ手がかりだ。藪下は明日からの予定を巡らせ、介護日程を変更しなければと頭に書き留めた。

4

アスファルトを掘削するけたたましい音が鼓膜を震わせ、集中力を根こそぎ削いでくる。夜間の張り込みを開始してすでに三日が経過したが、四六時中響くこの音のせいでストレスばかりが蓄積されていた。たまらず工事日程を確認しに行ったのは昨日のことだ。しかし、終了日に来月末日の日にちが書かれているのを見て、藪下は絶望した。

今日三度目になるコーヒーを淹れた淳太郎は、三つのマグカップに注ぎながら首を何度もまわした。

「車内環境は完璧なのに、この音だけは本当にどうしようもないですね。いつものコインパーキングが使えなかったのが痛いですよ。小学校の校舎が邪魔して暗視カメラと通信できない。ここでもぎりぎりです。もう少し四丁目に寄りましょうか」

「いや、現場までだいたい三十メートル。これ以上は近づかないほうがいい。この車は目立つからな」

藪下と淳太郎は寝不足の顔を見合わせた。

一花によると、森島四丁目を抜けた南東の方角に例の足跡が向かったことは一度もないという。いちばん安全な場所に陣取ったわけだが、なにせ道路工事の真っ最中だ。少し先で始まった工事が、日に日にこちらへ近づいているのもたまらなかった。

藪下は腕時計に目を落とした。夜の十一時半過ぎ。午後十時から翌朝七時までの張り込みは、まず一週間を目処におこなうことにした。特に夜中から早朝にかけて訪れる率が高いのは一花の記録の賜物で、なんとしてでも身柄を押さえたいところだった。

濃いめのコーヒーに口をつけ、壁に埋め込まれているモニターへ目をやった。闇に沈んだ火災現場があらゆる角度から八分割で捉えられており、死角はなく画像は驚くほど鮮明だ。一花が現場へ忍び込んで設置したのだが、気配をまったく感じさせない見事な工作ぶりだった。狩りでもサーマルカメラを仕掛けることがあるらしく、だれにも気づかれないポイントというものをよく知っている。

そんな彼女は今日も大ぶりのヘッドフォンで耳を覆い、瞬きもせずに監視モニターを凝視している。その姿を見ていた藪下は大仰に立ち上がり、一花の頭からおもむろにヘッドフォンを外した。

「もういい加減にやめておけ。そんなもんを毎日夜通し聴いてたら、頭がおかしくなる。おまえさんは家でも聴いてるだろ」

一花はソファに座ったまま上を向き、藪下に抗議の目を向けた。

「あのテープの中身は事件になんの関係もない。相原のカラオケやらラジオの録音やら、そういうどうでもいいものなんだからな」

「そうだよ。復元した人間も、解析は不可能だと判断しているからね。いくら一花ちゃんの耳がよくても、言葉を聞き取ることはできないと思うけど」

淳太郎も間の手を入れた。しかし一花は首を傾げ、そのままじっと動きを止めた。

「なんとなく、カラオケとかラジオとかそういうものではないような気がするんですけど、まだよくわかりません。一定のリズムがあることだけはわかってきました」

「だから演歌か何かだろ」

「いいえ、そうではないと思います。気になるので調べさせてください。わたしはこの程度で頭がおかしくなったりはしません」

あいかわらず強情な女だ。一花は寝不足と疲れで苛立っている藪下に対して、静かに語りはじめた。

「どんな騒音よりも、耳鳴りがするほどの静寂のほうが怖いですよ。山や森に入ると、なぜかすべての音が止む瞬間があるんです。木のざわめきも風の音も虫の声も川の流れも、全部が消えて完全な無になる。決まってそれは夜に訪れます。わたしの頭のなかだけで起きていることなのか、それとも現実なのか。この答えが出るときが、きっとおかしくなる前兆だと思っています」

一花は藪下の手からヘッドフォンを取り上げた。

この女の口から出る言葉には、いつも自然の脅威と精神力の強さが織り込まれている。緊張を極めた先にあるものを、この若さで知っているのはすごいことだ。

懲りずにヘッドフォンを着ける一花を目で追っていると、横で淳太郎が「あ」と短く声を上げた。藪下は反射的にモニターへ顔をやり、彼女はそっけなく目だけをくれた。

「ハクビシンです」

ひと言で終わらせる。道路工事のやかましさと単調な作業の相性は最悪で、思考力が奪われ頭のなかが痺れているようだ。血の巡りをよくしようと伸び上がったり屈伸したりしているとき、一花が振り返った。

「藪下さんは少し休んでください。昼間はお母さんにつきっきりだし、夜もほとんど寝ていない。それでは体がもちません」

「それはおまえさんも同じだろ。昨日もひと晩中モニターの番をしてたし」

「若いので」

そうつぶやいて、心なしかにやついている。まったくもって事実なのだが、当人は冗談を言っているつもりらしい。

藪下はシャツを脱いでTシャツ姿になり、耳栓を用意してから一花に言った。

「じゃあ、ちょっと寝る。しばらくしたら起こしてくれ」

「わかりました。淳太郎さんも休んでください。見ていると、喘息の薬を使いすぎのような気がします」

淳太郎はにこりとして、座っている彼女の後ろから耳許に顔を近づけた。

「一花ちゃん。今度、メロンパンのおいしい店に行こうか」

「はい。でも藪下さんは、そういうものを食べませんよ」

「心配しないで、誘わないから」

淳太郎は爽やかに笑い、運転席の上部にあるベッドスペースへ消えていった。藪下は戯言を無視してソファに横になったが、次の瞬間には吸い込まれるように意識が遠のき、深い眠りに落ちていた。

目を覚ましたのは、ちょうど一時間ぐらい経ったときだ。感覚的にはその程度だった。しかし、ジャカード織の遮光カーテンの隙間から陽の光が射しているのを見て、藪下はがばっと起き上がった。耳栓を外したが、夜間限定の工事の音が止んでいる。腕時計に目を落とすと、朝の六時半を指していた。夢も見ず、死んだように眠っていたらしい。

藪下は座ったまま船を漕いでいる一花を起こし、ノートパソコンを操作して監視カメラの映像を急いで巻き戻した。夜中の十二時から三倍速で再生していくと、ほどなくして現在の時刻で停止する。どうやら不審者は現れなかったようだ。ほっと胸を撫で下ろしているとき、一花がヘッドフォンを外しながら申し訳なさそうな顔をした。

「すみません、いつの間にか寝てしまいました」

「ああ。三人とも限界だ。だが、なんとかあと三日は続けたい。おまえさんはやつがくる確信があるんだろ？」

一花はクマの目立つ顔で大きく頷いた。

「わたしが四月からやってきたことを、ずっと考えていたんです。まずは現場で特徴のある足跡を見つけた。例のすり足の跡です。瓦礫が散らばる敷地の中にまで入っていたから、おかしいなと思ったんです。敷地内には警察とか消防隊員の古い足跡しかなかったので、それはとても目立ちましたね」

藪下は冷蔵庫を開けて冷えた水を取り出し、ペットボトルのまま呷った。

「その人は、いつも決まって敷地の奥まで行っていた。火元と思われる場所です。そこには相原さんが自作したという焦げた鳥の巣とかケージがあるだけ。でもその人は、必ずそこで足を止めるんです」

「そういえば相原は、家で鳥を飼ってたみたいだな。もちろん火事で焼け死んだだろうが、ひどく落ち込んでたよ。家族もいない相原は、鳥が生きがいだったらしい」

すると一花は口許に手を当て、「鳥……」と繰り返した。そしてはっとしてヘッドフォンを着け、スマートフォンに保存したカセットテープの音源を再生しはじめる。

すると見る間に顔が上気し、口許には笑みが浮かんできた。

「そうです、わかりました！　これは鳥の声。カセットテープの中身は鳥の鳴き声ですよ！」

一花は興奮気味に藪下を見上げ、嬉しそうに目を輝かせた。

「一定のリズムは鳥の節まわし。音は熱で劣化してひどいものですが、きっと元は鳥の声が入っていたんです」

藪下は大喜びの一花を見下ろし、再びペットボトルに口をつけた。

「喜んでるとこ悪いが、そのテープの中身が本当に鳥の鳴き声だったとしても、今の事件にはなんの関係もないんだぞ」

「いえ、関係あると思います」と一花は断言した。「わたしが青柳刑事に捕まったとき、鳥を追って敷地に入ったと言ったじゃないですか」

「ああ、そうだったな」

「きっと、相原さんが飼っていた鳥は火事から逃げ出している。生きてるんです。足跡の犯人は、焼け跡に戻るこの鳥を見に来ているのかもしれません」

また突拍子もないことを言っている。一花は急くように先を続けた。

「相原さんの家に火をつけた犯人は、もしかして鳥がいることに気づいて逃がしたのでは？　だから、わざわざ店の中に入る必要があったんじゃないですか」

　藪下は、聞き流していた一花の話に意識を留めた。確かに、家の中へ入る理由のひとつにはなる。今までどうやってもここが突破できなかったが、鳥を逃がすためであれば筋が通るのかもしれなかった。

「しかし、これから町を火の海にしようってやつが、鳥を逃がしたりするのかどうか」

「人の価値観はさまざまです。足跡の主は現に三本足の犬を連れている。健康なペットを飼いたいと思うのが一般的ですよね。でも、その人は違うんです」

「うどん屋の犬を引き取った桜丘梅子な。動物愛護関連で都から表彰されている。だが、あの女は犯人像とまったく合わない。それはおまえさんがいちばんよくわかってないか」

　一花は素直に頷いた。

「足跡から推定できる年齢と見た目には合致しません。別人です」

「だよな。まあ、その女の関係者の可能性もあるからなんとも言えんが、問題は、相原が何も知らないということだ。あれからすぐに女の名前と画像を確認させたが、まったく覚えがないそうだよ。たぶん、うそではない」

桜丘梅子という女を探している最中だが、手がかりは愛犬サークルと動物愛護センター、そして彼女を功労者として表彰した東京都だけだ。サークルのほかは公的機関であり、正式な情報開示請求でもなければ詳細な個人情報を渡すとは思えない。ここから先は、権限のない藪下が手を出せない領域でもあった。弁護士でも無理だろう。

そのとき、運転席の上のロフトから、素肌にブルーのシャツを引っかけた淳太郎があくび混じりに下りてきた。

「おはよう。二人とも早いですね」

「なに朝までぐっすり寝てるんだよ。夜を徹しての張り込みなんだぞ。俺も寝てたが」

「さすがにみんな疲れが溜まってますよ。一回家に帰ってしっかり寝たほうがいい。頭も体もリセットしないと駄目ですね」

淳太郎は伸び上がりながら藪下に近づき、だれも止めようがないほど自然な流れでハグをした。

「藪下さん、今日もがんばりましょう」

「やめろ、ここは日本だって言ってんだろ」

藪下は飛びすさり、一花にも同じことをしている男を恐々（こわごわ）と見つめた。すると淳太

退院は来週です。これで確保がずれ込みますね」

「本当かよ。病人の場合、送検と勾留請求にかかわるじゅうぶんな聴取ができない。まずは完治してもらわないと、警察は動けないからな」

淳太郎は頷きながらキーを挿し込み、イグニッションをひねった。しかし手応えがなくてまたひねる。エンジンはうめき声のような音を立てて動き出したが、サイドブレーキを下ろしてギアを入れた瞬間、金属がこすれる嫌な音を立てて車がガクンと大きく揺れた。吹き出し口から焦げ臭さが押し寄せ、ボンネットからは黒い煙が湧き出している。淳太郎は慌ててサイドブレーキを上げてエンジンを切った。

「うそでしょ。これはかなりまずいような……」

二人は外に飛び出し、ボンネットが過熱していないことを確かめてから撥ね上げた。とたんに油臭い煙が立ち昇って視界を塞いでくる。

「ただのオーバーヒートじゃないな」

藪下は冷却水を確認した。

「オイル漏れでもないですね。こんな色の煙は初めて見ましたよ。まさか電気系か」

二人は煙を扇ぎながらエンジン周りを確認していたが、これはどうにもならない状態だと判断して疲れが上乗せされた。淳太郎がディーラーに電話し終わったとき、一花が二人のシャツの裾を摑んで引っ張った。

「給油口がおかしなことになっています」

急いで後部へまわり込むと、円形の蓋に抉じたような跡がつき、黒い塗装が所々剝げていた。周りには粘度のある液体が付着している。藪下は膝をついて液体を検分し、ハンカチに取って臭いを嗅いだ。

「たぶん洗剤だ」

とたんに淳太郎の顔が引きつった。

「洗剤ですって？　なんのために」

そう言いかけた男を藪下は遮った。

「おまえさんもわかっている通り、ガソリンに洗剤を混ぜればゲル化する。簡易的なナパーム弾みたいなもんだ。戦争にもよく使われてたな。火が入れば延々と燃え続けて、ガソリン用の消火剤でもないと鎮火できない」

信じられない思いだった。みなで給油口付近に立ち尽くしていたが、一花の次のひと言で我に返った。

「わたしたちが寝ている間に、だれかが入れたんですね」

三人は後部のドアから車に乗り込んだ。淳太郎は立ったままパソコンを操作して壁にあるモニターの画像を切り替える。前後にあるドライブレコーダーの映像が映し出され、倍速で巻き戻していった。そのとき、後部に人影が入り込んでいるのを見て淳太郎は画像を止め、少し前から通常の速度で再生し直した。

　昨夜は雨が降ったらしい。駐車場の後ろにあるツツジの葉が雨に打たれて揺れていた。そこに、黒い雨合羽（あまガッパ）を着た人間が音もなくぬっと入り込む。フードをすっぽりとかぶり、顔はまったく見えない状態だ。よく老人が引いているキャリーバッグを転がしており、背中を丸めて小刻みに進んでいた。

　藪下はごくりと喉を鳴らした。一花が足跡から推測した人物像そのものだ。腰が曲がり、前屈みで子どものように歩幅が狭い。不審者はキャリーバッグからおもむろにバールのようなものを引き出し、躊躇なく車に突き立てていた。外で響く道路工事の音と相まって、抉じ開ける音は埋もれてしまっている。

　三人は絶句して映像を見守った。大胆不敵とはこのことで、まるで見つからないと確信しているような行動だ。軍手をはめた手で給油口を抉じ開けて漏斗（じょうご）を突っ込み、五リットルほどのポリ容器に入った液体を無造作に注ぎ込んでいる。全部で四個、およそ二十リットルと大量だ。そして空の容器を潰してキャリーバッグにしまったかと思えば、給油口のキャップを閉めて何事もなかったかのように画面から消えていった。

「おい、おい。こいつは何者だよ」

藪下は、巻き戻して再び動き出した人間を見ながら言った。

「男か女かもわかりませんね。僕の女性センサーをもってしてもわかりません」

淳太郎は苦々しい面持ちで映像をチェックしている。不審人物が現れたのは午前四時三十分。周囲の電車はまだ動いていない時間帯だ。同じことを考えていたらしい一花が、モニターを見上げながら声を出した。

「この人は、いつも曳舟(ひきふね)駅のほうからやってきていました。この時間にここにいるなら、歩いて来られる場所に住んでいるんだと思います。車じゃなければの話ですけど」

「車なら、日ごろからそこらを練り歩いたりはしないだろうな。おまえさんが言うように、おそらく森島が徒歩圏内だ」

「わたしをつけて家に侵入したのも、きっとこの人ですね。なんとなくわかります。行動に躊躇がない。こんな人を初めて見ました」

一花はようやく獲物に出会えたとばかりに目を光らせている。藪下は不審者の風体を食い入るように見つめた。身長は百五十センチもないように見えるが、それは過度に腰が曲がっているせいかもしれない。歳のころはどう見積もっても七十以上。いや、八十を超えていてもおかしくはない見た目だった。そんな歳の人間が、家に火を放ったりアパートに侵入したり車に細工したりできるのは、今まで善悪の区別なく生きてきた証拠だ。間違いなく過去に逮捕歴がある。藪下はそう確信した。

「おまえさんは車の被害届を出せ。この映像と一花が突き止めた足跡、それに一之江のアパート侵入、他県のペットショップ火災もまとめて警察に情報を突きつける。すぐにおまわり連中が動くとも思えないが、これは耳に入れておく必要があるな」

　そう言ったとき、繰り返されているドライブレコーダーの映像を見て藪下は動きを止めた。少し巻き戻してくれと告げ、数秒後にストップをかける。藪下は壁のモニターに近づき、「拡大できるか？」と淳太郎に問うた。すぐに雨合羽の人物が大写しになる。それを見ているうちに記憶が掘り起こされていき、藪下の顔が強張った。

「こいつには会ったことがあるな」

　藪下はさらにモニターに近づいた。

「最近だ。曳舟の駅前で、キャリーバッグを引いた年寄りとぶつかりそうになったことがある。そのバッグの取っ手がかなり欠けててな。俺が原因じゃないかと気を揉んだんだよ」

　ドライブレコーダーにかろうじて映り込んでいるキャリーバッグの黒い取っ手が、

欠けてえぐれたようになっているのが見て取れる。淳太郎は目をみひらき、いささか声をうわずらせた。

「とんでもない情報じゃないですか。間違いないんですか」

藪下は間違いないと頷いた。

「真っ白い髪のおかっぱ頭で、顔が病的にむくんでいた。腰が曲がってかなりの小柄だ。華奢でとてもこんなことをするような感じには見えなかったが、このキャリーバッグはそのとき見たものだ」

藪下はうなじの毛が逆立つような嫌な感覚を味わいながら、淳太郎に言った。

「火災当日の動画をもう一回見せてくれるか。おまえさんが野次馬を撮ったやつだ」

淳太郎は急いで鞄からタブレットを出し、動画ファイルの中のひとつを再生した。とたんに怒号と悲鳴が画面から流れ、町で火が荒れ狂うごうっという音が車内に響きわたる。危ないほど火の粉が降り注ぐ沿道では、警官が束になって規制線を張っていた。

藪下は、声を上げている野次馬たちの顔に目を走らせた。ここにはいない。しかし、淳太郎がアングルを変えて少し上から撮影したものには、白髪頭の小柄な老婆が一瞬だけ映り込んでいた。人垣の中に埋もれて横顔が覗く程度だが、これだけでじゅうぶんだった。

動画を止めて指で拡大し、淳太郎に渡す。彼は気難しい面持ちで静止画像を保存し、あらためて老婆を見つめた。

「本当にこのおばあさんが？　どこにでもいるような小さな老人じゃないですか。信じられないな。目的がわからない」

「目的は簡単だろ。目の前にある障害を手当たり次第に取っ払ってるだけだ。手段は選ばない。それと、手口がどれも普通ではないな。マエがあるのは間違いないと思うが、何か特殊な罪状でしょっぴかれてる可能性もある」

そうは言っても歳をとりすぎているし、すべて単独で動いているのかどうかも謎だ。しかし、ドライブレコーダーに映し出された手際は、常人のそれではなかった。

ほどなくしてやってきたロードサービスに車を頼み、三人はひとまず家に引き揚げた。予定は大幅に変更だった。

5

土曜日の向島警察署は、一般の事務手続きが休みとあって閑散としていた。一階ホールは半分ほどの蛍光灯が消され、薄暗くて職員もまばらだ。カウンターに肘をついた藪下は、かれこれもう二十分は待たされていた。受付の女性職員は二度ほど内線で呼び出しているが、担当者はもう来ますと繰り返すばかりで状況は何も変わらない。一花は壁に貼られている猟銃検査のポスターの前で微動だにせず、クマのマスコットキャラクターに鬼気迫る視線を向けていた。ああいう顔をするのは気に入ったときだ。なんとなくだが、彼女の心情が汲み取れるようになってきた。

「被害届は昨日のうちに出したよな」

藪下は、無造作に髪を束ねている淳太郎に声をかけた。長い待ち時間に腹を立てるでもなく、いつもの調子で女性職員にちょっかいを出している。

「益田さんが代理人として告訴状を提出しましたよ。すべての証拠が完璧にそろっているし、警察も受理しないわけにはいきませんから」

「車のほうは？」

「かなりひどいですね。エンジニアの話によれば、洗剤を入れられてから、ある程度の時間が経っていたからよかったらしいですよ。まだゲル化が半端なうちにエンジンをかけて走り出した場合、シリンダー内で発火したかもしれない。そうなると大爆発を起こして一巻の終わりでした。ある意味、幸運だったとも言えますね」

藪下は眉間にシワを寄せた。放火といい一花のアパートへの侵入といい車といい、手加減というものが一切ない。しかし、すさまじい殺意というよりも、どこか適当さを残したやり口が逆に怖かった。

「エンジンの積み替えはしないで済みそうですが、ガソリンタンク付近は廃棄です。まったくひどいですね。でも、僕はやられたことを根にもつタイプなんですよ。会社経営でもそうですが、危険因子は徹底的に潰します。女性といえどもね」

淳太郎は据わった目で静かに微笑んだ。今回のことは、相当頭にきているらしい。男はメールを受信したスマートフォンを片手で操作して返信をしていたが、画面が目に入ったとたんに藪下は思わず淳太郎の手首を摑んだ。

「おい、なんだよこれは」

「え？　なんだって大川自治会長じゃないですか」

「そんなことはわかってる。なんで一緒に写ってんだよ」

スマートフォンには、大川と肩を組んで笑っている淳太郎が映し出されている。

「ああ、先週の終わりに大川自治会長と呑みに行ったんですよ。ごちそうしてもらいました。彼は気難しく見えて、遠慮のないくだけた若者が好きですからね。とても愛妻家で、奥さん一筋三十五年。結婚記念日には浅草（あさくさ）でうなぎ懐石を食べたそうです」

写真のなかの大川は、敵対していた男と完全に打ち解けて見たこともないような馬鹿笑いをしている。藪下は、あっけらかんと説明する淳太郎を凝視した。果たして、この男に取り入ることのできない人間はいるのだろうか。藪下でさえいつの間にか気を許しているし、当初の嫌悪感は知らぬ間に消えている。

そのとき、階段のほうからばたばたという足音がした。ようやくかと思って目を向ければ、扇子を扇ぎながらずり下がったズボンを引っ張り上げている男が目に入った。藪下は、あまりの疎ましさに頭を抱えたい気持ちになった。

青柳警部補は受付にいる藪下と淳太郎を認め、今にもつながりそうな太い眉を思い切り寄せた。男は見るからに仕事のしすぎで疲れ切っており、気が立っていることがありありとわかった。

「なんの用だ」

「受付の職員が用件を伝えたはずですよ。市民による情報提供です」

「このくそ忙しいときに」

「こっちも同じだよ」

藪下は、面倒くささに歯噛みしながら奥にある長椅子に腰かけた。青柳は、持参した情報をいかにも即ゴミ箱行きにしそうな面構えをしている。淳太郎も藪下の後に続き、ポスターに心を奪われていた一花も小走りして隣に座った。

ちぐはぐすぎる三人を訝しげに見まわしていた青柳だが、これみよがしのため息を吐き出し、向かい側に勢いよく腰を下ろす。すると淳太郎がトートバッグから何かの包みを取り出して、ふてぶてしくふんぞり返っている警部補に変わらぬ笑顔で差し出した。

「青柳さん、先日はたいへん失礼しました。僕の粗相で泥だらけにしてしまって。これ、お詫びといってはなんですが鐘麟堂(しょうりんどう)の豆大福です。大好物でしたよね」

青柳はなぜ知っていると言わんばかりに目を丸くし、警察署にはそぐわない華のある男の顔をしばらく見つめた。親しくもないのに個人的な嗜好(しこう)を把握されているというのは、薄気味悪くてたまらないものがある。青柳は突き返すこともせずにうっかり受け取ってしまい、バツが悪そうに脇に置いた。

「相原さんの退院が延びたとか」

藪下が軽い調子で切り出すと、警部補は反射的に舌打ちした。大幅に予定が狂ってしまい、捜査本部がその処理に奔走しているのはわかっている。青柳は汗染みのできたワイシャツの袖をまくり上げ、側頭部にある円形の脱毛部分をがりがりとかいた。

「相原の退院延期はおまえらの差し金か」

「まさか。医師の判断でしょうに。あんたが俺らの妨害行為に勤しんでいる間に、容体が悪化したんですよ」

藪下は嫌味混じりに言い、書類の束を青柳に手渡した。あまりの分厚さに一瞬だけぎょっとしたが、男は親指を舐めて用紙をめくりはじめる。

「今日は前置きなしでいきますよ。森島の火災は相原の仕業じゃない」

「何を馬鹿な」

青柳は書類に目を落としながらあざけった。藪下はかまわず、摑んだことを頭からざっと説明した。まずは一花が現場で足跡を見つけたことからはじまり、自宅アパートへの侵入があったこと、その侵入者が煤入りの泥を部屋に残していったこと、現場の泥と同一であること、そして昨日のガソリンタンク事件だ。

青柳は特別なんの反応も示さず、一花が撮影した足痕の写真を長々と見つめてから無言のまま一枚をめくった。

「その足跡を見て、彼女は腰の曲がった老人のものだと推測した。まあ、そのときは俺らも話半分にしか聞いてなかったんだが、そのさなかに一花のアパートに何者かが侵入する騒ぎが起きた。これは小松川署の連中が検分していったから、ぜひ資料請求してもらいたいね」

「現場の足跡の主が侵入者だと言ってるように聞こえるが」

「ああ、そう言っている」

「どこにそんな確証がある」

「直感」

藪下が断言すると、青柳は肉づきのいい顔をゆっくりと上げた。そして一花の全身に視線を走らせ、切れ上がった凛々しい瞳でぴたりと止める。

「いったいあんたは何者なんだ。こないだのバンカケで猟銃所持免が出てきたが、そんなことをやってるようには見えんな」

「事実、やっています。でも、やめたいと思っています。どうしたらいいでしょう」

いきなり真顔で問いかけられた青柳は面食らい、「知らん」とひと言で返して面倒な話を即座に終わらせた。藪下は書類へ腕を伸ばし、付箋が貼られた箇所を指し示した。

「それは昨日、ドライブレコーダーが撮影したものだ。そこに写ってる年寄りが車のガソリンタンクに大量の洗剤をぶち込んでいったよ」

「洗剤？」

案の定、青柳はいい反応をして書類を手荒に繰った。藪下は先を続ける。

「相原の家に撒かれていた着火剤のガソリン。そこから洗剤らしき成分が検出されなかったですかね」

青柳は、無言のまま正面から藪下と目を合わせた。寝不足で血走った目に、怖いほど鋭さが増している。

「界面活性剤とかキレート剤とかアルカリ剤とか、そういうものが出てると思うんですよ。消防の記録を読めばわかるが、とにかく火元の火の勢いが強くてなかなか鎮火できなかった。町じゅうを焼いた大火事だったとはいえ、火元に最後まで手こずることはあり得ない」

このあたりは最初から引っかかっていたのだが、ただのガソリンではなかったのなら合点がいく。洗剤などはどの家庭にもあるものだし、火元から成分が検出されてもさほど問題視はされないからだ。何より、十三軒を焼いて六人が焼死した重大さと、相原の自作自演が焦点となって完全に脇に追いやられた格好だろう。

そのとき、淳太郎が口を挟んだ。

「僕の車に関してはすでに告訴状を出していますので、詳しくはそちらの書類をご覧ください。ディーラーは協力を惜しまないと思います」

青柳は書類に目を落としたまま「ああ」と気のない返答をしているが、わずかに疑惑の炎が灯ったのは間違いないと思われた。藪下は警部補の動向を窺い、鞄から別の報告書を抜いて脇に置いた。

「ここ二年の間に、ペットショップばかりが五軒燃えている。群馬、茨城、栃木、静岡、そして森島だ。ほかは電気火災なんかで決着がついていて、住人はすべて焼死している。だが、俺は何かがおかしいと思ってる。一応、その情報も提供するんで暇なときにでも見ていただければ幸いですよ」

青柳は腹立ちと求知心の入り混じったようなうなり声を上げ、ペットショップ関連の記録を取り上げた。ここで馬鹿げていると一蹴するならこの男に見切りをつけたいところだったが、青柳は真剣そのもので明らかに目の色が変わっていた。相原の保険金詐欺として証拠固めに終始してきた捜査本部にとっては、思いもよらぬ情報のはずだ。どうしようもなく決定打に欠けるし推測の域を出ていないが、捨てるには惜しい案件だということを現役である青柳ならだれよりもわかっているはずだった。

「それとついでに、桜丘梅子という女を捜してもらえると嬉しいんだが」

「それは何をやった女なんだ」

「動物愛護の功労で都から表彰された心優しい都民」

「どさくさにまぎれて、関係ない情報を差し込んでくるな」

青柳は顔の汗をタオルでぬぐい、藪下をぎょろりとした目で睨みつけた。

「その女を調べれば、ナパーム弾作りに勤しむ年寄りに行き着くかもしれない。三本足の犬を介して」

藪下は犬の経緯もざっと青柳に説明した。警察が動けば、桜丘梅子という女の所在を摑むのは難しいことではない。そこらじゅうで悪事を働いている老婆と梅子が、犬絡みで会っている可能性は高いと思っていた。

駄目押しに藪下は、火災当日の野次馬にまぎれた老婆の画像を青柳に渡した。

「たぶん、警察はもっと鮮明な画像をもっているはずだ。その白髪頭のばあさんが、ドライブレコーダーに映ってた年寄りと同一だよ」

「なんだって？　これをやったのは女なのか……」

青柳は不鮮明な画像に目を細め、信じられないとばかりに長いこと凝視した。やがてはっと我に返り、側頭部をかきながら書類の束をまとめた。

「協力は感謝する。だが、これを捜査対象にするかどうかは別問題だ。相原の件は、保険金詐欺でほとんど立件できるからな」

「どうぞ、ご自由に。だが、このまま相原を起訴するのであれば、冤罪(えんざい)でひっくり返す用意がある。警察の面目は丸潰れになると思ったほうがいい」

「いったい何様のつもりなんだ。情報はあくまでもその域を出ないし、本部の動きにミスはないんだ。こんなことは、おまえがいちばんよくわかってるだろ。想像だの勘だの、根拠のないもんが議題に挙がることはない」

「そうだな。今の状況なら、相原に罪をかぶせたほうが楽だし確実だ。俺も現役なら迷わずそうするよ、組織と自分のために」

青柳は何かを言いかけた口をつぐみ、途中で話を打ち切って太鼓腹を揺らしながら立ち上がった。するとずっと黙っていた一花が手を挙げた。

「質問があります。警視庁のホームページにある密告ダイヤルなんですが」

「匿名通報ダイヤルだ」と青柳はただちに言い直した。

「今お渡しした情報以外のものを通報した場合、情報料はもちろん別口になりますよね。報奨金の三百万と、ほかにいくらもらえるのかが知りたいんです。一件あたりの情報は、おいくらですか？」

この女はすでに満額をもらえる算段をしているらしいし、まだ上乗せするつもりなのが末恐ろしい。青柳は呆れ返ったように一花を見やり、組織違いだから警察庁に聞けと言い残して肥満体を引きずるように去っていった。それから藪下は情報提供に必要な書類を提出し、梅雨空の戻った蒸し暑い外に出た。

キャンピングカーを修理している間、三人の移動手段となるのがメルセデスのワンボックスだ。圧倒されるほどの広さと外観だが、淳太郎は気乗りしないらしい。

「この車は、エアコンを使う夏場専用なんですよ。どうも使い勝手が悪くてね。やっぱり、ドイツ車のミニバンは邪道です」

「うちのスバルと交換してやろうか」

「結構です」

即答した淳太郎を藪下は二度見した。

「これで情報の提供は終わったし、あとはそれが重要だと認められれば報奨金が確定します。おのずと相原さんの無実も証明されますね。僕たちの仕事はほとんど終了ですよ」

「そうだな」

藪下は相槌を打った。

「青柳は情報を揉み消すことはしないだろう。必ず議題に挙げてくる。自分の手柄に通じそうなものは、部下を潰してでも囲い込むような男だからな」

「最悪の上司ですね」

郎は振り返って藪下に気だるい微笑みを投げ、垂れ気味の目尻を一層下げた。

「僕は一花ちゃんの推測を支持しますよ。鳥を介してすべてがつながっている説。なかなかいい着眼点だし、なんとなく筋が通りそうな気配がある。それにしてもおもしろいですね。警察は、こんなことはまったく眼中にないんですから。同じ事件を追っているのに、道は見事真っ二つに分かれています」

寝床で一部始終を聞いていたようだ。

「さあ、みんなシャワーを浴びて身支度を整えましょう。藪下さんは朝食の準備をお願いします」

いつの間にか藪下が食事係になっているが、料理は自他ともに認める得意分野だからそれもいい。

三人は代わる代わる洗面所を使って支度をし、藪下が作ったスクランブルエッグとシンプルなポトフをたいらげる。味はなかなかに好評だ。そして一花が火災現場から手早くカメラを回収し、三人は車に乗り込んだ。淳太郎は運転席に収まり、吸入器を口に当てて薬を吸い込んでいる。

「また夜の十時に集合ですね。今日は相原さんの退院の日でした。今朝、彼にはトイレで倒れてもらおうと思っていたんですが、数値が悪くて再検査になったそうですよ。

淳太郎はおもしろそうに笑った。

「でも、僕は嫌いではないですよ。結果に貪欲で強烈な上昇意識がある。人に嫌われてもかまわない。要は使いようということです」

「手柄になるようなものを見極める嗅覚は確かだ。今の地位は自分で摑み取ったもんで、小心者だがやつには迷いがない。俺は嫌いだがな」

藪下は、助手席側のサイドミラーに映る一花を見た。あいかわらずヘッドフォンを着け、地獄のようなカセットテープの中身に聞き入っていた。この奇妙な三人組は、なかなかよい間合いが取れている。性格も育ちも考え方も見事にばらばらで、ほとんどわかり合えないながらも本質の部分は無意識に感じ取れていた。居心地も悪くはない。しかし、契約の結びつきが切れればそれまでの関係だ。それ以上でも以下でもなかった。

「とりあえず、ばあさんの居所は引き続き探る。俺ら三人を単独で殺しにくるようなやつを、野放しにしてたら危なくてしゃあない。こういう場合、警察は守ってくれないからな。自衛と先手だ」

「了解ですよ」

淳太郎は藪下を窺うように見てから、サイドブレーキを下ろしてアクセルを踏んだ。

三人は森島に舞い戻った。四日ぶんの張り込み映像を再確認したいという一花を人通りのある曳舟駅前のファストフード店に残し、藪下と淳太郎は聞き込みを再開した。駐車場に入れたメルセデスには警報機を厳重にセットし、ドライブレコーダーは常時録画の状態だ。さらに火災現場には三つのカメラを置いて、老婆が現れればただちに動けるよう臨戦態勢を取った。犯人に普通の感覚があれば警戒して森島に立ち入るはずはないのだが、なにせ近辺を徘徊して寝込みを襲うような攻撃性の持ち主だ。一花をつけて家を特定した能力もしかり、さまざまな犯罪知識を匂わせていることもしかり、常識で判断すれば足をすくわれる。

二人は老婆の写真と桜丘梅子の写真を拡大して、曳舟の駅前から目撃者を探した。藪下は、このあたりですれ違った小さな老婆のことを思い出していた。あのときはぶつかりそうになって慌てたが、今考えれば向こうはほとんど動じる様子がなかったように思う。腰は曲がっているのに足取りはことのほかしっかりとして、どこか凜とした佇まいさえ漂わせてはいなかったか。しかし、一連の事件を起こすような、異常とも思える加害性などはまったく感じられなかった。

チェーン店ばかりの商店街に入って店の従業員を中心に聞き込みを続けたが、見かけたという人間にはなかなか出くわさない。

藪下は少し考え、駅前から一丁目に移動した。うまい関東風うどんを食べさせる森島屋は、昼過ぎとあって客もまばらだ。のれんをくぐると同時に女将と目が合い、彼女は決まりが悪そうに身じろぎをした。

「こんにちは、たびたびすみません。今日はすぐ帰りますんで、ちょっと写真だけ見ていただけませんか。この女性が店に来たことはありませんかね。または、亡くなった先代の知り合いとか」

「はあ……」

無害なことをアピールするような笑顔を作り、藪下は火事場を見物している白髪の老婆の画像を差し出した。女将は糊付けされた張りのある三角巾に触れながら、あまり画質のよくない印刷物に目を落とす。眉間にすっと刻まれた一本の薄いシワが、几帳面な印象を与えている。

彼女はしばらく見ていたが、かぶりを振りながら画像を返してよこした。

「ちょっとわからないです。お店に来たお客さんですか？」

「いえ、それも含めてお聞きしたかったもので」

「たぶん、義母の知り合いではないと思いますよ。お葬式とかお通夜でもお見かけはしていません」

そうですかと言いながら隣の淳太郎に目をやると、すぐに二枚目の画像を出してきた。表彰式での桜丘梅子だ。その写真を見た女将は、緊張が解けたように頬を緩めた。

「ああ、桜丘さんですね。義母がお店に連れて来たことがありました。動物の里親探しをしていると聞いていますよ」

「ええ、そうです。ちなみに、彼女の住所はわかりますか」

突っ込んだ質問に女将は少しだけ警戒を覗かせたが、ペットを手放した後ろめたさも手伝ってすぐに口を開いた。

「桜丘さんは確か、今は海外にいると聞きましたよ。義母のお葬式に、わざわざ香典を送ってくださったんです。お返しはいらないからと」

現在も海外在住だとすると、殺処分寸前のところを引き取った三本足の犬はどこへ行ったのか。転居先へ連れて行くか、またはだれかに譲るかしかない。例の老婆に譲ったにせよ、ここから先は梅子と会わない限り情報を得るのは困難だった。そこかしこで不審者の影がちらついているのに、なかなかそばには近づけない。

藪下と淳太郎は礼を述べて店を後にし、今度は亀戸線の小村井駅に足を向けた。老婆が徒歩で四丁目と行き来できる圏内は、旧中川沿いから隅田川にかけての一帯ではないだろうか。足腰が強いとはいえ腰が曲がっているせいで歩幅は狭く、ましてや相当な高齢だ。そう遠い場所にいるとは思えない。

　まずは駅前のスーパーで聞き取りをしようと思ったとき、藪下のシャツの胸ポケットでスマートフォンが振動した。画面には一花の名前が表示されている。通話ボタンを押して耳に当てると、やかましい談笑の声にまぎれて単調な声色が聞こえてきた。

「藪下さん、録音テープからわかったことがあります。すぐそっちへ行きたいんですが、今どこにいますか？」

「小村井の駅前にいるが……」

　そこまでを話したとき、耳を突き刺すような轟音(ごうおん)が電話口から響いて藪下は反射的にスマートフォンを離した。いったい何事だ？　急いでまた耳に押し当てたが、通話は途切れてしまっている。一花にかけ直すも電話に出る気配はなく、藪下は舌打ちして電話をしまった。

「曳舟でなんか起きたな。たぶん爆発だ」

「爆発？　一花ちゃんは？」

「狙ったんだよ、一花を」

　藪下はそれだけを言い、駅へ向かって走り出した。彼女をひとりで残したのは迂闊(うかつ)だった。

第五章　チーム・トラッカー

1

曳舟の駅前にあるファストフード店からは真っ黒い煙が流れ出し、人垣ができて騒ぎになっていた。野次馬をかきわけて強引に進むと、大勢の客や制服姿の従業員が通りにうずくまっているのが見えてくる。辺りには火災報知器のベルがけたたましく鳴り響き、店内はスプリンクラーが作動しているのか水浸しだ。しかし、奥のほうでまだ火が赤々と燃え盛っているのが目に入り、藪下は店を取り囲んでいる野次馬に向き直った。

「下がれ！　まだ火が消えてない！　ほら、写真なんか撮ってんな」

入り口付近でスマートフォンをかざしている高校生らしき少年をつまみ出し、怪我人にも店から離れてと指示を出した。淳太郎は、ひどいやけどを負っている従業員や客たちを誘導してからすぐに戻ってきた。

「一花ちゃんの姿が見えません。もしかして、まだ中じゃないですか」

淳太郎の声が、聞いたこともないほど逼迫(ひっぱく)している。藪下は口許を手で覆って渦巻くような黒い煙に目を凝らしたが、まったくといっていいほど視界が利かなかった。煙の密度が濃すぎて中の様子がわからない。一花は確か、注文した飲み物を持って奥の席に向かったはずだ。

藪下は大きく息を吸い込み、意を決して中へ入ろうとした。しかしそのとき、背後から聞き慣れた声がして勢いよく振り返った。

「藪下さん、ちょっとそこをどいてください」

両手で消火器を抱えた一花が、藪下をかわしてするりと店の中に入り込む。止めようもないほど一瞬だった。

「馬鹿！　何やってんだおまえは！　戻れ！」

一花をひっ捕まえようとしたが動きが素早く、萌黄色(もえぎいろ)のワンピースが黒煙の中にあっという間に吸い込まれていく。後を追った直後に消火器を噴射したらしき音が聞こえ、あれほど激しかった炎がみるみるうちに勢いをなくしていくのがわかった。

藪下は激しく咳き込んでいる一花を引きずるようにして外へ出し、煤だらけになった頭を思わずひっぱたいた。

「何やってんだよ！　二次爆発でも起きれば命はないんだぞ！　そんな燃えやすい服に引火すれば、一瞬のうちに火だるまだろうが！」

怒り心頭で怒鳴りつけているところに淳太郎がやってきて、一花の顔を覗き込みながら立ちはだかった。

「いくらなんでも暴力はやめてくださいよ。女の子に対する圧じゃないでしょう。かわいそうに、泣いてるじゃないですか」

「いえ、これは煙が目に沁みただけです」

一花は目をしばたたきながら、ひっぱたかれた頭をさすって藪下を見上げた。顔は黒く汚れ、スプリンクラーの放水を受けて二人とも全身ずぶ濡れだ。一花はこんなときだというのに濡れた前髪を気にしながら、ふうっと息を吐き出した。

「すみません。でも、藪下さんが洗剤と混ざったガソリンは専用の消火剤じゃないと消せないって言ったのを思い出して、この先にあるガソリンスタンドから借りてきたんです。きっと、この爆発はあの人の仕業だと思ったので」

その機転はたいしたものだが、素直に褒めることができないほど危険すぎる。一花はなかなか止まらない涙をぬぐいながら藪下を見つめ、わたしは間違っていないと言わんばかりの顔をした。この女に物事の優先順位をわからせるには、いったいどうしたらいいのだろうか。苛々しながら髪を伝う水を振り払っているとき、ようやく消防車と救急車が連なってやってきた。

通りの反対側には店にいた者たちが固まり、突然出くわした災難に呆然とした面持ちを浮かべている。死人は出ていないようだが、店長と思われる男のやけどは見るからに重症だ。喘息の薬を吸い込んだ淳太郎は、藪下の隣で声を潜めた。

「さっき店員に少し話を聞いたんですが、『要冷蔵』と書かれた小さな荷物が届いたそうです。それで箱を開けたら爆発したと。ただ、あのやけどは、ほとんどフライヤーの油が原因みたいですね」

「わたしがお店に入って三十分ぐらい経ったとき、宅配便の人が荷物を届けにきました。台車にいくつも箱を載せていましたが、そのなかのひとつがあれだったみたいです」

一花はもうもうと煙を噴き出している店に目をやった。彼女が店にいるのを見かけて、外に停まっていた運送屋に荷物を手渡しで頼んだというところだろうが、そうなると、常に小包爆弾を持ち歩いていることになる。神出鬼没のうえに、いつでも騒ぎを起こせる準備をして徘徊しているらしい。異常なほどの行動力だった。

藪下は淳太郎に目をやった。

「ここ最近起きてる小包爆弾テロ。信じられんが、あれもばあさん絡みかもしれん」

「模倣じゃなければそうですね。報道では、ペットボトルにガソリンが仕込まれていたとありました。もしかして、彼女は本職のテロリストでは？」

その可能性はおおいにあった。爆発物の取り扱いはもちろんだが、ピッキングから一花が仕掛けた罠の把握まで、その手の知識が多岐に及んでいる。どこかで訓練を受けたのだとしても、あのくらいの年齢で指名手配されている女テロリストは藪下の記憶にはない。

「それにしても、いったい何をやらかしたら、相原もあんなとんでもないやつに目をつけられるんだよ。俺らは完全なる巻き添えだ」

「まったくです。ただ、彼女も追い詰められていることは確かでしょう。ここのところの行動には焦りが見えますね。余計なことをしすぎている」

一花は二人の会話を黙って聞いていたが、救急車に乗せられている男を見ながら質問を口にした。

「わたしが殺したいほど邪魔なら、直接ガソリンをかけるなりすればいいと思うんです。それなのに、お店に爆弾を送った。運任せだし確実性に欠けます」

「逃げ切れないからだ」

藪下はずぶ濡れのシャツの裾を絞りながら言った。

「いくら技術と知識があっても、相手は年寄りだからな。おまえさんに直接火を浴びせたとしても、周りの連中にその場で取り押さえられて終わりだ。爆弾を投げ込んでも同じだろう。防犯カメラもある。あのばあさんはいつも必ず逃げ道を確保してるんだよ。体がついていかないことを知っている」

もうそろそろ、老婆はぱったりと姿を消すのではないかと危惧(きぐ)していた。藪下たちを深追いしすぎていることもわかっているだろうし、これ以上の騒ぎを起こせば芋づる式に余罪が掘り起こされるのも知っている。おそらく今まで、信じられないほどの罪を重ねているのは間違いないはずだった。しかし、老婆は自分の顔が割れていることをまだ知らない。切り札はこっちがもっている。

それから藪下たち三人は警察と消防の聴取に応じ、向島署にいる青柳警部補にこの件を伝えてほしいと担当警官に念を押した。小包爆弾事件との関連づけは放っておいてもやるだろうが、放火事件と結びつける者はいまい。皮肉なことに、まったく気の合わない青柳だけが頼みの綱になっていた。

「藪下さんも一花ちゃんも、銭湯でシャワーを浴びて着替えたほうがいいですね。この先にあります。着替え一式は用意していますのでご心配なく」

藪下のものはともかくとして、どんなときでも女用の下着までそろえているのが淳太郎という人間だ。もう疑問はもたずに納得するしかない。

身支度を終えた三人は、車が入れてある駐車場へ向かった。一花はパーカーにジーンズという男のようななりで、ますます年齢不詳を加速させている。淳太郎は乗り込む前に車の下をチェックし、ドライブレコーダーにもざっと目を通してから、不審者が近づいた形跡がないことに胸を撫で下ろしていた。

「それで、さっきの電話の用件はなんだったんだ。爆発騒ぎでうやむやになってたが」

助手席から後ろを振り返ると、一花は化粧気のない顔で頷いた。

「ひとつの仮説にたどり着きました。たぶん、ハズしていないと思います」

「いつもながら、すごい自信だな。とりあえず話の前に場所を移動してくれるか。一刻も早くばあさんのテリトリーから離れたい」

「本当にそうですね」

淳太郎は車を出して、すぐに国道六号線に入る。隅田川を越えて混んでいる浅草を突っ切り、左折して四号線に入った。どうやら上野へ向かっているらしい。そのまま直進して上野駅を過ぎると、公園口のすぐ前のスペースに車を滑り込ませた。休日の上野は尋常ではない混みようだが、駐車場待ちの長い列をすり抜けて不忍池が見える場所に駐車する。ここまで二十分足らずだ。

「ここは月極で借りてるんですよ。公園が見えて気持ちがいいし、美術館にも近いですからね。最近は、パンダのせいで動物園に行きたがる女の子も多いんです」

「そのために借りてんのか？　おまえさんのマンションは目白だよな」

「ええ。首都圏のあちこちに駐車場は確保しています。この車はまだしも、キャンピングカーのほうは駐められる場所が限定されるのでね」

藪下は、緩めに髪を束ねている淳太郎にそっけない視線を送った。

てっきり親のすねをかじって警察マニアに興じる馬鹿息子かと思っていたが、この男は株や投資で莫大な資金を動かしていることがわかりつつあった。頻繁にかかってくる電話もそれで、素人目から見ても底知れぬ才を予感させる。自社の経営陣が後継の淳太郎に好き勝手させている理由がここだろう。もはや会社の後ろ盾になっている。

淳太郎は藪下に目配せし、一花のいる後部座席へ移動した。対面式にセットされたシートは悠々として、ここで寝泊まりしても苦にならないほどの広さがある。センターテーブルを引き出した淳太郎はノートパソコンを開いて起動し、それをじっと目で追っていた一花に微笑みかけた。

「どうぞ。一花ちゃんがたどり着いた仮説はどんなもの？」

「これです」

そう言って一花がスマートフォンを操作するなり、鼓膜と神経を破壊するような、あのカセットテープの音源が大音量で流れ出した。藪下は身悶えしながらスマートフォンをひったくり、音を停止してから一花を睨みつけた。

「嫌がらせでやってんじゃないだろうな」

「違います」

「いや、藪下さん。ちょっとここを見てくださいよ」

淳太郎は肩が触れるほど近づいてきて、スマートフォンの画面を指差した。再生回数が三千回を超えている。藪下は非常識な数字を見て動きを止め、渋面を一花に向けた。

「なあ、カセットの音源を修復してからまだ五日しか経ってないんだぞ。単純計算で一日に六百回以上もこいつを聴いたことになる。完全にイカれてる」

「イカれませんでした。その代わり、音の向こう側にやっと見えたものがあるんです。淳太郎さん、張り込みをしたときの映像ですけど、朝の四時二十分ぐらいのところを流してもらえませんか。どの日でもかまいません」

淳太郎は首を傾げながら映像を開き、バーを動かして朝方の映像を再生した。初めは夜明け前で暗視モードだが、しばらくすると白々と辺りが明るくなりはじめる。朝日が射して無残な火事場が浮かび上がったとき、敷地で何かが動くのが見えた。

「そこです」と言った一花は腕を伸ばし、一時停止ボタンを押して少しだけ映像を巻き戻した。コマ送りのようにわずかずつ進めると、小さな鳥が一直線に焼けた巣のあたりに降下したのがわかった。彼女は鳥の場面を拡大し、画質の粗い画像を藪下と淳太郎に向けた。

「青柳刑事に捕まったとき、わたしが見かけたのがこの鳥なんです」

「この鳥ったって、これはそこらに山ほどいるスズメだろう」

「いいえ、違います」

一花は栗色の髪を揺らしながらかぶりを振った。

「これはノジコという渡り鳥で、生息地が限定されているんです。本州でも県によっては一羽も観測されていないし、繁殖期は標高の高い場所へ移動するのでなおさら見つけられません。わたしは、群馬の山に入ったときに初めて見たんです。湿地帯で藪(やぶ)があって低い木が繁っているような場所にいました」

「森島はひとつも当てはまらんな」

「はい。この映像のノジコは、見るからに帰巣本能を刺激されている。きっと相原さんに長く飼われていたんだと思います。でも、野鳥の飼育は禁止されているし、ノジコは準絶滅危惧種なんですよ」

藪下はぼやけたような画像に目を細めた。全体的に黄色味を帯びており、目の周りが白く縁取られている。見た感じでは十センチぐらいしかないような小鳥だ。

一花は淡々と先を続けた。

「映像を見ると、いつも夜明けと同時に鳥は家にやってきます。きっと、放火した犯人もそれに気づいていると思うんですよ。焼け跡に入って、炭になった巣の前でじっと立っている。ノジコが来るのを待っているんですね」

「結局、おまえさんはこう言いたいのか？　相原が準絶滅危惧種の野鳥を違法に飼育していて、鳥好きのばあさんがそれを発見し、怒り狂って火を放ったと」

「それもひとつの理由です。放火犯は動物全般が好きだと思うんですが、それだけの単純な理由で動いているわけではない。カセットテープも含めて、全部がつながっているんですよ」

一花は自信に満ちている。しかし、藪下にはぴんとこなかった。野鳥の飼育が許せなくて放火するのはあり得るかもしれないが、あの老婆の行動はあまりにも常軌を逸している。根底にあるのは、手段を選ばずに滅ぼさなければならないという強烈な使命感だ。淳太郎はタブレットにメモをしながら耳を傾けていたが、やはり納得するところまではいかないようだった。

一花はシートに浅く座り直し、膝の上で手を組み合わせた。目は怖いぐらいにすっきりと澄んでいて、くたびれた藪下が映り込むほどだった。

彼女はパソコンのモニターから目を外して唐突に言った。

「一筆啓上仕り候」

「なんだって？」

「このカセットテープに入っていた音は、これに似た節まわしです。やっとわかりました。今のは『聞きなし』ですよ」

「一花ちゃん、僕にもわかるように教えて」

淳太郎はタブレットのキーを叩きながら、若干焦れたように口を開いた。

「野鳥の声を言葉に置き換えたものを、聞きなしと言います。ウグイスだったらホーホケキョ、ヒバリだったらピーチクピーチク。ホオジロは『一筆啓上仕り候』と聞こえると昔から言われていますね。この節に似た鳥の声が、カセットテープに入っていました」

「それを解読すんのに三千回も聴いたわけか」

「はい。でも、これが解読できなければ、きっとわたしは何もわからないままでした。つなげられたのはテープのおかげなんです」

一花は嬉しそうに微笑んだ。

「テープに録音されていたのはホオジロの鳴き声。相原さんの家に通ってくるのはノジコ。この二つからだいたいのことが想像できます」

一花は確信をもって話を続けた。

「火災の前に、相原さんは五羽の鳥を飼っていたと言っていましたね。きっとそれはホオジロのヒナです。相原さんは鳥の巣を自作していると言いましたが、あれは違う。ホオジロが作った天然の巣ですよ。山からとってきたものでしょう。四つの卵が入ったそれを手許に置いて孵したんです」

「鳥を育てるのが生きがいらしいからな」

「いいえ、生きがいというより商売のためです。しかも、高額取引の商売ですよ」

淳太郎がタブレットから顔を上げた。

「もともと日本には、鳥の声の美しさを競わせる鳴き合わせという文化がありました。今はもちろん法律で禁止されていますが、山や森に入ると鳥を密猟する人間に出くわしますよ。それも結構な頻度で」

「そういうことか」

藪下は何度も頷いた。

「鳥の鳴き合わせは、定期的に逮捕者が出るありふれた犯罪だ。あまり報道されないから知られていないが、政治家なんかの大物も足を突っ込んでるよ」

「そうです。野鳥の鳴き合わせ会は定期的に開催されていて、全国で数万人規模だと言われています。点数をつけるので、ノミ屋が倍率を決めた賭博もおこなわれていますね。わたしは山で密猟を見つけたら追跡して通報しますが、ハンターが小遣い稼ぎでそれに加担している場合も多い。だから減らないんです」

「じゃあ、相原さんも密猟してその鳴き合わせ会に参加していたということだね」

淳太郎の言葉に、一花はいいえと首を横に振った。

「たぶん、相原さんの役目は飼育と調教です。野生の鳥の鳴き声というのは、縄張りの主張だったり繁殖行動だったり、とても力強いんですよ。でも鳴き合わせ会で高得点が出る条件は、繊細さと『鈴』が入っていること。野生のホオジロにはこれがほとんどありません」

意識して聞いたことがないからわからないが、鈴を転がしたような繊細な声というのはなんとなく想像がついた。

「鳴き合わせ会で勝つために、そして賭けに勝つためにも鈴の入った澄んだ鳴き声が絶対に必要です。その教育係をするのがノジコなんですよ。ノジコの声は品があって野生でも鈴が入っているから」

「鳥界隈での逮捕者はほとんどが鳥獣保護管理法違反だ。博打(ばくち)だのは聞いたことがないぞ」

「彼らは本当に慎重で、表舞台には滅多に姿を現しません。いつどこで開催されるのか主催者はだれなのか、胴元は何者なのか。わたしの祖父は長いこと探っていますが、おそらく元締めは暴力団だろうと言っていました。たまに捕まるのは末端ばかりですから」

経験を踏まえている一花の言葉は強い。彼女は説明を続けた。

「ホオジロは、親鳥の声を真似する習性があります。鈴が入る声を聴かせれば鈴の入った鳴き声に育つし、そうでなければ途中からは変えられません。山から巣子ごと持ち去る理由がこれで、親鳥の鳴き声を聞いてしまう前に引き離すんですよ」

「なんだかかわいそうな話だね。卵から孵って最初に聞く声が親ではない。競技のためだけに育てられて、点数をつけられて金儲(かねもう)けの手段にされて、空を飛ぶことも知らずに一生をかごの中で鳴いて過ごす。死んだほうがましだな」

淳太郎は、まるで自分に重ねるように投げやりに言った。一花はそんな男を長いこと見つめ、事情を知ってか知らずか真正面から言葉をかけた。

「淳太郎さんは、そこから自力で逃げ出したヒナですね。そういう鳥は手強いですよ。二度と捕まるようなことはありませんし、独自の警戒心を遺伝子に残します。進化の多くは苦しみから起こる。わたしは、猟でいつもそれを感じます」

淳太郎はいささか驚いたような顔をし、そして束ねた髪の後れ毛を耳にかけながら伏し目がちに笑った。一花という女は猟を通して世の中を見ており、時折り突き刺さるような言葉を平然と言ってのける。慰めや優しさをまったく意識してはいないが、そこに触れていることに本人は気づいていなかった。

藪下は話を元に戻した。

「おまえさんの話をまとめるとこうか。相原は動物を平気で虐待するろくでなしで、それで金儲けをしていると」

「そうとも言えません。鳴き合わせ会に参加している人たちのほとんどは、違法とはわかっていても悪気はないんです。古くからの伝統文化という意識があるので、中には積極的に継承すべきと考えている人もいます。相原さんは、育てるということに情熱を燃やしていたのかもしれません。お金のためだけではないように思えます」

藪下は大きく頷いた。

「鳥が焼け死んだと言ったときの相原の顔は、それはそれは悲しそうだった。純粋に好きなんだな。本当に鳴き合わせ会に関係しているとしても、罪悪感はないのかもしれん」

「はい。きっと昔は、テープに録音した鳴き声をヒナに聞かせていたんだと思います。でも、生きたノジコの声を聞かせたほうが結果を残せることがわかった。たぶん、あの放火犯はホオジロのヒナを持ち去っていると思います。まだ飛べないヒナを家から出すために侵入した。ノジコを逃がしたのもあの人です。そして野鳥がいた痕跡を消すために、鳥の巣付近にガソリンをかけて火をつけた。これからも私刑を続けるなら、警察に関連づけられたら困りますから」

藪下は話を聞きながら頭を巡らせた。あの老婆が相原を狙った理由がそれだとすれば、だれかから情報を得たことになる。まさか密猟者や関係者をひとりずつまわり、根絶やしにしようと考えているのか？　途方もない話だと思っているとき、隣でタブレットを操作していた淳太郎が興奮気味に顔を上げた。

「益田さんがちょうど退院の日程を聞きに病院へ行っていたので、メールを入れて相原さんに確認を取ってもらいました」

「いいタイミングだな」

「ええ。彼が飼っていた鳥は、なんと一花ちゃんの推測通りホオジロでした。ノジコがいたのもその通り。産卵期の春から夏にかけて、野鳥を育てて納品することを何十年も続けていたそうで、収入のほとんどがそれですよ。ただ、犯罪の意識があまりにも薄いということです。ペットショップで鳥を売るのと同じ程度に考えているようで」

「たとえしょっぴかれても罰金を払う程度だからな」

藪下は苦々しく言い、一花の顔を見やった。顔を赤らめ、答えに行き着いた嬉しさを噛み締めている。藪下がよくやったと声をかけると、初めて見せるような清々しい笑顔を向けてきた。

ペット業界は大型店に押されて厳しい状況のなか、軒先商売のような相原でも細々とやっていけた理由が野鳥を使った闇取引だ。しかもこれは相原だけの話ではない。

「たぶんだが、他県で起きたペットショップ火災もこれに絡んでるような気がするな。いや、今までどれだけの関係者が始末されたかわかったもんじゃないぞ。それに群馬に住んでたかすみ網の深谷。あいつの金まわりのよさから見れば、間違いなく嚙んでたな」

「あり得ますね。バードウォッチングのガイドなんてやるような人物とは思えませんし、実態は、鳴き合わせ会専用の鳥の巣密猟ツアーだったのかもしれません」

「そうだと思います。鳥の産卵期に合わせて春先にツアーを組んでいますし」

一花は自信をもって頷いた。しかし、このあたりを証明するのは骨が折れるだろう。鳴き合わせ会というものの全容を暴く必要があるし、賭博も絡むとなれば内偵の末の一斉摘発で時間もかかる。警察がどこまで動くかはわからないが、相原伝いに手を伸ばせるのは、一花の言うように末端までだと思われた。

「相原は町の連中怖さで姿を隠したが、そのおかげでばあさんからも遠ざかることができたわけか。不幸中の幸いだ」

藪下は皮肉交じりに言い捨てた。

「それに役所を狙った爆弾テロ。これは保健所と福祉保健局と都庁だったよな。おそらく、殺処分あたりの報復かもしれん」

藪下の言葉を聞いた一花がわずかにはっとしたが、いつもの無表情に戻して直線的な声を出した。しかし、努めてそうしているような、切なさも混じる声色だった。

「あの人はわたしがハンターだと知って、始末するリストの上位に入れたのかもしれない。きっと、人間よりも動物の命を重んじる人です。だからわたしのような生き方を絶対に許さない」

一花が生活を変えたいと願ういちばんの理由は、この葛藤にあるのかもしれない。彼女の年齢ならばなおさらで、なぜ自分が手を血に染めなければならないのかと思うのは当然のことだった。突出した能力を生み出す強靱な精神とは裏腹に、その奥底にある心はまだまだ弱い。きっと家族も、相当悩んで東京に送り出したことが窺える。

「俺はおまえさんの能力をかなりあてにしてるぞ」

藪下はそう言って一花の腕をぽんと叩いた。

2

一日の休みを経て月曜日に三人は落ち合い、上野の駐車場で警察へ提供する追加の情報を手分けしてまとめていた。青柳に渡した分は今どういう状況かはわからないが、ファストフード店の爆発から明らかに警察の動向が変わったように見える。捜査員は相原の入院する病院へも行ってはおらず、週の頭から不気味な静けさだ。元部下の三井も、そのあたりの内情はまだ摑めていなかった。

車の窓ガラスが湿気で曇り、屋根つきの駐車場だというのに大粒の雨が時折り激しく打ちつけてくる。本降りになるのは夜半過ぎからの予報だったが、すでに天気は大荒れだ。

藪下は時系列を確認しながらパソコンに一連の出来事を打ち込んでいた。一花がコンビニへ買い出しに行ったと同時に、淳太郎がそばに寄ってきた。

「藪下さん、これを見てください」

体温が伝わるほど接近し、タブレットを顔の前に差し出してくる。藪下はメルセデスの後部座席で淳太郎を引き離し、画面に焦点を合わせた。よくわからないごちゃごちゃとしたページには写真が貼られ、小さな文字が打ち込まれている。どこか見覚えのある画像だと眺めていたが、器の柄を見て思い出した。

「森島屋の写真か。一花が田舎うどんを食ったあとに撮ってたやつだな。なんでこれがネットに上がってんだ」

「一花ちゃんのSNSです。悪いなとは思ったんですが、名前のローマ字表記で検索してみたんですよ」

「別に何をやろうがかまわんが、なんだってこんなどうでもいい写真を載せてんだよ。センスの欠片もないやつだな」

写真の下のコメントには、「うどんおいしかった」とこれまたどうでもいい一文と絵文字が書き込まれている。淳太郎は画面をスクロールしながら困った顔をした。

「おそらくこれは、婚活のためにやっていると思います。婚活サイトへの登録条件としてSNSがあるんですが、ある程度の個人情報とか内容を公開することで、身元の保証ができるというコンセプトですね。出身校なんかもわかりますから」

「犯罪者のいいエサだな」

　藪下はパソコン仕事に目を戻した。

「それにしても、一花ちゃんは友達の登録数が極端に少ないので不利ですね。年齢が若いぶん、SNSの地味さは見る者に違和感を与えます」

「食い散らかしたうどんの汁を全世界に公開するような女と、だれが友達になりたいんだよ。こんなもんを無理してやってっから、詐欺師に引っかかるんだ」

「そこですよ。この拙いSNSは、いいカモだと言っているようなものです。彼女を狙う悪意ある男は、ほかにも必ずいるはずですね」

　他人には頓着しない淳太郎だが、さすがになんらかの義務感が芽生えているらしい。

藪下は一瞬だけタブレットに目をやった。

「あの女は、一度かかった罠には二度とかからない。田舎者だが、ただの田舎者じゃないから大丈夫だ。好きにさせとけ」

「藪下さんならそう言うと思っていました。今後は責任をもって僕がウォッチしますので」

「ただ見物したいだけだろ。本当に悪趣味なやつだな」

藪下は淳太郎に苦りきった顔を向けた。そのとき、スライドドアが開いてナイロンジャンパーを着た一花が戻ってきた。タオルで丁寧に水気を払い、靴底も拭いてから乗り込んでくる。

「周りに怪しい人影はありませんでした」

「ここは大丈夫だよ。下に警備の人間もいるし、一般の人間は入れないからね」

淳太郎の言葉に一花は頷き、買ってきたペットボトルの水やお茶をテーブルに置いた。

過去にも命の危険を感じることは何度かあったが、今回ばかりは桁外れだ。相手が何者かわからない不安に加えて、虚をつく動きと荒っぽい手口が頭を混乱させる。一瞬で倒せるようなひ弱な老婆にもかかわらず、つい背後を気にしてしまうほどの禍々しさがあった。住処を知られた一花は一之江のアパートを引き払うしかないが、どこへ越しても老婆を仕留めない限りは同じだろうと思う。まったくもって厄介な人間と絡んでしまった。藪下は、女かららしきメールに返信している淳太郎にあらためて警告した。

「おまえさんも女と遊び歩いてないで、少しは警戒したほうがいい。シボレーのナンバーを知られてるんだし、そっから所有者を割り出すのはそう難しいことじゃないからな」

「ええ、承知してますよ。むしろ危険なのは会社のほうだと思って、届いた荷物は全部、金属探知機で検査するように指示を出しました。『至急』とか『親展』の文字があるものは特にね。ただ、彼女も忙しいでしょうから僕らにかかりきりにはなれないはずです」

「だが、一度でも狙われたことには変わらない。気を抜くな」

淳太郎はにっこりして「了解です」と答えた。そのとき、藪下の胸ポケットでスマートフォンが震えた。画面には、見慣れない番号が表示されている。通話ボタンを押して耳に当てると、咳払いと遠慮がちな女の声が聞こえてきた。

「すみませんが、藪下さんの携帯電話でよろしいですか？」

「ええ、そうですが、どちらさまでしょう」

また咳払いが聞こえ、女は緊張したように喋り出した。

「わたし、うどんの森島屋の女将です。先日はどうもありがとうございました」

「ああ、こんにちは。どうかしましたか」

「たいしたことではないんですが、ちょっと思い出したことがあったのでお電話したんです」

　藪下はスマートフォンをスピーカーモードにしてテーブルの上に置いた。うどん屋の女将は何度も咳払いを繰り返し、か細い声を出した。

「この間、藪下さんは桜丘さんのお話をされましたよね。動物の里親を見つける活動をしている桜丘さんです」

「はい。桜丘梅子さんが何か」

「亡くなった義母が年賀状のやり取りをしていたのを思い出したので、ちょっと見てみたんです。そこに東京の住所が書かれていたのでお伝えしたほうがいいかなと思って。桜丘さんは独身でひとり暮らしだと聞いているので、たぶん、家はそのままになっていると思いますよ」

　藪下は手帳とペンを取り出した。

「わざわざすみません。教えていただけますか」

　女将は、年賀状に書かれている住所を二回続けて読み上げた。浅草一丁目にある一軒家らしい。淳太郎はすぐさま地図検索をして該当住所にピンを打った。

「ありがとうございます、助かりますよ」

「いえ、たいしたことじゃないので」

女将はひどく恐縮するように言った。ペットの殺処分を藪下に知られ、ずっと気詰まりな思いをしているらしい。少しでも名誉を挽回しようとしているのかもしれなかった。

「義母は年齢もずいぶん離れている桜丘さんと意気投合していたんですが、急に疎遠になったんですよ。仕事で海外へ行く旨のハガキをもらってから、すぐ新しい住所を聞こうと電話したみたいなんです。でも、それっきり連絡がつかなかったみたいで。きっとすでに日本にはいなかったんでしょうね。ずいぶんがっかりしていました」

「それはいつごろですか」

女将は少しだけ考え、「二年ぐらい前ですね」と答えた。それでは計算が合わない……藪下はすぐに思った。うどん屋の先代女将が死んだのは去年の九月で、犬も九月に保健所へ引き渡されている。そこで殺処分寸前に救い上げたのだから、二年前に渡航しているというのはあり得ない話だった。

藪下は、そわそわしているのが目に見えるような女将に質問した。

「先代の女将が亡くなったとき、香典が送られてきたとおっしゃいましたよね。場所はどこからですか？」

「ああ、そういえば海外からじゃなかったですね。それだけは覚えています。消印が浅草の郵便局でしたから」

藪下は、なんとか役に立とうとしてくれた女将に礼を述べて電話を切った。すると淳太郎が、考えを読んだように言った。

「日本と海外を行き来する仕事はたくさんありますよ」

「それならば、親しくしていた先代の女将に連絡を取ってもおかしくはない。ぱったりと姿を消したのに、葬式当日に香典だけ送ってくるだろうか。浅草の家にいたとすれば、目と鼻の先で葬式をやっていたんだ」

渡航を機に人間関係を清算したとも考えられるが、どことなく腑に落ちない。すると一花がテーブルの天板を見つめながら口を開いた。

「愛犬サークルの方々も、急に姿を見せなくなったと言っていました。海外へ行く話も聞いていなかったみたいだし、ちょっと唐突な感じはしますね」

すべてのかかわりが、ある時期を境に断ち切られている。青柳警部補には桜丘梅子を調べてくれとは頼んだものの、今それどころではないことはよくわかっていた。

藪下が黙りこくって考え込んでいると、隣で淳太郎はタブレットをトートバッグにしまった。

「浅草ならここから十分もかかりません。行ってみましょう。もし桜丘梅子さんがいれば、三本足の犬の話も聞けますしね」

そうだなと頷くと、淳太郎は運転席へ移動してすぐに車を出した。雨の勢いが増しているようで、自動調節のワイパーが最高速度で動いている。上野御徒町駅辺りはさすがに混んでいたが、そこを通過すれば車は順調に流れていた。都道をしばらく走って寿三丁目の交差点を左折すると、すぐ目的地のアナウンスがナビから聞こえてきた。雷門通りを越えた、繁華街から少し外れた寂しい裏通りだった。周りはマンションやせせこましい雑居ビルだらけだが、それに埋もれるような格好で小さな民家が建っている。

透かしの入ったブロック塀は薄汚れ、端のほうは歯抜けになって錆びた鉄筋の支柱が剝き出しになっている。陰気臭さを醸し出しているのはそれだけではない。枯れるにまかせた植木鉢が塀に沿って並べられ、苔やカビがびっしりと浮いている。年季の入った赤いポストには色褪せた猛犬注意のステッカーが貼られていた。

「なんとも雑然とした家だな」

藪下は素直な感想を述べた。二階建ての建物自体が古く、築年数は相当なものだと思われる。昭和レトロなどという風情のあるものではない。凹凸のある砂壁状の外壁には排気ガスの汚れがこびりつき、手入れを怠っているのがありありとわかった。

淳太郎は家の前に車を横づけし、藪下と二人傘を差して外に出た。ばたばたと騒々しい音を立てて雨粒が弾け、一瞬のうちに足許がずぶ濡れになった。一花はナイロンジャンパーのフードをかぶり、いつものごとく視界を遮る傘は差さなかった。

「生活の気配はある。ポストが空だ」

藪下は桜丘と書かれた表札を見やった。外に呼び鈴のようなものはなく、ブロック塀の門扉を越えて玄関先までいくしかない。距離にして数メートルしかないのに深そうな水たまりがあちこちに広がり、藪下は毒づきながら雑草を踏みしめた。玄関は格子が入ったサッシ引き戸で、型板ガラスが目隠しになっている。ここにも呼び鈴がない。藪下は傘を閉じて引き戸を叩いた。

「すみません、宅配便です。桜丘さん、ご在宅ですか」

藪下はためらうことなくうそをついた。家の中に人の気配はない。しばらく待っても応答はなかったが、その代わりに中で犬の吠える声が聞こえた。間を置かずに白くて大きな犬のシルエットが引き戸ガラスに透けて見え、喜んでいるのか立ち上がって戸に手をついた。それを見た一花が息を飲み込んだ。

「たぶん、後ろの右足がありません。立ち上がると少し右にバランスが崩れています」

「この犬が足跡の主？」

淳太郎が押し殺した声で言った。この場所から森島四丁目まで、徒歩で三十分というところだろうか。犬を連れて歩くのは可能だが、桜丘梅子はあの老婆ではない。するど一花が突然しゃがみ、引き戸に両手をついてガラスに顔をくっつけた。

「おい、何やってる」

藪下は後ろを振り返り、通りに人がいないことを素早く確認した。

「格子枠の角のところ、少しだけガラスが欠けています。ここから中が覗けますよ。靴がないから留守のようです」

「盗人じゃないんだぞ、やめろ」

一花の襟首を摑んで立たせたとき、彼女はひときわ目を大きく開いて藪下を見上げた。

「どうした」

「……中にあのキャリーバッグがあります」

「なんだって？」

藪下は急いで屈み、欠けたガラスの穴から中を見た。白い犬が興奮してはしゃいでいる後ろ側に、黒いキャリーバッグが立てかけてある。ものは確かに同じように見えた。しかし、決定的な目印となる欠けた取っ手部分にストールがかけてあるせいで、老婆の持ち物であるとの断定ができなかった。

藪下は咄嗟に中腰になって家をまわり込み、奥庭のほうへ足を向けた。どうしても老婆がここにいる確証が欲しい。それができれば、車を襲撃されたときの映像を元に確保に持ち込める。淳太郎も藪下に続き、二人とも激しい雨に打たれるがままになっていた。そしてブロック塀と家の隙間を塞ぐように転がっている邪魔な石をまたごうとしたとき、後ろから一花が鋭い声を張り上げた。

「待って！　それをまたがないで！」

すぐさま一花に腕を摑まれ、淳太郎ともども強引に後ろへ引き戻される。これほどの大声を初めて聞き、藪下は驚いて彼女の顔を凝視した。わずかに取り乱してはあはあと息を上げ、家の細い脇道をまっすぐに見据えている。白い顔には幾筋も雨水が伝い、恐ろしくなるほど瞳が澄み切っていた。

一花は落ち着きを取り戻すようにしばらく動きを止めたあと、感情を殺した平坦な声を出した。

「罠がある」

見えない何かを感じ取り、食い入るような視線を微塵も動かさなかった。

「罠を仕掛けるとき、その前に大きな石か太い木の枝を置くことがあります。獲物にわざとまたがせるんですよ。足をつく位置を限定するために」

一花はプランターに挿してあったプラスチックの支柱を引き抜き、転がっている石の向こう側の地面を突いた。とたんに鈍い金属音が響いて何かが跳ね上がり、目にも止まらぬ速さで支柱に巻きついている。次の瞬間には、プラスチックの棒を真っ二つに切断した。藪下と淳太郎は言葉を失い、震え上がって折れた支柱を見つめた。

「ねじりバネの罠です。しかもカミソリワイヤーを使っている。かかっても脚が切断されることはないですが、骨が見えるまで肉は削ぎ取られます。血管も腱も神経も、すべてが破壊されます」

鮮明にその絵が想像できるだけにぞっとし、藪下は一歩も動けなくなった。一花は大雨のなかで罠を検分していたが、やがてすべてを理解したように小さく息をついた。

「踏み板に釘を挿し込んで、わざと罠の反応を鈍くしています」

「なんのために」と藪下は思わず問うた。

「犬とか猫とか、体重の軽い動物が踏んでも罠を作動させないためです。成獣しか狙わないわたしもこれをやりますが、この罠のターゲットは確実に人間です」

こともなげに断言する一花を、ただ見つめることしかできなかった。完全に顔つきの変わった彼女は「そこにいて」と言い残して周囲を見てまわっているが、藪下と淳太郎は体の向きを変えることすら本能が許してはくれなかった。一歩踏み出した先に今見た罠が仕掛けられているかもしれない。来た道を戻ればいいだけなのに、それができないほど脳が危険信号を発していた。未だかつて、ここまでの切迫した恐怖を味わったことがない。藪下はまるで木偶（でく）のようにその場に立ち尽くし、背中を流れる雨水の冷たさも感じなくなっていた。

　時間にして三分もなかったように思う。途方もなく長く感じていたところに戻ってきた一花が、完全に固まっている男二人の手首を摑んだ。

「ここを出ます。門から玄関までの直線は安全ですが、それ以外は何かがあります。もっと危険な何かが。最低でも三ヵ所」

「なんで東京のど真ん中でゲリラ戦をやってんだよ……」

　藪下は目に入る雨を腕でぬぐった。

「これはわたしに向けたメッセージですよ。あの罠は新しい。最近買って仕掛けたものです。きっと、アパートへ侵入したあとにこれをやったんですね。いつかわたしが、自宅を突き止めるとわかっていたから」

一花はわずかに微笑んだ。やはりこの女の肝の据わり方は半端ではなかった。心を乱したのは罠を見たときの一瞬だけで、すでにフィールドを完全に掌握している。

「藪下さんも淳太郎さんも心配しないでください。わたしがついています」

一花はしっかりと目を合わせてから二人の腕を力強く引き、揺るぎのない足取りで歩きはじめた。しかし藪下は一歩踏み出すごとに汗が噴き出し、心拍数が異常なほど上昇しているのがわかる。淳太郎も蒼ざめた顔を強張らせて、ぎこちなく地面を踏み締めていた。ひたすら一花の足跡だけを見てなんとか敷地の外へ出たときには、人生で初めてアスファルトのありがたさを心の底から噛み締めていた。

力が抜けるほどほっとしていると、二人から手を放した一花が確定事項のように言った。

「罠を直してきます。車で待っていてください」

即座に身を翻した一花の腕を、藪下は間髪を容れずに捕らえた。

「放っておけ」

「放ってはおけません。あのままにしておけば、あの人が戻ったときにバレます」

「かまわない。何があるかわからんところへ、行かせるわけにはいかないんだよ」

激しい雨に打たれながら、藪下は真正面から一花と目を合わせた。淳太郎もいつもの軽薄な気配を捨てて、真顔で彼女の両肩に手を置いた。

「僕も行かせない。それに一花ちゃん、今までのことを許して」

「なぜ謝るんですか」

「きみを舐めていたから。僕は言うほど人を見る目がないのかもしれない」

淳太郎は車を解錠して中へ入り、藪下と一花にタオルを渡してきた。防水のジャンパーを着ている彼女はともかく、二人は海から上がってきたかのようなひどいなりだ。淳太郎は後部の収納ボックスから着替えを取り出して藪下に投げてよこし、一花は顔を背けるでもなく着替える男二人を無表情で見つめていた。

それから淳太郎はただちに車を移動させ、隅田川沿いの路肩に駐めてハザードを出した。

「今通報しても、当人が不在ではどうしようもないですね」

淳太郎が後ろを振り返った。

「下手に踏み込めば、おまわりが罠で負傷する。家の中にも何があるかわかったもんじゃない」

「張りますか」

藪下はタオルを首にかけたままシートに体を預けた。作動した罠を見れば、老婆はすぐ状況を把握して姿をくらますのは目に見えている。自分がやるべきことは市民として事実を通報することだが、それだけでは危険人物を取り逃がすのがわかり切っていた。まだ老婆が捜査対象として確定していない以上、警察がいつ帰るとも知れない人間を張って確保することはあり得ない。罠の存在を示したとしても、個人の敷地内を理由に出直してくるのがせいぜいだろう。すべてにおいて、老婆確保を最優先事項にする決定打が足りなかった。

「嫌な予感がするな」

藪下は思ったことを口にした。今はどう進めても、最適解にはたどり着けないような気がしている。ならば自分がここで帰りを待ち、たったひとりの小さな老婆を捕らえればいいだけの話だ。後ろ手に拘束するのは難しいことではない。しかしその簡単な決断をなかなか下せないほど、藪下の本能が狂ったように警鐘を鳴らしていた。

3

そのとき、タブレットとスマートフォンが、同時にメールの着信を知らせる音を響かせた。助手席に置いたトートバッグからタブレットを出した淳太郎は、内容に目を通したとたんに顔を強張らせた。

「由美さんからです」

藪下が立ち上がって画面に目を向けると、落書きかと思うような雑な絵が表示されている。しかしそれは、白髪を長めのおかっぱに切りそろえた老婆の顔だった。

「おい、まさかやつは相原のアパートへ行ってんのか」

「そのようです。相原さんの部屋に侵入して五分ほどで出てきたそうで、そのままアパートの近くにある公園に入っていったそうです」

「待ち伏せる気か。部屋になんか仕掛けたかもしれんな。相原は？」

藪下が急くように問うと、淳太郎はタブレットを操作して益田弁護士から着信していたと思われるメールに目を走らせた。

「まずいですね……再検査の結果に問題がなかったので、退院が今日の午後二時に決まったそうです」

藪下は腕時計に目を落とした。時刻は午後一時四十五分。胸ポケットからスマートフォンを引き出して、相原が入院している病院へ電話した。受付の人間に患者を呼び出してほしい旨を伝えたが、ほどなくして相原はすでに退院したと告げられた。

「くそ、もう出てる。相原はケータイをもってたよな」

「もっていますが、益田さんからの電話にしか出ないように指示してあります。メールは使い方を把握していないので通じません。しかも益田さんは今、別件の訴訟で出廷中。午前中に連絡が入らなかったということは、警察は今日の再逮捕を見送っているはずです」

見事に八方塞がりだ。こんなことなら、さっさと身柄を確保されていたほうが安全だった。淳太郎は考えあぐね、まだ乾いていない癖のある髪を手荒にかき上げた。

「相原さんがアパートに到着したら、すぐ由美さんを向かわせます」

「駄目だ」

籔下は即答した。

「女には、何があっても部屋から一歩も出るなと伝えろ」

ここから南千住にある相原のアパートまでおよそ十五分。しかし、病院からでも同じ程度しかかからない。相原はタクシーを使っているだろうし、今このときに家に着いていてもおかしくはなかった。

「アパートへやってくれ。大至急」

淳太郎は大きく頷いて前に向き直り、サイドブレーキを手荒に引き下ろした。

雨足は変わらず強く、空は日暮れのように沈んでいる。加えてさっきから雷が鳴りはじめ、遠目に見えるスカイツリーでは稲妻が瞬いていた。藪下は向島署へ電話して青柳につなぐように求めたが、今は出ているらしく捕まらなかった。相原のアパートに不審人物がいることを告げ、すぐ警官を向かわせてくれと要請する。淳太郎は混んでいる国道を避けて裏道を細かく折れながら進み、十五分もかからずに南千住へ入った。アパート裏手の離れたところに車を駐め、すぐに由美へ電話を入れて状況を確認した。

「相原さんはまだ帰っていません。ターゲットの目視はできていないので、今も公園にいるかどうかもわかりませんね」

「巻き狩りをしましょう。わたしが勢子になって走りますから、藪下さんは射手になって捕らえてください。後ろが取れるはずです」

一花がジャンパーを羽織りながら言った。

「まずは公園にいるかどうか調べてきます」

「いや、戻ってきた相原の身柄だけ確保する。あのばあさんが何をしでかすかわからない以上、接触は避ける。追い詰めれば自爆テロもないとは言えない」

「正しい判断だと思います」と淳太郎も同意した。「通報は済んでいるのでじきに警官も到着します。あの人は、無計画のまま丸腰で挑んでいい相手ではない」

「でも、今なら不意打ちを仕掛けられます」

藪下は車のドアを開けて傘を開いた。

「一花、ここを山のなかの猟場だと考えろ。得体の知れない獲物が潜んでいたら、正体を確認しないまま突っ込んでいくのか？　それがどれほどのリスクなのか、おまえさんがいちばんわかってるはずだ」

一花は唇を噛んで歯がゆそうな顔をしたが、やがて「わかりました」と素直に頷いた。藪下もこの場でとっ捕まえたいのはやまやまだ。しかし情報がなさすぎる。自分は、後先考えずに突入する父親のような真似をするつもりはなかった。

藪下たち三人は、遊具がいくつかある程度の小さな公園の位置を確認し、アパートが見える場所に身を寄せた。老婆が潜む公園からアパートまではおよそ四十メートル。自分たちがいる場所のほうが断然近く、相原の確保にはなんの問題もないはずだ。時刻は二時五分をまわったところで、どしゃ降りで霞(かす)む裏通りには人っ子ひとり見当たらない。公園の向かい側にあるコンビニだけが、何かの目印のようにぼんやりと明かりを放っていた。

「あの老人は、事件当初からずっと相原さんを捜していたんですね」

淳太郎が後ろで声を潜めた。

「彼が火災で死ななかったのは誤算だった。相原さんひとりを仕留めるために、町ひとつを焼き払ったのと同じです。すさまじい執念ですよ。何がそこまでさせているのか」

「歪んだ使命感。何者かは知らんが、自分がやらなければならないと思い込んでいる。そうなってしまうほどの強烈な経験をしているか、それとも単にイカれてるだけなのか。おそらく前者だ」

動物愛護の精神を逸脱させるような経験とはなんなのか。藪下はずっとそれを考えているのだが、まず適当な答えは浮かばなかった。異常な動物至上主義は根底にあるとしても、あのテロリスト顔負けの技術や知識をどこで得たのかがわからない。

藪下が傷だらけの腕時計に目を落としたとき、背後で「あ」という一花の声が聞こえた。顔を撥ね上げてアパートがある通りを見やると、視界が悪い大雨のなかを一台の黒いタクシーが近づいてくるのがわかった。

「あれか」

いささか身を乗り出して車を凝視していると、タクシーはハザードを点滅させながらスピードを緩めた。

「たぶんあれだ。車をまわしてくれ」

淳太郎はすぐに身を翻したが、「いや、ちょっと待て」と藪下は止めた。スピードを緩めたタクシーがコンビニの前で停止している。そしてあろうことか後部のドアが開かれた。

「おい、まさかコンビニで買い物する気じゃないだろうな」

しばらくすると黒い傘を開きながら痩せこけた老人が降りてくる。藪下は思い切り舌打ちした。

「よりにもよって公園の真ん前で降りやがって！」

藪下は即座に通りへ躍り出て、コンビニのほうへ走った。そのとき、走り出したタクシーの背後に、真っ黒い人影が雨に打たれてぼんやりと霞んでいるのが見えた。藪下は目を剝いて息を呑んだ。すっぽりと雨合羽に包まれた小さな体は前屈みになり、コンビニのほうをきっと睨みつけている。悠長に傘をたたんでいる相原から一時も目を離さず、小刻みに足を出して迷いなく近づいていた。

「相原！　逃げろ！」

藪下は傘を放り投げて怒鳴った。同時に老婆はくるりとこちらに顔を向け、驚愕したような面持ちを浮かべている。相原はまったく状況把握ができずにきょとんと藪下を見つめ、まだコンビニの軒先に立ち尽くしていた。

「そこから離れろ！」

藪下は相原にこっちへ走れと手で示し、雨水が流れているアスファルトを全力で蹴った。目には止めどもなく雨粒が入り、あっという間に視界がぼやけてくる。手で目許をなぎ払っているとき、真っ黒い老婆がコンビニのほうへ足早に進んでいるのが見えた。

「走れ！　何やってんだ！」

相原は藪下の剣幕におろおろしながら足を踏み出したが、すでに行く手には老婆が立ち塞がっていた。雨合羽の中からプラスチックボトルを取り出したのを見て藪下は声を張り上げた。まずい。歯を食いしばって足を蹴り出したが距離がありすぎる。このままでは間に合わない。その刹那、藪下の脇を一花が飛ぶような速度で猛然と駆け抜けた。

「待て！」

背中に腕を伸ばしたが虚しく空を切り、一花はみるみるうちに離れていく。

「行くな！　一花！」

声を張り上げたときには老婆がプラスチックボトルを振りかぶっており、横滑りした一花が相原の腕を摑んで強引に引き寄せた。同時にボトルの中身が噴き出すのが見えた。まるでコマ送りだった。彼女は咄嗟に相原を店内に突き飛ばし、撒き散らされた液体がかからないように飛びすさる。しかし、すべてをかわすことはどう見ても不可能だった。藪下は走った。一花が屈んだのが見えた。そして次の瞬間には、奥の角を曲がって淳太郎が駆け込んできたのが目に入った。裏からまわり込んだらしい淳太郎が、一花の腕を摑んで引き寄せようとしている。しかし、老婆の放った液体をまともにかぶり、その場に崩れるように跪いた。

老婆は歯を剝き出した憎々しげな顔で踵を返し、前傾姿勢で不気味なほど軽やかに動いている。藪下は後ろ姿に目を据えながら追いかけた。あと数メートルで手が届く。倒れている淳太郎を飛び越えて走り抜け、老婆の曲がった路地へ全速力で突っ込もうとした。絶対に逃がすわけにはいかない。

「藪下さん！」

後ろから一花の叫びのような声が聞こえてきたが、藪下は足を止めなかった。

「止まってください！　深追いすれば死にます！　正体を知らずに突っ込むな！　藪下さんがさっきわたしに言ったくせに！」

確かに言ったが、もう引き返せるわけがない。一花の声を振り切るように、藪下はそのまま路地へ入ろうとした。爆発物を使うかもしれない。それがすぐに頭をよぎったが、もう完全に警戒心も恐怖心も吹き飛んでいた。しかし、次に小さく聞こえてきた言葉が藪下の心に入り込み、意識をむりやり現実に引き戻した。

「あなたまでいなくなったら、お母さんはどうなるの」

今それを言うのは反則だろう。言葉に引きずられるように、足が完全に止まった。藪下は痛む脇腹を押さえて振り返った。極限まで息が上がって、口の中では血の味がしている。うずくまっている淳太郎に寄り添いながら、一花は蒼ざめた顔をまっすぐに向けていた。見慣れた無表情だったが、雨のせいか泣き顔にも見えた。

「……くそ」

老婆の曲がった角へ顔を向け、未練を断ち切るようにして二人のもとへ引き返した。彼女はそんな藪下を見上げてきっぱりと言い放った。

「賢明な判断です」

一花は体を丸めて苦しんでいる淳太郎のポケットを探り、車のキーを取り出した。

「わたしは車から薬を取ってきます。喘息の発作が出ているのに薬がないんです。さっき、着替えたときに置き忘れたのかもしれない。それに、淳太郎さんが何をかけられたのかはわかりませんが、このまま放っておいていいものでないことは確実だと思います」

言い終わらないうちに走り出して一気に加速し、彼女は一足飛びに相原のアパートの角を曲がっていった。

藪下は、うめきながら咳き込んでいる淳太郎の脇に膝をついた。液体がかかったと思われる胸許(むなもと)や腕に赤みが出はじめ、苦しげに「熱い……」と訴えている。

「熱い？　まさか濃硫酸か」

藪下はコンビニの脇にある水道からホースを伸ばし、急いで蛇口をひねって水を出した。不安げに出てきた店員が、救急車を呼びましたと告げてくる。藪下は淳太郎の体に大量の水を浴びせ、「おい、しっかりしろ」と声をかけた。喘息の発作がかなりひどく、肩を大きく揺らしながらぜいぜいと喉を鳴らして空気を求めている。呼吸するたび鎖骨の根元が引っ込み、唇が急激に白くなってきた。血中の酸素が減少している。

「すぐ一花が戻ってくる。薬をもってくるからそれまで耐えろ」

水をかけられているせいで体温が奪われている淳太郎は、波打つように震え、咳と呼吸困難も重なり今にも意識が飛びそうだ。藪下は首筋の脈を取り、異常な速さを確認した。老婆に浴びせられた液体が濃硫酸なら、このまま水をかけ続けなければ組織が焼けただれて壊死(えし)してしまう。低体温に陥るかもしれないが、今はこれしか方法がなかった。

救急車の到着を苛立ちながら待ちわびているとき、淳太郎が藪下の腕を弱々しく摑んだ。

「や、藪下さん……し、死ぬなと……言って、ください……」

「おまえ、間違ってもそんなもんを遺言にするなよ」

藪下は頰を叩いて今にも閉じそうな目を開かせ、視線をしっかり合わせながら「死ぬな」と言った。そこへ一花が滑り込むように戻り、すぐさま吸入器のダイヤルを合わせて彼の口許に当てた。

「淳太郎さん、薬です。吸い込んで。大きく、ゆっくり」

淳太郎は気管支拡張薬を咳き込みながら吸い込み、弱々しいそれをなんとか三回ほど繰り返す。そこでようやく救急車のサイレンが聞こえ、後ろにパトカーの赤色灯も見えた。藪下は雨合羽を着た救急隊員に喘息の発作を起こしていることを伝え、おそらく濃硫酸をかけられていること、それを水で流し続けた時間も端的に説明した。淳太郎はわずかに呼吸が落ち着きつつあったが、依然として激しい咳き込みは治らずに苦しんでいる。予断を許さない状態だった。

藪下は、真顔で突っ立っている一花に頼んだ。

「この男についていてくれるか」

「わかりました」

彼女はしっかりと頷いて淳太郎の車のキーを手渡してくる。酸素マスクを着けられ、担架に乗せられた淳太郎と一花が救急車に乗るのを確認してから、藪下は背後にいる二人の制服警官に向き直った。能天気な顔を見て急激に腹が立ってくる。

「遅いんだよ。通報してから何分経ってると思ってんだ」

警官はむっとし、「なんなんだきみは」と高圧的にすごんでくる。コンビニの店先で腰を抜かしたようになっている相原は、わけがわからず途方に暮れていた。藪下は老婆の住処である浅草一丁目の住所を警官に告げ、ここに住む人間がテロ行為に及んでいるといのいちばんに伝える。そして自宅は罠だらけで踏み込むときには注意することと、爆発物がある危険性も付け加えた。警官はいったいなんの話だといきり立っていたが、あとはただちに青柳警部補を呼んでくれと言って話を打ち切った。老婆のかかわっている範囲が広すぎて、ここでは説明のしようがないし話しても無駄だ。

淳太郎と一花を乗せた救急車はけたたましくサイレンを鳴らしながら走り去り、事情を聞かれている相原と藪下だけが薄ら寒い通りに残された。雨足が弱まることはなく、未だ飛沫（しぶき）を撥ね上げながらアスファルトに叩きつけられている。

藪下は髪から水滴が垂れるのもかまわず、老婆が消えた角をじっと見据えた。今さっきまで目の前に存在した老婆を思い返す。八十歳を超えていそうな見た目だったが、あの女が醸し出す圧は自分の知っている年寄りのものではなかった。一点の気弱さもなく、邪気に満ちあふれたものだ。驚くほど迷いをもたない人間だという印象が藪下の脳裏にこびりついている。

しかし、追ってきた藪下を見たときの心底驚いた顔は、高をくくっていた証拠だろう。これほど早く居場所を特定されるとは思っておらず、おそらく、ここまで追い込まれたことは一度もないはずだった。だれに咎められることもなく自由に動きまわり、容赦のない犯罪に手を染めていたのだ。

藪下は降りしきる雨の向こう側に意識を飛ばし、これでは終われないと考えていた。

4

六月二十五日の火曜日。

吸い込まれそうな蒼穹が広がり、あれほど分厚かった雨雲がきれいさっぱり消えている。藪下は朝から洗濯機を何回もまわし、窓を全開にして家の掃除に勤しんでいた。

気温が上がって暑いほどだが、それがかえって心地よい。気分が上向きになるほど清々しい陽気は久しぶりではないだろうか。フローリングの床に膝をついて雑巾で水拭きしているとき、後ろに人の気配を感じて体が反射的に震え上がった。

　藪下は振り返りながら立ち上がって冷や汗を拭い、もっていた雑巾をバケツに放った。

「人の背後に黙って立つな。何回も言わせんなよ、声をかけるなりできるだろ？」

「床磨きに集中していたようなので、それを乱すのは悪いかなと思って」

　青空によく映えるレモン色のワンピースを着込み、一花はいささかかしこまっている。出会った当初よりも若干髪が伸びた印象で、耳を出してピンで留めていた。

「一之江のアパートを引き払う準備ができました。三鷹（みたか）にいい物件があったので、そっちへ引っ越します。長々とお世話になりました」

「そうか。いつ引っ越すんだ」

「今週末です。荷物も少ないし、簡単な引っ越しです。また生活安全課の検査と届けがあるのは面倒ですが、銃を預けっぱなしにするのも嫌なので引き取ります」

　こんな格好の彼女を見ると忘れそうになるが、銃砲保持者でオーバーホールも手がける正真正銘のハンターだ。細かな作業を苦もなくこなす日常を見ていれば、その腕のよさも想像がついた。

「扱いには注意しろよ。大丈夫だとは思うが」

「はい。それに、一回実家に帰っていろいろ話し合ってきます。祖父には何も言わないで出てきたので、きっとすごく怒ってるだろうし」

「そうだな」

怒るよりも心配でたまらないだろう。藪下が頷いたとき、テーブルの上にあるスマートフォンが振動して動きまわった。取り上げて見れば、淳太郎からだ。通話ボタンを押すなり、明るい声が耳に入り込んできた。

「藪下さん、今から出てきませんか」

「掃除の途中だ。遠慮しとく」

「こんな晴れた日に掃除って、悲しい物語が一本書けますね。今マンションの下にいるので、一花ちゃんと来てください。待ってますので」

淳太郎は勝手に通話を終了し、藪下は毒づいた。

あの一件から八日が経った。それ以来会ってはいないが、体のほうは問題なく回復しているとの連絡はたびたび受けていた。入院先の個室に、日々違う看護師や女を連れ込んでいる写真つきで。

藪下は母の部屋の窓を閉め、上掛けを少しめくってから「ちょっと出てくる」と声をかけた。一花を連れてエントランスを出ると、少し先にベージュ色と紺のツートンカラーをしたシボレーが駐まっており、前で白いシャツを着た淳太郎が手を振っていた。

「塗り直したのか」

藪下がさまざまな角度から見まわしていると、淳太郎はにっこりと笑って頷いた。

「今までは真っ黒の装甲車みたいだったので、ちょっと気分を変えてみました。女の子のウケはすごくいいですよ。一花ちゃんも、黄色のワンピースがよく似合うね」

そう言ってあたりまえのようにハグをし、藪下にも腕をまわそうとしたところで遮った。ナンバーも変更され、以前の車とはまったく別ものだ。あの老婆を警戒してのことだろうが、シボレーのキャンピングカー自体が日本に何台もある車ではない。さすがに、すべてを変えるつもりはないようだ。

淳太郎はコーヒーを淹れたのでと二人を中へいざなった。藪下と一花がいつもの指定席に腰を下ろすと、すぐにコーヒーを給仕して二人の前へ滑らせる。内装はそれほど変わっておらず、これまで通りの重厚な空間だった。

淳太郎はチョコレートをきれいに盛った器を置いて、座ると同時に頭を下げた。

「藪下さん、一花ちゃん。本当にお世話になりました。ありがとうございます」

「もう大丈夫なんですか」

一花が問うと、淳太郎は彼女に笑顔を向けた。

「ひと通りの検査もして、やっと問題なしのお墨付きをもらったよ。一花ちゃんが薬を取りに走ってくれたから、僕は今も生きているようなところがある。ありがとう」

「本当によかったです」と彼女はわずかに微笑んだ。

「それから藪下さん、適切な処置だったと病院でも話題でした。僕がかぶったのは濃硫酸で、あのとき水をかけ続けなければひどいやけどを負っていたそうです。痕が残るどころか、組織が駄目になるレベルの重度だそうですよ。すっかり治ったのは、すべて初期対応のおかげです」

「何よりだ。俺が駆け出しのころ、通り魔が濃硫酸を通行人に浴びせる事件があってな。そのときの被害者は本当にひどいもんだった。強烈な脱水作用がある液体で、少しの水で流す程度ではかえって発熱してやけどが広がる。それは知ってたんだが、実際やるのは賭けみたいなもんだったよ」

シャツの袖をまくっている淳太郎にやけどの痕はまったくない。あの日、大雨だったことも幸運につながった要因のひとつだ。しかし、一歩間違えばこの男は死んでいただろうと思っている。それぐらい、あの状況は危機的で逃げた老婆には容赦がなかった。

「警察は、先月末に池袋で起きた通り魔との関連を調べてる。ビルの上から濃硫酸を撒いた事件な。無差別だと思われていたが、唯一死んだ被害者が、川越（かわごえ）の元ペットショップ経営者だった」

「もう間違いないでしょう。あの老婆の私刑リストに入っていた人物ですよ」

淳太郎は険しい面持ちで断言した。それにしてもあの老婆は、人知れずどれだけの人間を葬ってきたのだろうか。自分たちは想像を絶するほどの凶悪犯罪者に接近し、ぎりぎりのところで回避していたことになる。

藪下は湯気の立つコーヒーに口をつけた。相当いい豆なのがひと口で伝わってくる。一花が赤いハート形のチョコレートを手に取ったとき、藪下の胸ポケットでまたスマートフォンが震えた。今日は連絡が多い。画面を見ると元部下の三井だ。ボタンを押して耳に当てると、いつもの軽い調子の声が聞こえてきた。

「藪下課長、お疲れさまっす。予定よりも早く着いたんですけど、今からでもいいですか？」

「今どこだ」

「マンションの部屋番号を押したとこっす」

藪下は電話を耳から外し、三井をここへ呼んでもいいかどうかを淳太郎に確認した。そして「外に駐まってるシボレーにいるから」と言って電話を終了する。その数分後、元部下は後部のドアを開けたとたんに動きを止め、二重の大きな目をさらにみひらいた。

「なんすか、この車……」

壁のモニターを見てからソファや家具類に視線を走らせ、リュックサックを背負ったまま、信じられないと言わんばかりに若干口許を引きつらせている。気持ちを隠すことに長けた三井が、率直な驚きを顔に出すのを見るのは久しぶりだ。すると淳太郎が立ち上がってドアへ向かい、まるで女にするように元部下の腰に手をまわして中へエスコートした。三井の顔がさらに引きつった。

「三井巡査部長。お久しぶりですね。僕が藪下さんに公務執行妨害で逮捕されたとき以来です。どうぞ座ってください」

どういう挨拶だろうか。淳太郎は特別話したこともない三井を喜んで招き入れ、元部下は車とは思えない内装に心底驚嘆している。しかし一花がいることに気づいて真顔になり、彼女は彼女であからさまなほど警戒心を剝き出しにした。三井がリュックを下ろして椅子に座るまでを、鋭い目でじっと追っている。

「ええと、藪下課長。事件に関するとんでもない極秘情報なんですが、ここで話してもいいわけですね」

「ああ、かまわんよ」

淳太郎はコーヒーを三井に出し、一花の隣に腰かけた。味音痴の三井は驚くほどうまいコーヒーをインスタントのようなノリで飲み、リュックから書類を取り出した。

「早速いきます。今週中にお三方は、本庁から任意同行を求められるはずですよ」

「それが極秘なのか」

「いえ、違います。まず順を追います。一之江にあるメゾン・ド・ミアというアパート。賃貸契約者は上園一花さん」

滑舌よく話している三井を、一花は身じろぎもせずに射すくめている。淳太郎はノートパソコンを開いて、元部下の言葉を打ち込みはじめた。

「六月八日にここの一〇三号室に空き巣が入ったと入電。小松川署が検分した結果が耳に入ったんですが、これが本当に想像を絶するものでしたよ」

三井はコーヒーにまた口をつけ、書類を一枚めくった。

「あの部屋で採取できた指紋は、親指の三分の二もないような欠損物です。藪下課長のおっしゃる通り、隆線縁と特徴点は照合不能でした。それで汗腺孔の鑑定を頼んだんですが、ヒットした人間がいます」

「だれだ」

藪下が先を急かすと、三井は大きな二重の目を合わせてきた。

「松浦冴子（まつうらさえこ）、現在六十一歳。国際指名手配を受けているテロリストです」

淳太郎は唖然（あぜん）とした顔を上げたが、一花は無表情をまったく崩さない。藪下はなぜか笑ってしまった。

「確かにとんでもないやつが出てきたな」

「ええ。二十九年前、ルワンダ共和国の反政府武装組織リーダーの愛人だった女です。現地では、誘拐された数百人の子どもを兵士に育て上げる洗脳教育を任されていました。意に沿わない子どもや弱い者は容赦なく排除して、未成年売春と薬物を収入源に反社会的な活動に加わっていた凶悪なテロリストです」

「救いようがない。なんだってその女は、ルワンダくんだりまでいってテロリストの愛人になったんだ」

藪下の質問に、三井は淡々と答えた。

「松浦冴子は、野生動物保護ＮＧＯの元職員でした。ケニアを中心に活動中に行方不明になっています。当時の日本政府は捜索の働きかけをしましたが、結局なんの情報も得られずに生存は絶望視されていた。このとき二十八歳です」

「で、動物愛護からテロリストに転身したと」

「思想に一貫性がないですね」

淳太郎が眉根を寄せて口を挟んだ。現地でテロリストにならざるを得ない状況だったのだろうが、反社会的な資質をもっていたからこそ適応できたとも言える。藪下は腰の曲がった老婆を思い浮かべた。あの自信に満ちた顔つきと人目をはばからない行動力。そして人を人とも思わない一方で、動物がかかわれば激情に駆られる変貌ぶり。藪下たち三人が追っていたのは、間違いなくこの女だと思えた。しかし、どうしても解せないことがある。

「俺らを殺そうとつけ狙っていたのは、腰が曲がって八十も過ぎてるようなばあさんだ。とても六十一には見えない」

「そのあたりはまだ調べる必要があるでしょうね。ただ、指紋が出ていますから、この松浦冴子であることは間違いないと警察は見ています。一九九〇年代の後半、この女は武装組織から一億円相当の金を持ち逃げしてるんですよ。ちょうどルワンダの政権が変わる直前ですね。どういう手段を使ったかはわかりませんが、密かに日本に戻っていたというわけです」

「なかなかしぶとい女だな」

藪下は、呆れ返って首を横に振った。盗んだ金をもっておとなしくしていればいいものを、こうやってまた犯罪を企てている。もっとも、そういう行為でしか生きていけない人格を完成させた人間だった。

「それで、藪下課長たちが突き止めた浅草一丁目にあるヤサ。これは桜丘梅子の夫名義の持ち家でしたが、離婚の財産分与で妻の梅子が譲り受けています。で、ちょうど三日前、この家の床下から白骨死体が発見されました」

「おい、おい。まだ広がんのかよ。その死体は桜丘梅子じゃないだろうな」

三井は大きくひとつ頷いた。

「DNA鑑定の結果、桜丘梅子と判明。死後およそ二年は経過していますね」

うどん屋の先代が連絡を取れなくなった時期に、梅子はすでに殺害され埋められていたことになる。香典やハガキを送ったのはあの老婆なのだろう。梅子の居場所を詮索されないための予防線だと思われた。

「テロリストと梅子が入れ替わった。背乗り(はいのり)か」

「そのようです。戸籍や家、すべての個人情報をそのまま乗っ取って生活していました。桜丘梅子は大阪出身で、両親と疎遠なので目をつけられたんじゃないでしょうか」

「指紋は？　家じゅうにテロリストの痕跡が残されているはずだろう」

「それがほとんどないようですよ。爆弾作りの痕跡は山ほどありましたけどね。濃硫酸も含めてヤサは化学薬品だらけらしいです」

　三井は難しい顔をした。

「指紋は梅子のものだけで、今んとこ松浦冴子のものはひとつも出ていません。手袋か何かを年中着けていたと思われます。あと、髪の毛一本すらも採取できていないんですよ。おそらく、髪を剃って坊主にしてるんじゃないっすかね。今の捜査網を抜けてやすやすと逃げてるところを見ても、まず髪型は変えてるでしょう」

　確かに白髪のおかっぱ頭はかつらなのかもしれないし、六月だというのに手袋を着けていたのも記憶に新しい。一花がアパートに罠を張っていたおかげで、決定的な証拠となる指紋が採れたということだ。

　時に謎なのが、桜丘梅子との関係だ。梅子は動物の里親などを探していた愛護啓発の功労者であり、いくら無慈悲なテロリストといえども、同志のような女をあっさりと殺せるものだろうか。背乗りだけが目的ならほかにいくらでもいたはずだ。

　藪下は頭をまとめるように言葉を出した。

「もしかして、桜丘梅子にも犯罪歴はなかったか？」

三井は丸顔ににやりと笑みをたたえた。

「さすがっす。桜丘梅子は、おそらく密猟のブローカーですよ。火元の相原に鳥の飼育を依頼していたのは、梅子が所属していた里親の会の会員でした。この会を通じて、他県のペットショップともつながっていますね。現在捜査中です」

「最初から相原を詰めれば、これほど遠まわりはしなかったな」

藪下は苦々しくひとりごちた。

「桜丘梅子は、野鳥を巡る取り引きでかなり儲けていたらしいですからね。なんでしたっけ、鳥の鳴き声に点数つけるやつ」

「鳴き合わせ」

一花は一時も三井から目を離さずにぽつりと言った。元部下は、あいかわらず彼女の視線を完全に無視して話を進めた。こういう徹底ぶりは昔と何も変わらないが、内心ではめまぐるしく一花を解析しているのもわかっている。

それにしても、例の老婆が、鳴き合わせ会に関する情報をどこで仕入れたのかずっとわからなかったが、梅子が関係者だったのなら合点がいく。きっと名ばかりの動物愛護者である梅子を殺害して戸籍を乗っ取ってから、探り当てた名簿を元に殺害リストを作ったのだろう。だとすればまだ他にも被害者はいるだろうし、今後も粛清が続く可能性もある。しかし、現在の顔が割れた以上、今までのようにおおっぴらな行動はできなくなるはずだった。

三井はファイルの中から一枚の白黒写真を取り出してテーブルに載せた。古いパスポートの写真らしく、肩ぐらいの髪を下ろした女が真面目くさった面持ちで写っている。それを見て、藪下たち三人は一斉に身を乗り出した。

「ちょっと待った。これはだれだ」

「松浦冴子です。テロリストの二十八歳時のパスポート写真ですよ」

「松浦冴子？」

藪下が語尾を上げると、淳太郎がパソコンのキーを叩いてネット上に残された画像を表示した。三井のほうへ向けると、元部下は息を吸い込んでモニターに近づいた。

「なんですか、これは。国際手配のテロリストが都知事に表彰されてるじゃないっすか」

「二年前、都が動物愛護の功労で桜丘梅子を表彰した。だが、それは梅子じゃない。どう見てもテロリストの松浦冴子だぞ」

藪下は、若かりし日のパスポートの女と、パソコンに映し出された中年女を見くらべた。白いスーツを着て赤い縁のメガネをかけ、物怖じせずに笑っている女。見間違いようもなく松浦冴子だった。

淳太郎は膨れ上がった自分のファイルを開き、ドライブレコーダーに映った老婆と、火災現場の野次馬のなかにまぎれている老婆の写真を出してテーブルに並べた。そしてその横に、ネット画像をプリントアウトしたものを追加する。三井は素早くそれらに目を走らせたが、眉根を寄せて首をひねった。

「いや、ちょっと混乱してきた。常識で考えて、国際指名手配犯が顔出しで都知事の表彰を受けますかね」

「そういう事例は世界的に見ても多々ありますよ。手配犯が腕利き弁護士になったり、軍の指揮官に成り上がったりアカデミー賞を獲ったりね。要は、常識が通じない人たちです」

淳太郎はいとも簡単に解説すると、三井も割合すぐに納得した。

「じゃあこの際、都知事の表彰は置いときます。ただ、この見た目だった女が二年間で急に八十過ぎの老婆になることはないっすね。変装の可能性は?」

その疑問に関しては、一花が一本調子で意見を述べた。

「それはありません。変装やものまねで、歩き方や力の加え方まで再現しきることは不可能です。足跡がすべてをあぶり出しますから」

「そうは言っても、これはまったくの別人にしか見えない……」

三井はまじまじと三枚の写真を見つめている。すると淳太郎が、腕組みしながら口を開いた。

「僕は喘息で昔から入退院を繰り返していたんですが、アメリカの病院で、こんな症状の女性を見たことがありますね。彼女は甲状腺の機能障害を患っていました。筋力が低下して腰が曲がって、声は嗄(しゃが)れて急激に老け込んでしまう。僕が会ったのは四十代の女性でしたが、外見はどこから見ても老人でした。もしかしてこの松浦冴子も、何かの病気を発症したのでは？」

藪下はあり得なくもないと考えた。むくんだ顔やまぶたは病的なものを感じたし、老人の外見に反して活力のある気配にも戸惑いを覚えたからだ。実際、見た目通りの年齢ではないとすれば頷けるところも多い。

「病気だとすれば治療が必要だ。その線から何か摑めるかもしれんな」

藪下が言うと、三井は素早くメモをとってポケットにしまった。そして持参した書類を確認してから淳太郎に差し出してくる。

「それにしても下町の放火事件から、突拍子もない事実にたどり着くというのが、いかにも藪下課長だなとしみじみ思いましたよ。しかもホシが前代未聞の大物です。森島の警察捜査は相原で打ち止めでしたから」

「だから課長はやめろ」

「それにチームのお二人も相当っすね。人の能力は計り知れないとあらためて思い知りましたよ。それで、今後も三人で活動するんですよね。特命捜査の連中が、山ほど未解決事件を抱えて疲れ切ってますよ」

「それを解決してやる義理はない。だいたい、今回は金のために動いただけだからな」

「ああ、そうだ。金といえば、いちばん大事なことを忘れるところだった」

三井は荷物をリュックに突っ込んで立ち上がった。

「国際指名手配犯の松浦冴子。この女には日本円にして五億の報奨金が懸けられています」

マグカップを持ち上げかけた藪下は、思わず取り落としそうになった。

「世界でも十本の指に入る高額賞金首ですよ。女の生死にかかわらず、身柄を引き渡せばルワンダ政府から報奨金が下りる。それに現在の潜伏先と顔写真。この情報に懸けられた金は一億です。すでにお三方のものですよ、おめでとうございます」

三井はそう言い残し、一層凝視している一花の視線をかわしながら軽い調子で車を出ていった。

「やりましたね。一億ゲットです」

金に頓着しない淳太郎は特別感動もなく言い放ったが、藪下は声も出せずにマグカップをテーブルに戻した。

「とりあえず、警察と政府に邪魔されないうちにルワンダ大使館と話をつけましょう。早急に益田さんと相談します」

「感動のないやつだな」

「そんなことはないですよ。自分たちの行動がお金につながった。これほど嬉しいことはありません。この中のだれひとりが欠けても、成果は得られなかったわけですから」

それはそうだったが、藪下の心拍数はまだ暴走したままだった。手には汗がにじみ、顔がのぼせ上がっているのがわかる。青天の霹靂(へきれき)とはこのことで、とても信じられなかった。

今にも頭がショートしそうな藪下を横目に、押し黙っていた一花が急に口を開いた。

「警察庁密告ダイヤルに、野鳥のノジコのことを通報しておいたんです。ホオジロのヒナを育てる手順は別口で。これにもそれぞれ情報料が出ますよね。報奨金の三百万と二つの情報料、そして一億円です」

「おまえさんも相当な守銭奴だな」

藪下は体の力が抜けて、まだ浮遊感を味わっていた。するとめまぐるしく金勘定をしている一花を見ていた淳太郎が、横から彼女の肩に腕をまわして出し抜けに言った。

「それはそうと、一花ちゃんは三井巡査部長に恋してるみたいだね」

とたんに一花は目を丸くし、口をぽかんと開けて動きを止めた。頭を高速で巡らせているようで、否定の言葉も出てこない。金より恋に強く反応するのは若さゆえか。あの態度の悪さが恋というのも、一花ならではという感じではある。不信感からであれ、互いに強烈に意識し合っていたのは傍目(はため)にも明らかだった。

「恋は予告もなく突然やってくる。僕は一花ちゃんを応援するよ」

「応援すんなら、その手をどけろ」

藪下は肩にまわされた腕を払った。淳太郎は笑いながら立ち上がり、定位置に腰を下ろして目を合わせてきた。

「さて、今後の提案をします。僕たち三人で組みませんか。一回限りの使い捨てではあまりにも惜しい。チーム・トラッカー、いわゆる賞金稼ぎとして名乗りを上げましょう。賞金首はほかにも大勢存在します。それに、テロリストの松浦冴子をいちばん把握しているのは僕たちですからね。平和に暮らすためにも、彼女の確保は最重要案件です」

藪下はソファの背もたれに寄りかかり、息を大きく吸い込みながら車の天井を仰いだ。警察を退職してから一年。自分の本心を見ないようにして生きてきたが、今はそれを鮮明に自覚してしまっている。意志に忠実に動くことが、どれほど満たされていたのかを思い出していた。淳太郎の術中にまんまとはまったような格好だが、おそらくこの男も想定外のはずだ。いつの間にか、三人は互いに離れがたい仲間になってしまったらしい。

そのとき、一花がたまりかねたように口を開いた。

「わたしは三井さんに恋していません。警戒心が刺激されるほど怖い人ですから」

「まだその話で止まってんのか」

藪下が呆れ返ると、一花はこちらに目を向けてあごを上げた。実に小生意気だが、何かの殻を打ち破ったような清々しい面持ちをしていた。

「わたしたちがチームを組むのは必然で、今さら話し合うことではないと思います。そこを悩むのは愚かではありませんか」

「腹立つやつだな」

藪下は含み笑いを漏らした。

「まあ、一年続くか半年で廃業か。これぱかりはやってみないとわからん」

「そういうことです。今の時代、瞬発力がすべてですから。それと、相原さんの弁護は今後も益田さんが引き受けますよ。彼は、できることなら森島でやり直したいと言っています。三本足の犬も、無事に新しい飼い主が決まったそうですから安心してください」

また処分などということにならなくてよかったと、藪下はほっとした。そして淳太郎は一花の手を握って引き寄せ、さらなる追い打ちをかけた。

「警戒心が刺激されるのは、恋の初心者にはありがちなことだからね」

その言葉を聞いたとたん、一花はまた動きを止めて衝撃を受けたような顔をした。

（了）

参考文献

『罠猟師一代　九州日向の森に息づく伝統芸』　飯田辰彦　著／鉱脈社
『狩猟入門　狩猟免許の取得からハンティングの実際まで』　猪鹿庁　監修／地球丸
『Fielder vol.30』　笠倉出版社
『狩猟生活　2017 VOL. 2』　地球丸
『現場の捜査実務』　捜査実務研究会　編著／立花書房

本書のプロフィール

本書は、二〇一九年十月に小学館より単行本として刊行された作品を改稿し文庫化したものです。

小学館文庫

賞金稼ぎスリーサム！

著者　川瀬七緒

二〇二三年八月九日　初版第一刷発行

発行人　石川和男
発行所　株式会社 小学館
〒一〇一-八〇〇一
東京都千代田区一ツ橋二-三-一
電話　編集〇三-三二三〇-五六一七
販売〇三-五二八一-三五五五
印刷所——大日本印刷株式会社

この文庫の詳しい内容はインターネットで24時間ご覧になれます。
小学館公式ホームページ　https://www.shogakukan.co.jp

ISBN978-4-09-407280-8